D1394920

Misdaad en straf in Kaboel

Boeken van Atiq Rahimi

Steen van geduld

Aarde en as

Labyrint van angst en droom

Atiq Rahimi

Die vervloekte Dostojevski

Uit het Frans vertaald door
Kiki Coumans

DE GEUS

Gepubliceerd met steun van het Franse ministerie van Buitenlandse Zaken, het Institut Français des Pays-Bas/Maison Descartes en de BNP Paribas

De vertaalster ontving voor deze vertaling een werkbeurs van het Nederlands Letterenfonds

De vertaalster dankt Gert J.J. de Vries voor zijn waardevolle suggesties

Voor de citaten uit *Misdaad en straf* van F.M. Dostojevksi is gebruik gemaakt van de vertaling van Jan Meijer, Van Oorschot, 1991

Oorspronkelijke titel *Maudit soit Dostoïevski*, verschenen bij P.O.L éditeur
Oorspronkelijke tekst © P.O.L éditeur, 2011
This book is published by arrangement with Literary Agency Wandel Cruse, Paris
Nederlandse vertaling © Kiki Coumans en De Geus BV, Breda 2012
Omslagontwerp Berry van Gerwen
Omslagillustratie © The Image Bank/Getty Images
ISBN 978 90 445 2041 5
NUR 302

Wilt u het gratis magazine *Geuzennieuws* met informatie over onze nieuwe uitgaven ontvangen, ga dan naar www.degeus.nl en meld u aan.

Voor oestaad Jean-Claude Carrière

Ik had maar wat graag de zonde van Adam willen begaan.
– Hafiz Azish, *Poétique de la terre*

*Maar het bestaan is, net als het schrijven, niets anders dan
de herhaling van dezelfde zin, overgenomen van een ander.*
– Frédéric Boyer, *Techniques de l'amour*

Rassoel heeft de bijl nog maar net opgeheven om hem op het hoofd van de oude dame te laten neerkomen, of het verhaal van *Misdaad en straf* schiet door hem heen. Het treft hem als een bliksemflits. Zijn armen beginnen te trillen; hij wankelt op zijn benen. En de bijl glijdt uit zijn handen. Hij klieft de schedel van de oude vrouw en dringt er diep in door. Zonder een kreet zakt de vrouw in elkaar op het rood-zwarte tapijt. Haar sluier met appelbloesemmotief fladdert door de lucht en strijkt neer op haar vadsige, weke lichaam. Stuiptrekkend ligt ze op de grond. Nog één ademtocht, misschien twee. Haar opengesperde ogen staren naar Rassoel, die met ingehouden adem midden in het vertrek staat, bleker dan een lijk. Hij beeft, zijn *patoe* valt van zijn knokige schouders. Zijn ontzette blik zuigt zich vast in het bloed dat uit de schedel van de oude vrouw stroomt en zich vermengt met het rood van het tapijt, de zwarte lijnen bedekt en dan langzaam naar de mollige hand van de vrouw kruipt, die stevig om een bundeltje bankbiljetten geklemd zit. Er zullen bloedvlekken op het geld komen.

Doe iets, Rassoel, doe iets!

Totale apathie.

Rassoel?

Wat bezielt hem? Waar denkt hij aan?

Aan *Misdaad en straf*. Dat is het, aan Raskolnikov, aan zijn lot.

Maar had hij er voordat hij deze misdaad beging, op het moment dat hij hem beraamde, nooit aan gedacht?

Waarschijnlijk niet.

Of misschien heeft dat verhaal, diep weggestopt in zijn binnenste, hem wel aangezet tot de moord.

Of misschien …

Of misschien … Wat? Is dit echt het moment om zijn daad te overdenken? Nu hij de oude vrouw heeft gedood, hoeft hij alleen nog haar geld te pakken, haar sieraden … en te vluchten.

Vlucht!

Hij doet niets. Hij staat daar maar. Als een verdorde boom. Een dode boom, tussen de tegels van het huis geplant. Zijn blik volgt nog steeds de streep bloed die bijna de hand van de vrouw bereikt. Laat hij het geld vergeten! Laat hij weggaan uit dit huis, snel, voordat de zus van de oude vrouw komt!

De zus van de oude vrouw? Deze vrouw heeft geen zus. Ze heeft een dochter.

Het doet er niet toe, of het nu haar zus is of haar dochter, dat maakt niets uit. Als er op dit moment iemand het huis binnenkomt, zal Rassoel die ook moeten doden, ongeacht wie het is.

Het bloed is van richting veranderd voordat het de hand van de vrouw bereikte. Het stroomt nu naar een versteld deel van het tapijt, waar het een plasje vormt, niet ver van een houten kistje dat overloopt van de kettingen, colliers, gouden armbanden, horloges …

Wat kunnen al die details je schelen? Pak het kistje en het geld!

Hij hurkt neer. Na een aarzeling beweegt zijn hand naar de vrouw toe om het geld uit haar hand te trekken. Haar vuist is al stijf en hard, alsof ze nog leeft en het bundeltje geld stevig vasthoudt. Hij zet door. Tevergeefs. Zijn verwarde blik rust nu op de gebroken ogen van de vrouw. Hij ziet zijn eigen gezicht erin weerkaatst. Die uitpuilende ogen doen hem beseffen dat het laatste beeld van de moordenaar op het netvlies van het slachtoffer gegrift blijft staan. Angst bekruipt hem. Hij zet een stap naar achteren. Zijn beeltenis in de iris van de oude vrouw verdwijnt langzaam achter haar oogleden.

'*Nana* Alia?' Er klinkt een vrouwenstem in het huis. Daar zul je haar hebben, zij die niet moest komen. Rassoel, alles is verloren!

'Nana Alia?' Wie is dat? Haar dochter. Nee, het is geen jeugdige stem. Het doet er niet toe. Niemand mag deze kamer binnenkomen.

'Nana Alia!' De stem komt dichterbij. 'Nana Alia?' Komt de trap op.

Wegwezen, Rassoel!

Licht als een veertje maakt hij zich los en snelt naar het raam, opent het en springt op het dak van het naastgelegen huis, waarbij hij de patoe, het geld, de sieraden, de bijl … alles achterlaat.

Bij de rand van het dak aangekomen aarzelt hij om in het straatje te springen. Maar de angstaanjagende kreet die uit de kamer van nana Alia opklinkt doet hem wankelen op zijn benen, het dak van het huis en de bergen schudden op hun grondvesten … Hij springt en komt hard neer. Een scherpe pijn boort zich in zijn enkel. Niet belangrijk. Hij moet opstaan. Het straatje is leeg. Hij moet zich uit de voeten maken.

Hij rent.

Hij rent zonder te weten waarheen.

En stopt pas bij een hoop vuilnis in een doodlopend straatje, waar de stank zich in zijn neus vastzet. Maar hij ruikt niets meer. Of het kan hem niet schelen. Hij blijft staan. Rechtop, met zijn rug tegen de muur. Hij hoort nog steeds de schelle stem van de vrouw. Hij weet niet of het komt doordat ze blijft schreeuwen of doordat het geschreeuw zich in hem heeft vastgezet. Hij houdt zijn adem in. Plotseling is het gekrijs uit het straatje, of uit zijn hoofd, verdwenen. Hij maakt zich los van de muur en wil doorlopen. De pijn in zijn enkel verlamt hem. Zijn gezicht vertrekt in een grimas. Hij drukt zich opnieuw tegen de muur en hurkt neer om zijn voet te masseren. Maar binnen in hem brandt iets. Hij voelt zich plotseling misselijk en buigt zich nog verder voorover om een geelachtige vloeistof over te geven. Het doodlopende straatje met het vuilnis begint om hem heen te draaien. Hij neemt zijn hoofd tussen zijn handen en laat zich met zijn rug tegen de muur op de grond glijden.

Met gesloten ogen blijft hij een tijdje roerloos zitten, met ingehouden adem, als om naar een kreet te luisteren, een jammerklacht uit het huis van nana Alia. Niets. Niets dan het kloppen van zijn bloed in zijn slapen.

Misschien is de vrouw flauwgevallen toen ze het lijk zag.

Hij hoopt van niet.

Wie was die vrouw, die vervloekte vrouw die alles in de war heeft geschopt?

Was zij het echt of was het ... Dostojevski?

Dostojevski, ja, hij was het! Met zijn *Misdaad en straf* heeft hij me verpletterd, verlamd. Hij heeft me verboden het lot van zijn held, Raskolnikov, na te volgen: een tweede vrouw – ditmaal een onschuldige – doden; het geld en de sieraden meenemen die me aan mijn misdaad zouden herinneren ... en ten prooi vallen aan wroeging, wegzinken in een afgrond van schuldgevoel, en eindigen in een strafkolonie ...

Nou en? Dat zou beter zijn dan op de vlucht slaan als een arme sukkel, een stompzinnige misdadiger. Met bloed aan je handen, maar niets in je zakken.

Het is absurd!

Die vervloekte Dostojevski!

Nerveus omklemmen zijn handen zijn gezicht, dan verdwijnen ze in zijn kroezige haar om achter zijn nek weer samen te komen, waar het kletsnat is van het zweet. En plotseling schiet er een kwellende gedachte door hem heen: als die vrouw niet de dochter van nana Alia is, kan ze de boel plunderen en op haar gemak weggaan. En ik dan? Hoe moet het dan met mijn moeder, mijn zus Doenja en mijn verloofde Soefia? Juist voor hen heb ik deze moord gepleegd. Die vrouw heeft niet het recht ervan te profiteren. Ik moet teruggaan. Naar de duivel met mijn enkel!

Hij staat op.

Gaat weer op pad.

Terug naar de plaats van de misdaad. Wat een valkuil! Je weet net als iedereen heel goed dat terugkeren naar de plaats van de misdaad een fatale fout is. Een fout die zoveel bedreven misdadigers de das om heeft gedaan. Heb je de uitspraak van de oude wijzen nooit gehoord? *Geld is als water; als het weg is, komt het nooit meer terug.* Alles is voorbij. En vergeet nooit dat een misdadiger maar één kans heeft in een zaak; als hij die mist, is alles verloren, iedere poging zijn fout te herstellen zal hem onvermijdelijk noodlottig worden.

Hij blijft staan en kijkt om zich heen. Alles is rustig en stil.

Hij masseert zijn enkel opnieuw en loopt weer verder. Niet overtuigd van de uitspraak van de wijzen. Met snelle, gedecideerde passen bereikt hij een kruispunt van twee straten. Hij blijft opnieuw staan, heel even, om op adem te komen voordat hij de straat inslaat die naar de plaats van de misdaad leidt.

Het is te hopen dat de vrouw inderdaad naast het lijk van de oude vrouw is flauwgevallen.

Nu staat hij in de straat van zijn slachtoffer. Verbaasd over de stilte die in het huis heerst, vertraagt hij zijn pas. Een kwijnende hond in de schaduw van een muur staat zwaar op en begint met moeite te grommen. Rassoel verstijft. Aarzelt. Laat wat tijd verstrijken om zichzelf er schoorvoetend van te overtuigen dat zijn nieuwsgierigheid onzinnig is. Net als hij weer weg wil gaan, hoort hij snelle passen op de binnenplaats van het huis van nana Alia. In paniek drukt hij zich tegen de muur. Een vrouw gehuld in een hemelsblauwe boerka komt het huis uit en maakt zich uit de voeten zonder de deur achter zich dicht te doen. Is zij het? Waarschijnlijk wel. Na het geld en de sieraden te hebben gestolen slaat ze nu op de vlucht.

O nee! Waar ga jij zo haastig naartoe, ongelovige? Je hebt niet het recht dat geld en die sieraden aan te raken. Die zijn van Rassoel. Houd haar tegen!

De vrouw versnelt haar pas en verdwijnt in een straatje. Ondanks de pijn van zijn verstuikte enkel gaat Rassoel achter haar aan. Even later ziet hij haar in een donkere portiek. Geluiden van voetstappen en kreten van tieners die door het straatje lopen, stoppen hem in zijn vaart. Hij drukt zich tegen de muur om niet gezien te worden. Ondanks haar haast gaat de vrouw opzij om ze voorbij te laten. Haar blik achter het gaas van haar boerka kruist even die van Rassoel, die de gelegenheid aangrijpt om nog snel zijn pijnlijke enkel te masseren. Ze loopt weer door, achter de tieners aan, gehaaster en bedrukter dan daarnet.

Licht hinkend en buiten adem gaat hij opnieuw achter haar aan. Bij een kruising slaat ze een andere straat in, een bredere en drukkere. Als Rassoel bij de kruising aankomt, blijft hij abrupt stilstaan. Verbluft ziet hij tientallen vrouwen in hemelsblauwe boerka's rondlopen. Welke moet hij nu volgen?

Vertwijfeld doolt hij tussen de stroom gesluierde gezichten. Hij speurt naar de kleinste aanwijzing – een bloedvlek op de boord van een boerka, een kistje dat onder een arm geklemd zit, een verdachte haast ... Hij ziet niets. Het wordt hem zwart voor ogen en hij houdt zijn pas in om niet flauw te vallen. Hij voelt zich opnieuw misselijk. Zwetend gaat hij in de schaduw van een muur staan en buigt voorover om opnieuw een geelachtige gal over te geven.

Voor zijn wezenloze blik trekken de voeten van passanten voorbij. In zijn uitputting dringen de geluiden steeds minder tot hem door. Alles is in stilte gedompeld: het heen-en-weergeloop van de mensen, hun gesprekken, het geroezemoes van straatverkopers, het lawaai van toeterende auto's en ander verkeer ...

De vrouw is weg. Verdwenen tussen de andere vrouwen zonder gezicht.

Maar hoe heeft ze weg kunnen vluchten en nana Alia – die waarschijnlijk familie van haar is – in een dergelijke toestand kunnen achterlaten? Ze heeft geschreeuwd, verder niets. Ze heeft niet eens om hulp geroepen. Wat moet ze berekenend te werk zijn gegaan, gauw een besluit hebben genomen en alles hebben gestolen. En dat zonder een misdaad te hebben gepleegd. Het kreng!

Zonder een misdaad te hebben gepleegd, zeker, maar ze heeft wél verraad gepleegd. Ze heeft haar naasten verraden. Verraad is erger dan een misdaad.

Dit is niet het moment om een theorie op touw te zetten, Rassoel. Kijk, iemand biedt je geld aan, vijftig afghani.

Waar ziet die man me voor aan?

Voor een bedelaar. Zo armoedig als je daar op de grond geknield zit met je vuile en versleten kleren, je stoppelbaard, je diepliggende ogen en je vette haar, lijk je meer op een bedelaar dan op een misdadiger. Maar dan een bedelaar die niet zo happig is.

De man kijkt ongelovig en schudt het biljet nadrukkelijk heen en weer voor de wezenloze ogen van Rassoel. Het haalt niets uit. Hij stopt het geld in zijn knokige vuist en loopt door. Rassoel slaat zijn ogen neer naar het bankbiljet.

Dat is de prijs van je misdaad!

Een bittere glimlach trilt op zijn bloedeloze lippen. Hij sluit zijn vuist weer, maakt aanstalten om op te staan, maar plotseling klinkt er een huiveringwekkend lawaai dat hem aan de grond nagelt.

Er ontploft een raketbom.

De aarde trilt.

Een aantal mensen laat zich op de grond vallen. Anderen rennen gillend weg.

Een tweede bom, nog dichterbij, nog huiveringwekkender. Om hem heen verwordt alles tot chaos en kabaal. Van een gigantische vlammenzee stijgt een zwarte rookwolk op die zich verspreidt over de hele wijk aan de voet van het Asmaigebergte, in het centrum van Kaboel.

Na een paar minuten richten zich in de beklemmende stilte langzaam een paar hoofden op, als stoffige paddenstoelen. Mensen roepen: 'Ze hebben het tankstation geraakt!'

'Nee, dat is het ministerie van Onderwijs.'

'Nee, het tankstation …'

Niet ver van Rassoel, aan zijn rechterzij, zoekt een oude man met een radeloze blik iets op de grond, terwijl hij in zijn baard prevelt: 'Rot toch op met jullie tankstation en jullie ministerie … Waar zijn mijn tanden? God, waar heb je dat leger van *Jadjoedj* en *Madjoedj* vandaan gehaald? Mijn tanden …' Hij tast over de grond onder zijn buik. 'Heb jij mijn kunstgebit misschien gezien?' vraagt hij aan Rassoel, die hem zijdelings aankijkt, alsof hij zich afvraagt of de oude man niet is geraakt. 'Het is uit mijn mond gevallen. Ik kan het niet meer vinden …'

'Zeg *baba*, heb je in tijden van honger en oorlog echt een kunstgebit nodig?' schampert een man met een baard, die tegenover hem op de grond ligt.

'Waarom niet?' antwoordt de oude man vastberaden en trots, geërgerd over een dergelijke opmerking.

'Jij boft maar!' zegt de man met de baard terwijl hij opstaat en het stof van zijn kleren klopt. Met zijn handen in zijn zakken loopt hij weg, terwijl de oude man hem wantrouwend nakijkt en bromt: '*Koss-madar*, die hoerenzoon heeft mijn gebit gestolen … ik weet zeker dat hij het heeft.' Dan wendt hij zich weer tot Rassoel: 'Ik had er vijf gouden tanden in laten zetten. Vijf!' Na een korte blik in de richting van de man met de baard vervolgt hij met spijt in zijn stem: 'Mijn vrouw vond dat ik ze moest verkopen om de boodschappen te kunnen betalen. Ik heb mijn gebit al een aantal keren in onderpand gegeven. Als mijn zoon me wat geld stuurde uit het buitenland haalde ik het weer op. Ik had het vanmiddag net bij de pandjesbaas opgehaald. Wat een vervloekte dag!' Hij staat op en baant zich een weg door de menigte, misschien achter de man aan.

Rassoel kan de ironie van de man met de baard wel waarderen, niet zozeer uit cynisme, maar omdat hij een hekel heeft aan gouden tanden, een teken van gierigheid op haar lelijkst. Nana Alia had er ook twee. Als hij de tijd had gehad, had hij ze maar wat graag uit haar mond gerukt!

Tijd heeft hij genoeg gehad, maar hij is niet handig te werk gegaan; anders zou hij hier nu niet zo deerniswekkend zitten, met dat bankbiljet van vijftig afghani in zijn vuist.

Hij staat op tussen de andere mensen die weer in beweging komen, alle kanten op rennen en zo goed en zo kwaad als het kan proberen zichzelf bij elkaar te rapen. Om niet in de rook en het stof te stikken, bedekken ze hun mond en neus. De meesten lopen regelrecht op het vuur af. De vlammen en de rook stijgen steeds hoger. Rassoel loopt er ook naartoe. Als hij lijken in brand ziet vliegen, deinst hij terug, maar door de rook heen hoort hij een man roepen dat hij hem moet helpen. Hij probeert een gewond meisje op zijn rug te dragen. 'Ik ben helemaal alleen. Dit arme meisje leeft nog.' Rassoel schiet hem te hulp, neemt het meisje in zijn armen en loopt weg, maar komt haar dan weer aan hem teruggeven. 'We moeten hier weg! Het reservoir gaat ontploffen!' schreeuwt de man, waarmee hij een golf van paniek veroorzaakt onder degenen die de vlammen proberen te doven.

Rassoel loopt de weg naar het Asmaigebergte weer op. Vermoeid staart hij naar de nauwe, donkere straatjes die langs de helling kronkelen en een waar labyrint vormen tussen duizenden lemen huizen die trapsgewijs zijn ingemetseld tot aan de top van de berg die de stad Kaboel verdeelt, geografisch, politiek, moreel, in zijn dromen en in zijn nachtmerries. Net een buik die op ontploffen staat.

Vanaf hier is het dak van het huis van nana Alia te zien. Een groot huis met een groene gevel en witte ramen.

Nu die vrouw weg is, kan hij teruggaan om poolshoogte te nemen; verder niets.

Uiterst moeizaam loopt hij de steile straat weer omhoog en bereikt een portiek, als er plotseling drie uitzinnige gewapende mannen opduiken in de bocht van een straatje. Rassoel buigt zijn hoofd om zijn gezicht te verbergen en hoort alleen hun gevloek: 'Klootzakken, nu treffen ze ook al ons tankstation ...'

'Twee bommen! Dan schieten wij er acht af om hún tankstation te verwoesten. Hun wijk zal in een ruïne veranderen, een plas bloed!'

Dan verdwijnen ze weer.

Rassoel vervolgt zijn weg. Voordat hij de straat van zijn slachtoffer bereikt, houdt hij even stil. Zijn benen trillen. Hij ademt zwaar. De stank van verrotting mengt zich met die van benzine en kruit. De lucht is nu nog dikker, verstikkender. En er is ook een andere geur, een geur van vlees, verbrand vlees. Angstaanjagend. Rassoel knijpt zijn neus dicht. Hij zet een stap. Dan nog een stap, aarzelend, afgeremd door het beeld van het lijk van nana Alia dat hij in zijn verwarde geest voor zich ziet. Er kan geen sprake van zijn dat hij dat lijk terug gaat zien, omgebracht met zijn eigen handen; zijn handen die beven, onrustig zijn, zweten. Hij moet alles achter zich laten, alles.

Hij licht zijn hielen. Maar een ziekelijke, haast pathologische nieuwsgierigheid houdt hem opnieuw tegen. Er is vast politie, familie, buren, tranen, geschreeuw ...

Overtuigd van wat hij te zien zal krijgen, keert hij op zijn schreden terug. Komt steeds dichterbij. Nog steeds niets. Dringt behoedzaam door in de rokerige stilte van de straat, tot voor het huis. Geen levende ziel te bekennen. Behalve die luie hond, die niet eens meer opstaat om te blaffen.

Verdoofd komt Rassoel aan bij de deur van het huis. Hij is gesloten. Hij duwt ertegen. Hij gaat niet open. Iemand heeft hem dus van binnen op slot gedaan. Maar waarom is het hier zo stil, zo uitgestorven?

Dat belooft niet veel goeds.

Ga naar huis!

Hij gaat niet naar huis. Hij doolt door de stad. Hij loopt nu al drie uur onafgebroken. Zonder haast. Zonder zich te bekommeren om zijn gewonde enkel. Die is hij al vergeten. Hij stopt pas als hij bij de oever van de Kaboel aankomt. De slibgeur brengt hem weer tot zichzelf, de walgelijke geur die aan het einde van de zomer van de rivierbedding opstijgt. Zodra hij blijft staan, steekt ook de pijn weer de kop op en belemmert hem zijn dooltocht voort te zetten. Hij houdt zich vast aan de balustrade en masseert zijn enkel.

De lucht wordt steeds verstikkender. Rassoel hoest. Een stekende, stille hoest.

Zijn keel is ruw.

Zijn tong is rauw.

Geen sprankje hoop in zijn mond, in de rivier of in de hemel.

De oude zon, verzwakt door een sluier van stof en rook, gaat troosteloos onder achter de bergen … Ondergaan, de zon? Wat een stompzinnig beeld! De zon gaat helemaal niet onder. Hij gaat naar de andere kant van de Aarde, hij kan niet wachten om zijn stralen over minder treurige gebieden te spreiden! Neem me mee! hoort Rassoel zichzelf van binnen schreeuwen. Met samengeknepen ogen tuurt hij naar de zon en zet een paar stappen. Dan blijft hij weer staan. De hand boven zijn ogen geeft hem wat schaduw, hij werpt een vluchtige blik om zich heen als om zich er onopvallend van te vergewissen dat niemand iets van zijn stille waanzin heeft gemerkt. Nee, beste Rassoel, de wereld heeft wel andere zorgen dan een arme gek in de gaten houden!

Ga naar huis. Ga slapen!

Slapen? Zou dat kunnen?

Natuurlijk wel. Doe net als Raskolnikov, die na de moord op de woekeraarster naar huis gaat en koortsig op zijn divan neervalt. Goed, je hebt weliswaar geen divan, maar wel een vuil matras, dat medelijdend op je ligt te wachten op de grond.

En dan?

Niets. Dan ga je slapen.

Nee, dan val ik flauw.

Goed, dan val je flauw, zoals je wilt, het maakt niet uit; maar dan tot in de ochtend. En als je morgen wakker wordt, zul je beseffen dat het allemaal maar een nachtmerrie was.

O nee, zo makkelijk kan ik alles niet vergeten.

Jawel. Kijk, je hebt niets bij je dat aan de moord herinnert. Geen geld, geen sieraden, geen bijl, geen …

Bloed!

Hij blijft abrupt staan. In paniek controleert hij zijn handen, niets; zijn mouwen, niets; zijn vest, niets; maar onder aan zijn hemd zit een grote vlek! Waarom daar? Nee, dat is niet het bloed van nana Alia. Dat is van dat meisje dat je hebt gered.

Het brengt hem in verwarring. Hij onderzoekt zichzelf nog eens. Nergens anders zit bloed. Geen enkel spoor van de moord. Hoe is het mogelijk?

Waarschijnlijk heb je de moord niet gepleegd. Het was je

arme verbeelding maar. Je uiterst naïeve vereenzelviging met een romanpersonage. Een banaliteit, verder niets! Nu kun je met een gerust hart naar huis gaan. Je kunt zelfs vergeten dat je je verloofde, Soefia, gisteren hebt beloofd dat je vanavond bij haar zou slapen. Gezien je toestand kun je maar beter niemand tegenkomen.

Ja, daar ga ik niet heen. Maar ik heb honger.

Nu je vijftig afghani hebt, kun je wat brood en fruit kopen. Je hebt al een paar dagen niet gegeten.

Zijn lege maag leidt hem naar het Djoishirplein. De bakkerij is dicht. Aan de andere kant van het plein is een oude verkoper net zijn boeltje binnen aan het halen. Na even dralen loopt Rassoel langzaam naar het winkeltje. Hij heeft nog geen drie stappen gezet, of een gebrul nagelt hem aan de grond. 'Nee, nee, niks pakken!' Een gesluierde vrouw komt uit een van de straatjes gerend en schreeuwt als een bezetene. '… Het is vlees … vlees van de …' Ze blijft midden op het plein staan, verbaasd dat het er zo leeg en stil is. Ze laat zich op de grond vallen en jammert: 'Vlees van de jonge meisjes … dat gaven ze eergisteren weg, vóór het mausoleum …' Ze ziet niemand anders dan Rassoel om haar tranen op te plengen: 'Ik zweer je, broeder, ik lieg niet. Ik heb het gezien …' – ze buigt zich naar hem toe – 'het offer dat ze voor me hebben gebracht' – ze dempt haar stem – 'dat waren de borsten van een meisje!' – ze haalt haar arm uit haar boerka – 'ik zweer je, broeder … de mannen die het offer brachten, hier, daarstraks, dat waren …' – ze slaat haar sluier voor haar gezicht weg – 'dat waren dezelfden … die laatst … voor het mausoleum …' – dan doet ze er het zwijgen toe. Ze veegt haar tranen weg met de slip van haar boerka en vraagt zachtjes: 'Broeder, heb je geld? Ik heb drie monden te voeden.'

Rassoel haalt het biljet van vijftig afghani tevoorschijn en geeft het aan de vrouw, die zich aan zijn voeten werpt. 'Bedankt, broeder ... Moge Allah je beschermen!'

Moe van het geklaag van de vrouw, maar trots op zijn ziel, loopt hij weg.

Wat heeft hij nu gedaan! Alsof je het zo makkelijk kunt goedmaken.

Nee. Ik wil absoluut niets goedmaken.

Wat is dan de bedoeling van die liefdadigheid? Je wilt toch niet zeggen dat dat uit mededogen is?! Niemand zal je ooit geloven. Je wilt jezelf er alleen maar van overtuigen dat je ondanks alles een goede inborst hebt. Ook als je in staat bent een 'verderfelijk creatuur' te doden kun je een arm gezin van de hongerdood redden. Wat telt is je intentie; dat ...

Ja! En dát telt voor mij: mijn ...

Zijn voet blijft haken achter een kei. Zijn gezicht vertrekt van de pijn. Even blijft hij staan. Hij stopt niet alleen met lopen, maar ook met het herkauwen van de redeneringen van Raskolnikov. God (of steen) zij geprezen!

Het is niet ver meer tot zijn huis. Hij kan rustig, langzaam lopen.

Als hij voor de deur staat, wacht hij even en controleert een laatste keer – voor zover de vallende avond dat toelaat – of hij nog andere bloedvlekken heeft. Nog steeds diezelfde vlek, waaraan hij niet goed kan zien of het het spoor van zijn misdaad is of het bewijs van zijn goede daad.

Hij haalt diep adem voordat hij de binnenplaats oploopt, waar vreugdekreten van de twee dochtertjes van de huisbaas te horen zijn, die op de schommel staan die in de enige, dode boom hangt. Heel zachtjes sluipt Rassoel de trap op naar zijn kamertje, dat aan de overkant van de binnenplaats ligt. Als hij op de bovenste tree stapt, hoort hij de meisjes roepen: 'Salaam *kaka* Rassoel!'

Terwijl hij de deur openduwt, weerhoudt een andere stem, schor en dreigend, hem ervan naar binnen te glippen. 'Hé, Rassoel, hoelang denk je je nog te verstoppen?' Het is Yarmohamad, de huisbaas. Rassoel draait zich naar hem om, inwendig vloekend op de dochtertjes. Yarmohamad staat met een gebedsmuts op zijn hoofd in de raamopening: 'En waar is je huur? Nou?'

Moeizaam en geërgerd loopt Rassoel de trap weer af, naar het raam, om te zeggen dat hij, zoals hij gisteren had beloofd, zijn geld vandaag wilde gaan ophalen, maar dat het niet is gelukt. De vrouw van wie hij het zou krijgen is verdwenen. Hij heeft haar de hele dag gezocht. Maar …

Hij voelt een vreemd, leeg gevoel in zijn keel. Er komt geen geluid meer uit. Hij hoest. Een lege hoest. Droog. Zonder geluid. Zonder materie. Hij haalt diep adem en hoest opnieuw. Weer niets. Ongerust probeert hij een geluid uit te brengen, eentje maar. En weer komt er niets, alleen een bespottelijke gesmoorde zucht.

Wat is er met me aan de hand?

'Nou?' maant Yarmohamad hem ongeduldig.

Laat hem maar even wachten! Er is iets ergs gebeurd. Rassoel heeft geen stem meer.

Hij probeert opnieuw diep in te ademen, zijn krachten in zijn borst te verzamelen, de woorden naar zijn lippen te duwen. Tevergeefs. 'Heb je degene gevonden van wie je nog geld kreeg?' roept Yarmohamad spottend. 'Geef me dan de naam! Dan heb je morgen je centen. Kom op met die naam ...' Je moest eens weten, Yarmohamad, dan zou je niet op zo'n toon tegen Rassoel durven spreken. Hij heeft haar vermoord. En hij zal jou ook vermoorden als je hem lastigvalt. Kijk eens naar al dat bloed!

Rassoel veegt over zijn met bloed bevlekte hemd, waarop Yarmohamad er geschrokken het zwijgen toe doet en zich terugtrekt in zijn kamer, waar hij blijft mopperen: 'Geklets! Altijd dezelfde smoesjes ...' Laat hem maar schelden, Rassoel. Je weet hoe het verder gaat: dadelijk komt hij weer naar het raam om nog een keer te zeggen dat de enige reden waarom hij je twee jaar heeft verdragen, het respect voor je neef Razmodin is; dat hij je zonder die vriendschap allang op straat had gezet; dat het nu echt afgelopen is, dat hij geen boodschap meer heeft aan jou en je neef, enzovoorts.

Doe alsof je het niet hoort en ga het huis in. Kijk maar niet stiekem naar binnen of zijn vrouw Rona ook thuis is.

Natuurlijk is ze thuis, ze staat achter het andere raam. Treurig kijkt ze naar Rassoel, alsof ze zich wil verontschuldigen. Ze houdt van hem. Rassoel is er niet zo zeker van. Toch vindt hij haar ook aantrekkelijk. Hij masturbeert vaak met haar in zijn gedachten. Zijn wantrouwen komt voort uit het feit dat hij nog niet weet welke gevoelens – passie of compassie – ze precies voor hem heeft. Als het compassie is, zal hij haar haten. En als het passie is, zal het zijn verstandhouding met Yarmohamad nog meer aantasten. Dus waarom zou hij zich het hoofd erover breken? Hij kan maar beter naar zijn kamer teruggaan. Hij moet uitrusten om zijn adem en zijn stem weer terug te vinden.

Het geknars van de deur brengt een heel leger vliegen in beweging, dat zichzelf binnen heeft uitgenodigd in de hoop iets te eten te vinden. Er is hier niets. Alleen her en der wat boeken; een vuil matras; aan de muur hangen een paar versleten kleren; in de hoek van de kamer een stenen kruik. Dat is alles.

Rassoel maakt een looppad vrij door met zijn voet een paar boeken naast zijn matras opzij te duwen. Hij laat zich op zijn bed vallen zonder zijn schoenen uit te doen. Hij moet even op adem komen.

Sluit je ogen. Adem regelmatig, rustig, langzaam in en uit.

Zijn tong lijkt wel van hout.

Hij staat op.

Hij drinkt wat.

Hij komt weer terug.

Zijn keel is nog altijd ruw en leeg, er zit geen geluid meer in.

Hij ademt diep in en blaast de lucht nerveus uit.

Nog steeds vibreert er niets.

Bevangen door angst gaat hij zitten en slaat op zijn borst. Tevergeefs. Hij slaat nog eens, harder nu.

Rustig! Er is geen enkele reden om je zorgen te maken. Er zit alleen een sluier in je keel, een probleem met je ademhaling. Dat is alles. Je moet wat slapen. Als het morgen nog niet weg is, ga je naar een dokter.

Hij gaat liggen en draait zich naar de muur. Hij heeft zijn benen opgetrokken, zijn handen zitten tussen zijn knieën geklemd en zijn ogen zijn gesloten, hij slaapt.

Hij slaapt tot de oproep tot het nachtgebed klinkt en de schoten die van de andere kant van het gebergte te horen zijn, verstommen. Dan stilte. Het is de verontrustende stilte die hem wekt.

Koortsig. Geen kracht om op te staan. Ook geen zin. Met een slecht voorgevoel probeert hij opnieuw geluid uit zijn keel te krijgen. Er komt nog steeds een harde zucht uit, maar geen woord. Steeds verontruster sluit hij zijn ogen, maar als hij het gesmoorde gekerm van een vrouw hoort, veert hij op. Hij blijft stokstijf staan. Houdt zijn hortende adem in en spitst zijn oren. Geen kreet, geen stem meer te horen. Nieuwsgierig staat hij op, loopt traag naar het raam en kijkt tussen de trosjes vliegen op het raam door naar de binnen-plaats. Die ligt leeg, troosteloos en verdoofd in het vale, koude maanlicht.

Even later steekt hij een kaars aan. Hij haalt een schriftje tussen de boeken uit, slaat het open en krabbelt op een pagina: *Vandaag heb ik nana Alia vermoord.* Dan gooit hij het in een hoek, tussen de boeken.

Drinkt wat water.

Dooft de kaars.

Gaat weer naar bed.

Op de muur boven zijn uitgeputte lichaam projecteert de maan een kruis, de schaduw van het raam.

Het was een lentedag. Het Rode Leger was al uit Afghanistan vertrokken, en de moedjahedien hadden de macht nog niet gegrepen. Ik kwam net terug uit Leningrad. Waarom ik erheen was gegaan is een ander verhaal, waar in dit schrift geen plaats voor is. Laten we teruggaan naar de dag waarop ik je voor het eerst zag. Alweer bijna anderhalf jaar geleden. Het was in de bibliotheek van de universiteit van Kaboel, waar ik werkte. Jij kwam om een boek vragen, maar je nam mijn hart mee. Toen ik je zag, weerhield je ontwijkende, ingetogen blik me ervan nog langer te ademen, en je naam doordrong mijn adem: Soefia. Alles om me heen stond stil, de tijd, de wereld ... opdat alleen jij zou bestaan. Zonder een woord tegen je te zeggen, volgde ik je naar je klas; ik wachtte je zelfs na de les op. Maar ik kon niet dichter bij je komen, ik kon je niet aanspreken. Later ging het steeds zo. Ik deed alles om je tegen te komen, je een blik toe te werpen, een glimlach, maar verder niets. Waarom lukte het me niet je mijn liefde te bekennen? Ik begreep het niet. Was ik te laf? Te trots? Hoe het ook zij, onze hele verstandhouding beperkte zich tot die steelse blik en die voorzichtige glimlach, die je misschien niet eens hebt gezien; en als je ze wél hebt gezien, was je te verlegen of te beschroomd om me te antwoorden.

Het is door die liefde dat ik me in deze wijk, Dehafghanan, aan de voet van het Asmaigebergte, heb gevestigd, op een steen-

worp van jouw huis. Destijds woonden jullie in een ander huis,
dat over de stad uitkeek, vlak bij grote rotsen waarin ik, als een
Farhad, jouw beeltenis had willen uitbeitelen.

Iedere ochtend vergezelde ik je onopvallend naar de univer-
siteit, en 's middags naar huis. Je nam nooit de bus, misschien
met opzet. Je liep langzaam, je haar bedekt met een dun hoofd-
doekje en je ogen op de grond gericht. Met bonzend hart omdat
je vergezeld werd – al was het van een afstand – door mij, je
aanbidder, of niet soms? Eén keer durfde je een confrontatie uit
te lokken, zodat ik je kon aanspreken. Een vrij klassieke truc:
je liet je schrift op de grond vallen in de hoop dat ik het zou
oprapen en teruggeven. Maar nee, dat mislukte! Ik raapte het
schrift wel op, maar ik heb het je nooit teruggegeven. Ik drukte
het tegen mijn borst en nam het mee, alsof het de Koran zelf
was. En in dat schrift schrijf ik je nu.

Het is hetzelfde schrift dat hij daarstraks tevoorschijn
haalde om te schrijven: *Vandaag heb ik nana Alia vermoord.*

Hij heeft ook gedichten geschreven, en verhalen, natuurlijk allemaal aan Soefia gericht, maar die heeft ze nog niet
gelezen, zoals dit: *Donker is de aarde. Donker is de dag. En*
kijk me aan, Soefia, in dit rijk van duisternis raakt mijn hart
in vervoering. Want vanavond zal ik jou weerzien!

Jij zag me niet. En misschien wist je zelfs niet eens dat ik die
avond bij je zou komen eten. Ja, ik was bij jou, met je vader, ik
heb zelfs je broer Dawoed even gezien.

Bijna een jaar en twee maanden geleden ben ik je uit het
oog verloren. Of, nog preciezer, een jaar en zesenveertig da-
gen. Ja, zo lang. Een jaar en zesenveertig dagen geleden ben ik
naar Mazar-e-Sjarief vertrokken, naar mijn familie. Maar ik
voelde me er niet thuis. Mijn vader, die zo graag wilde dat ik

in de Sovjet-Unie zou gaan studeren, het land van zijn dromen, was teleurgesteld dat ik terug was gekomen. Hij kon me niet meer om zich heen verdragen. Zeven maanden later ben ik weggegaan. En toen ik weer in Kaboel terugkwam, was er net een andere oorlog uitgebroken, nu een broedermoord, waarin niet meer uit naam van de vrijheid werd geschoten, maar uit wraak. De hele stad groef zich in. Ze vergat het leven, de vriendschap, de liefde ... Ja, in deze stad kwam ik terug om jou te zoeken. Maar jullie woonden niet meer in hetzelfde huis. Jullie waren naar elders vertrokken, maar waarheen? Niemand die het wist.

Vandaag, vanmiddag, ben ik naar de tsjaichana gegaan. Er hing een enorme tabakswalm in het theehuis, waar het stampvol mannen met baarden zat, ik ging op een bank in een hoek thee drinken. Mijn aandacht werd getrokken door een man die met moeizame passen de houten trap op kwam lopen. Het was je vader, Moharamollah, die een been was verloren en op houten krukken liep. Ik wist niet wat ik zag. Mijn enthousiasme doofde op slag. Achter hem liepen twee vrienden. De een, zonder krukken, liep mank en had duidelijk pijn; de ander had een oog en zijn rechterarm verloren. Ze waren alle drie in hoger sferen nadat ze in het souterrain hasj hadden gerookt in de sakichana. Ze gingen vlak bij me in de hoek zitten. Ik schoof meteen op om plaats te maken. Je vader kwam naast me zitten. Hij wierp me een indringende blik toe, die me deed glimlachen. Mijn glimlach werkte hem op de zenuwen. Met zijn hese, slepende stem vroeg hij me: 'Lach je vanwege jullie overwinning?' terwijl hij de stomp van zijn afgezette been naar me uitstak. 'Ik feliciteer JULLIE met die overwinning, baradar!' Ik trok mijn gezicht weer in de plooi. Ik boog me naar hem toe om te zeggen dat ik *geen* dabarish, *baardman, was, en ook geen* tavarish, *kame-raad ... geen verliezer, en al helemaal geen winnaar. En terwijl ik over mijn baard streek, stelde ik hem gerust: deze vacht was slechts een 'cadeautje' dat ik aan de oorlog had overgehouden. Ik heb de indruk dat dit goed geformuleerde antwoord hem wel beviel. Zijn blik werd zachter en met een rustige stem vroeg hij me waar ik vandaan kwam. Hiervandaan, uit Dehafghanan. 'Ik heb je nooit eerder gezien', zei hij terwijl hij me vorsend aankeek.*

Ik vroeg me af hoe ik hem moest uitleggen dat ik maar al te goed wist wie hij was, dat ik verliefd was op zijn dochter, dat ...

Maar ik verbood het mezelf. In deze tijd van twijfel en ach-terdocht moest ik mensen niet in de war maken. Dus zei ik dat ik onlangs was verhuisd.

'En wat doe je?'

Terwijl ik een geruststellend beroep probeerde te bedenken, zei een van zijn vrienden grinnikend tegen de ander: 'Hé, Osman, onze tavarish Moharamollah is rechercheur gewor-den!'

'Weet jij waarom Allah-o-al-aalim, *die alles weet, de kat geen vleugels heeft gegeven?' vroeg Osman, degene die mank was.*

'Omdat hij anders alle vogels uit de hemel zou opeten!' ant-woordde de man die een arm miste. 'Allah de Waakzame zij geloofd dat hij van Moharamollah geen moedjahedienstrijder met vleugels heeft gemaakt, want anders ...'

Ze proestten het uit. Je vader wendde zich geërgerd tot hen en zei: 'Wacht maar tot ze komen, die katten met vleugels en baar-den. Als ze je te grazen nemen, zullen jullie wel anders piepen.' Na deze waarschuwende woorden werden zijn twee vrienden steeds uitgelatener. De man met één arm boog zich naar hem toe en zei: 'Trek het je niet aan! We lachen alleen maar omdat we toch al genaaid zijn!' Op zijn antwoord barstte het hele theehuis, inclusief Moharamollah, in lachen uit; behalve de baas, die iedereen wanhopig tot stilte probeerde te manen: 'Rustig, anders staan ze hier dadelijk binnen en voor je het weet verbieden ze de tsjaichana en de sakichana.'

'Ze gaan je je tsjaichana afnemen! Maar bij de gratie van onze moslimbroeders, de baradars, er is hier vooral een overvloed aan hasj, sakichana en verslaafden!' antwoordde de man met één arm terwijl hij zijn tranen wegveegde.

Iedereen lachte nu nog harder, en de baas verloor zijn geduld. Hij liep naar zijn toog, kwam terug met een kom water en keerde die boven de twee melige invaliden om. Ze sprongen op en stopten met lachen. 'We betalen om te roken en jij bederft onze roes!' mopperde de eenarmige in zijn baard terwijl hij opstond. De nat geworden mannen gingen naar buiten.

Je vader bleef, maar hij was een beetje bedrukt. Hij wendde zich tot mij, en ik keek hem vrolijk aan. Hij begreep natuurlijk niet wat er te lachen viel. Hij kon niet weten dat ik niet zozeer blij was vanwege de grapjes van zijn vrienden, maar vanwege zijn aanwezigheid hier, de langverwachte ontmoeting met iemand van jouw familie, een teken van jou!

'Je moet niet om ons lachen, jongeman. Het is het lot dat ons belachelijk heeft gemaakt, het lot!' zei hij langzaam en ernstig. Na een korte stilte vervolgde hij: 'Het lot … Men zegt dat het het lot is dat de spiegel op een dag dwingt genoegen te nemen met as. Weet je wat dat betekent?' Hij wachtte mijn antwoord niet af. 'Je weet dat een spiegel glas met een laagje tin is. En als het tin in de loop van de tijd langzaam loslaat, bedekt men

het glas met as! Ja, het is de tijd die alles met een laagje as be-
dekt … Hoe oud ben je?'

'Zevenentwintig jaar.'

'Ik ben twee keer zo oud … Ouder zelfs … Een waardig
leven!' Zijn blik werd wazig, daarna vervolgde hij: 'De oorlog
doodt de waardigheid van de mens', hij ging wat rechter zitten,
'mijn hart bloedt, maar ik heb geen bloed aan mijn handen.
Mijn handen zijn schoon …' Hij toonde me zijn handpalmen.
'Ik heb ook jihad gevoerd … maar dan op mijn manier …'
hij boog zich naar me toe '… ik ben lange tijd hoofd van de
administratie van het Nationaal Archief geweest. Dat zat in
Salangwat, hier niet ver vandaan … In de tijd van de com-
munisten, de eerste, die we de Chalki *noemden. Ja, in die tijd*
hadden we een algemeen directeur die een echte hond was, die
het hele archief aan de Russen verkocht. Steeds als er een do-
cument verdween, kon ik hem wel wat aandoen. Het was de
geschiedenis van ons land die hij verkocht. Begrijp je? De Ge-
schiedenis van ons land! Met een volk zonder Geschiedenis kun
je alles doen, alles! Het bewijs …' Het bewijs hield hij voor zich,
dat liet hij me vinden in de ruïnes van onze ziel. 'Kortom, ik
kon niets tegen die directeur beginnen. Het was een Chalki …'
Hij spuwde vol afkeer en riep naar de baas van de tsjaichana:
'Moesa, een thee voor deze …' en knikte naar mij. Even was
het stil, alsof hij zich probeerde te herinneren waar hij het over
had. Ik schoot hem te hulp. 'Ja, geweldig … die hasj … die helpt
het geheugen naar de verdommenis. Nee, niet de hasj, sorry! …
het lot … dat legt een laagje as over het geheugen! Om het lot
te kunnen verdragen heb je hasj nodig, en flink veel, om niets
meer te voelen. Maar waar moeten we tegenwoordig het geld
vandaan halen? Als ik geld had, zou ik nu nog beneden zit-

35

ten, in de sakichana …' Ik nodigde hem uit daarheen te gaan. Hij sloeg het aanbod niet af. We stonden op en vroegen of de baas onze thee in de rookruimte wilde brengen. We liepen de trap af. De rokerige ruimte werd verlicht door een gele olielamp aan het plafond. Vaag onderscheidden we een aantal zwijgende mannen die met een wezenloze blik rondom een grote hasjpijp zaten. Allemaal in trance. Je vader vond een plekje voor ons. Hij rookte, ik niet. Een voor een gingen de anderen weg, en toen alleen wij er nog waren, pakte hij de draad van het gesprek weer op: 'Waar was ik gebleven? …' En ik schoot hem opnieuw te hulp. Hij vervolgde: 'Ja, die hond van een directeur … Die hond, die van het lot vleugels had gekregen, was een van die nieuwe rijken, die iets over whisky had gehoord, maar het nog nooit had gedronken. Op een dag vroeg hij of ik een fles voor hem wilde meenemen. Hij zei niet whisky maar wetsakay!' Hij proestte het uit. 'Weet je wat "wetsakay" in het Pasjtoe betekent?' Opnieuw gaf hij me geen tijd om te antwoorden. 'Dat betekent: Wil je drinken?' Hij was even stil, en werd weer ernstig. 'Ik ging plaatselijk gestookte alcohol voor hem kopen, de slechtste die ik kon vinden, en daar mengde ik een beetje Coca-Cola en thee doorheen! Het leek net echte whisky. Ik vulde een mooie fles, die ik goed dichtmaakte. Heel professioneel! En die gaf ik hem. Ik vroeg er zeshonderd afghani voor. Dat was destijds veel geld, moet je weten! Daarna vroeg hij steeds opnieuw om wetsakay, en steeds gaf ik hem hetzelfde drankje. Een paar maanden later is zijn lever gesprongen, uit elkaar geknapt, op! KAPUTT!' Trots nam hij een lange trek van de nargileh en blies de rook naar de lamp. 'Vertel me eens, jongeman, was dat geen jihad? Ik kan ook beweren dat ik een moedjahedienstrijder ben, een baradar, een ghazi!' Ik wist niet wat ik daarop moest zeggen. Ik keek hem

36

treurig aan. 'Sinds die dag roep ik Allah aan en vraag hem of ik het goede heb gedaan, en of hij het goede doet! Luister, jongeman, die hond van een directeur was een verrader, hij moest gestraft worden. Dat heb ik gedaan. Ik kon niet op het nieuwe regime gaan wachten om een proces tegen hem aan te spannen!' Nog een trek van de pijp, en een pauze. 'Nu is er een nieuw regime ... Tegenwoordig kan de eerste de beste idioot het recht in eigen hand nemen, zonder onderzoek of proces. Net als ik in die tijd. Dus! De bedoeling van straf is het onderdrukken van verraad, niet van verraders ... Tegenwoordig vraag ik me af of die vorm van rechtspraak en straf niet een misdaad op zich is.' Tot nu toe was ik helemaal in beslag genomen door het gezicht en de stem van je vader, maar nu veerde ik op en vroeg of hij Misdaad en straf had gelezen. Hij keek me met een niet-begrijpende blik aan en barstte in lachen uit. 'Nee, jongeman, nee! Het leven ... Ik heb het LEVEN gelezen!' En plotseling zweeg hij. Lange tijd. Ik ook. Hij rookte. Ik dacht na. We zaten allebei in onze eigen wereld. Mijn wereld werd bewoond door jou. Ik zocht naar een manier om je vader over jou aan de praat te krijgen. Plotseling begon hij weer te spreken, maar nog steeds over zijn eigen wereld: 'De beurt van de Chalki was voorbij, en nu waren de Russen aan de beurt. Daarna, het was kort voor hun vertrek ... Van alle kanten regende het bommen. En op een dag trof er één het archief. We waren allemaal op kantoor. Met mijn twee collega's, die je net hebt gezien, probeerden we uit alle macht de belangrijkste documenten van de vlammen te redden. Toen viel er nog een bom, en we zaten alle drie onder het bloed.' Hij schudde zijn hoofd, dacht met spijt terug aan hun moed. 'Nu zijn we invalide. Wie geeft ons een medaille? Wie denkt er aan ons? Niemand!' Opnieuw een stilte. Opnieuw herinneringen, spijt, zelfverwijt … 'Sindsdien zit ik thuis, bij mijn vrouw en kinderen. Ik moet ze te eten geven, de huur betalen. Wie moet dat allemaal betalen? Toen ik om geld ging vragen, werd ik uitgescholden. Omdat ik onder het communistische regime heb gewerkt, werd ik als een verrader behandeld. Ik had geen keus, ik heb alle kostbare documenten die ik had bewaard in onderpand gegeven bij mijn huisbaas, een militair die er de waarde van inzag. Maar hij is overleden, een hartstilstand. Nu zijn alleen zijn vrouw en dochter er nog. Na zijn dood heb ik met zijn vrouw opnieuw over alles moeten onderhandelen … nana Alia, een kreng! Een gemene, onbeschaafde vrouw! Niet alleen heeft ze me de documenten nooit teruggegeven, maar ze verhoogt ook nog iedere maand onze huur. We hebben niets meer. Mijn arme vrouw heeft haar hele uitzet en haar sieraden bij dat rotwijf beleend … Tegenwoordig werkt mijn dochter voor haar om de huur te kunnen betalen.'

'Soefia, daar is ze dan!' had ik willen uitroepen. Ik had je vader wel in de armen willen vallen. 'Wat doe je eigenlijk voor werk?' vroeg hij, waarmee hij me ruw uit mijn innerlijke vreugde rukte. 'Hoe heet je ook alweer?' Ik zei mijn naam en vertelde dat ik in de universiteitsbibliotheek werkte. Na een stilte, die vergezeld ging van een blik vol genegenheid, stelde hij vast: 'Je kunt wel zien dat je ontwikkeld bent en uit een goede familie komt.' Weer een pauze. 'Ik heb twee kinderen. Een meisje en een jongen. Mijn dochter is puur, onschuldig …' Hij stond op. 'Het is al laat. Ik moet naar huis. Ze maakt zich zorgen om me …'

We gingen naar buiten, waar we geen hand voor ogen zagen in de troosteloze, stoffige nevel van de schemering. Na zwijgend een stukje te hebben gelopen, vervolgde je vader, alsof hij nooit was gestopt met praten: 'Maar de oorlog kent geen zuiverheid of onschuld. Dat is wat mij nog het meest beangstigt. Voor bloed of moordpartijen ben ik niet bang. Maar als waardigheid en onschuld hun waarde verliezen, vind ik dat beangstigend. Mijn dochter is net als haar moeder puur en waardig als geen ander ...' Opnieuw een stilte, een lange ditmaal, totdat we voor jouw huis bleven staan. 'Hier woon ik!' zei hij terwijl hij de deur opendeed. Ik reikte hem mijn trillende hand om afscheid te nemen, maar dat liet hij niet toe: 'Kom je binnen? Je hebt me getrakteerd, je bent tot hier met me meegelopen, je denkt toch niet dat ik je zomaar laat gaan?' Hij noodde me binnen. Zodra ik een voet over de drempel zette, zoog ik mijn longen vol lucht, lucht die door jou was ingeademd. Ik hield hem zo lang mogelijk binnen ... Ik volgde je vader terwijl hij over jullie kleine binnenplaats liep, onder het latwerk met wijnranken in lentebloei door. Met angst en beven en hevig in verwarring zag ik onze ontmoeting tegemoet. Mijn blik dwaalde rond, speurde alle hoeken en gaten van de binnenplaats af, onderzocht de gesloten ramen van de kamers en dwaalde over het dak van het huis, waar je broer met een duif in zijn armen naar ons zat te kijken. 'Hallo!' riep je vader. 'Zit je nog steeds op het dak?'

'Er sloop een kat rond', antwoordde je broer schalks. Je vader draaide zich naar mij toe en zei: 'Dat is mijn zoon Dawoed. Sinds de scholen dicht zijn, zorgt hij voor mijn duiven. Ik kom het dak niet meer op.' We gingen naar binnen. Je vader bracht me naar een donkere kamer en stak een kaars aan; daarna ging hij weg en liet me alleen. Ik schepte er plezier in met mijn voet over de enige kelim op de grond te strijken. In mijn amoureuze opwinding durfde ik niet op een van de drie matrassen te gaan zitten. Ik vroeg me af of jij wist dat ik daar was, in je huis. Nee *dus. Die avond kon ik je zien, liefste. Na het diner verliet ik je huis in de hoop er gauw weer terug te keren.*

Een andere passage: *Toen ik afgelopen vrijdag in mijn bed lag te luieren en een aanleiding zocht om naar jou te gaan, werd ik ruw uit mijn lethargie gerukt door de ontploffing van een bom, die de hele wijk op zijn grondvesten deed schudden. In paniek rende ik mijn kamer uit en gedreven door een vreemd gevoel rende ik naar de plaats van de ontploffing. Wat ik daar zag, deed me verstijven. Het theehuis was nog slechts een branende ruïne waaruit een snijdende rook opsteeg. Vrouwen en mannen waren uit alle macht lichamen die onder het puin bedolven waren, uit aan het graven. Uit wat ze zeiden maakte ik op dat een paar mensen hadden weten te ontsnappen, maar dat anderen nog onder het puin lagen. Ik begon de mensen te helpen met het bevrijden van de slachtoffers. In het puin ontwaarde ik je vader, hij was stervende. Ik legde hem op een kar en bracht hem naar huis.*

En jij, jij deed de deur voor ons open.

Soefia herkende Rassoel niet, met zijn volle baard. Hij stelde zich ook niet voor. En pas toen hij een dokter liet komen en medicijnen ging halen, herkende ze stukje bij beetje zijn gezicht. Maar omdat ze helemaal in beslag genomen was door de laatste ademtochten van haar vader, vergat ze al snel de vreugde van hun weerzien. Diezelfde avond lag het lot van Soefia in zijn handen, in zijn lege, maar stevige handen.

Zo vond hij een familie die een man in hem zag, een redder, een beschermer ... – belangrijke adjectieven voor iemand die zo trots was als hij.

Maar zie hem vandaag eens, doodmoe, onzeker, aan de rand van de afgrond, overgeleverd aan zijn dagdromen, verzwolgen door zijn nachtmerries, onder de maan, die van de muren wegvlucht.

De schaduw van het raam valt in stukken op zijn koortsige lichaam.

Opnieuw een kreet, dezelfde als daarstraks, maar luider; gevolgd door gekerm, verdrietiger. Ze verbreken de stilte in de kamer en dringen ruw door in de slaap van Rassoel, die opschrikt en rechtop gaat zitten in zijn bed. Hij houdt zijn adem in om beter te kunnen luisteren. Waar komt dat gekerm vandaan? Wie is dat? Hij probeert op te staan. Hij heeft de kracht niet. De pijn in zijn voet! Het voelt alsof zijn enkels vastgebonden zijn. Hij sleept zich over de grond naar het raam en heft zijn hoofd op om een blik op de binnenplaats te werpen. Eerst ziet hij op het terras de dochtertjes van Yarmohamad, die – allebei met een stormlamp in hun hand – met een vreemde gelatenheid naar de dode boom staren, die Rassoel niet goed kan zien. Hij hijst zich nog iets verder omhoog. Wat hij ziet beneemt hem de adem: Yarmohamad duikt op uit de gang met een groot mes in zijn hand. Hij haast zich naar het ontblote lichaam van een vrouw die met het touw van de kinderschommel bij haar enkels in de boom is opgehangen. De versteende blik van Rassoel verplaatst zich naar een raam waarachter hij Rona ontwaart, die ook een stormlamp in haar hand heeft. Maar ze kijkt niet naar haar man of haar dochters. Ze blaast hem stiekem luchtkusjes toe. Versuft buigt Rassoel zich nog iets dichter naar het raam. Yarmohamad laat het lichaam om zijn as draaien en het gezicht van de vrouw wordt zichtbaar. Het is Soefia. Rassoel slaakt een kreet. Een gesmoorde kreet, die wegsterft in zijn borstkas. Yarmohamad begint de borsten van het meisje af te snijden. Het gekerm verandert in gebrul. Rassoel, die niet overeind kan komen, begint als een razende op het raam te kloppen. Yarmohamad gaat onverstoorbaar door met het afsnijden van Soefia's borst, die ophoudt met kermen en jammeren. Rassoel blijft op het raam kloppen tot het glas breekt.

Plotseling is er het geluid van de deur die opengaat, fel licht van twee verblindende zaklampen en het angstaanjagende geschreeuw van mannen met baarden, die met kalasjnikovs de kamer binnenstormen. Rassoel zit gebroken onder het raam, tussen glasscherven, en probeert uit alle macht op te staan. Een van de aanvallers vliegt op hem af en ramt hem met zijn zaklamp op het hoofd. Een andere graait tussen zijn stapels boeken. 'Verduivelde communist, je hebt je als een rat verstopt!' Rassoel sluit zijn ogen en opent ze dan weer, in de hoop de beelden van zijn nachtmerrie te doen verdwijnen. Vergeefse moeite, ze zijn er nog steeds. En jij, jij bent niet langer in je droom. Verdedig je, doe iets!

Maar wát?

Stel ze gerust, zeg dat je geen communist bent, dat die Russische boeken geen communistische propaganda zijn, maar het werk van Dostojevski. Schreeuw!

'De Russen hebben je moeder geneukt!' Een van de gewapende mannen propt een boek in zijn mond; het begint te bloeden.

Vergeet Dostojevski! Zeg iets anders, smeek, zweer bij Allah ...

Hij probeert het, maar de naam Allah wil niet uit zijn keel komen.

Een van de mannen slaat hem nog harder en gooit hem op de grond. Dan ziet Rassoel dat Yarmohamad het tafereel vanaf de drempel met enig genoegen gadeslaat. Een van de mannen roept naar hem: 'Hoelang houdt hij zich hier al schuil?' Hij zet een stap naar voren om slaafs te antwoorden: 'Meer dan een jaar ... Ik zweer jullie dat ik hem deze kamer alleen verhuur omdat ik bevriend ben met zijn neef. Zijn neef Razmodin is een rechtschapen en vroom moedjahedien ... Ik zweer bij Allah dat hij zijn boeken zelfs voor zijn neef verbergt. Razmodin is niet iemand die instaat voor een communistische godslasteraar, al is het zijn eigen broer ...' Rassoel hoort het met afgrijzen aan en wil reageren. Hij richt zich op om Yarmohamad aan te vliegen, hij wil hem bij zijn keel grijpen en slaan om hem tot rede te brengen. Een beetje waardigheid, Yarmohamad! Maar dan krijgt hij een schop in zijn onderbuik die maakt dat hij dubbelklapt. 'Wou je 'm smeren?'

'm Smeren? Nee ... 'Waarom heb je het raam stukgemaakt?' Het raam? ... Nee, maar dat is ... Verward en met moeite richt Rassoel zich op om een blik op de binnenplaats te werpen, waar alles donker en stil is. Totale verwarring. Zijn ongeruste blik gaat weer naar Yarmohamad, naar zijn lege, schone handen.

'Mee naar het bureau!' Ze nemen hem mee, met een paar Russische boeken als bewijsmateriaal onder hun arm.

Als hij langs Yarmohamad loopt, kijkt Rassoel hem strak aan om hem te laten weten dat zijn lafheid hem duur zal komen te staan. Hij hoort hem mompelen: 'Van Razmodin zul je ook nog wel op je lazer krijgen, met je boeken!'

Nee, die twee mannen zijn heus niet op dit tijdstip naar

me toe gekomen om me in elkaar te slaan vanwege mijn boeken. Iemand moet me hebben verraden voor de moord op die oude vrouw. Het is afgelopen! De vrouw met de hemelsblauwe boerka. Zij is het. Zo wilde ze van me afkomen. Ik ga óók alles zeggen, alles. Ik zal haar aangeven als medeplichtige. Ze heeft niet het recht in vrede te leven, zonder te delen in mijn misdaad en straf!

Ben ik nog in slaap?

En die stilte – van tijd tot tijd verstoord door gefluister, gedempte stappen, onderdrukt gesteun ... – hoor ik die in mijn droom?

Open je ogen en je zult het weten.

Hij opent op slag zijn ogen. Maar een wit licht verblindt hem. Hij sluit zijn ogen weer om ze daarna opnieuw, voorzichtig, te openen. Nog steeds hetzelfde licht. Hij spitst zijn oren. Nog steeds hetzelfde geluid. Is het dan toch geen droom?

Nee. Dat is wel zeker. Door dat bleke licht, die witte muren, die gedempte stemmen lijkt het wel alsof hij in een ziekenhuis is ... Alleen ligt hij niet in een wit bed. Hij ligt haast languit op een oude leren bank, met een gat in zijn geheugen dat hij probeert te dichten met de beelden en geluiden die hem bestoken: de twee mannen die hem op zijn kamer hadden gelyncht; de deur van het 'ministerie van Informatie en Cultuur'; de verblindende lichtbundel van een bewaker die hen staande houdt; de twee mannen die samen met hem de trap in het gebouw oplopen; de stekende pijn in zijn enkel; een lange gang, verlicht door zwakke peertjes, waar gewonde jonge mensen in een hoekje liggen te dommelen terwijl anderen op stoelen of in oude fauteuils zitten te roken; verderop weer anderen, die op de grond rondom een tafelkleed brood en kaas eten; nog verder zitten drie of vier mannen aftandse Russische geweren schoon te maken; een oude man reciteert verzen uit de Koran; een andere kookt iets op een komfoor en verspreidt zo een vettige, kruidige lucht ... Rassoel wordt overvallen door een vreemd, verontrustend gevoel. Het is net alsof hij dit al eens eerder heeft meegemaakt. Het lijkt alsof hij steeds opnieuw door deze eindeloze gang op en neer loopt, gadegeslagen door argwanende, ernstige blikken. Hij raakt buiten bewustzijn. Alles wordt zwart.

Nu zit hij hier tegenover een uiterst serieuze man die achter een groot bureau door zijn Russische boeken bladert en de velletjes papier die her en der in de boeken zitten, vluchtig doorleest; achter hem de twee mannen met baarden die hem hierheen hebben gebracht.

Als hij rechtop gaat zitten, trekt hij de aandacht van de man achter het bureau. Een rustige man met een *pakol* op zijn hoofd, een spits gezicht, een getaande huid en een zorg- vuldig getrimde baard. Hij stopt met lezen en vraagt met een vaag glimlachje aan Rassoel: '*Watandaar*, waar kom je vandaan?'

Watandaar, wat een geruststellend woord is dat toch, een mooie, haast vergeten uitdrukking sinds deze broedermoord is begonnen. Tegenwoordig zijn er nog maar weinig mensen die degenen van het andere kamp aanspreken met 'landge- noot'. Wees dus niet bevreesd!

Inderdaad is er niets te vrezen. Ik ga netjes rechtop op de bank zitten en heel kalm antwoorden dat ik uit Kaboel kom.

Zijn lippen bewegen. De naam van zijn geboortestad is niet meer dan een gedempte, onhoorbare zucht. 'Ik kan je niet verstaan', zegt de man terwijl hij zich over het bureau naar voren buigt.

Is hij alweer vergeten dat zijn stem het niet meer doet?

Hij schraapt zijn keel om hem vrij te maken. Nog steeds geen enkel geluid.

Onthutst probeert hij zijn handen te bewegen, te gebaren, op zijn adamsappel te wijzen, er verwoed met zijn vingers in te knijpen, als om duidelijk te maken dat hij geen geluid uit zijn keel kan krijgen. 'Ben je stom?' Nee, gebaart hij. 'Hoor je me?' Ja. 'Ben je ziek?' Mmm, ja.

De man gaat iets dieper in zijn fauteuil zitten, neemt Rassoel een tijdlang argwanend op, en vraagt dan: 'Van welk kamp ben jij?'

'Van geen enkel!' fluistert Rassoel, maar de woorden blijven ergens tussen zijn stembanden hangen, en zijn handen bewegen druk heen en weer in een poging het woord te omschrijven. De man richt zich weer op en reikt hem een potlood aan, waarmee hij schrijft: 'Geen enkel.' De man leest het. Dan kijkt hij Rassoel opnieuw vorsend aan terwijl hij zich waarschijnlijk afvraagt hoe hij kan leven in een gebied dat is verscheurd door een burgeroorlog zonder bij een kamp te horen. Dan zegt hij: 'Bij welke bevolkingsgroep hoor je?' Rassoel krabbelt: 'Geboren in Kaboel.' Verder niets. De man lijkt al evenmin overtuigd van dat antwoord. 'Waar heb je Russisch geleerd?'

Rassoel schrijft op: 'Ik heb in Rusland gestudeerd.' De man leest zijn antwoord hardop en vraagt: 'Wat heb je gestudeerd?' 'Rechten', schrijft Rassoel, en na een korte aarzeling voegt hij eraan toe: 'En die vervloekte Dostojevski gelezen!' De man lacht, leest en vraagt hem: 'Hoezo "die vervloekte

Dostojevski"?' Rassoel maakt een gebaar van uitputting, en wijst op zijn hemd vol bloedvlekken. Zijn gespreksgenoot vervolgt: 'Die twee watandaars zijn analfabeet. Voor hen is een Russisch boek zonder meer communistische propaganda.'

Het is goed, Rassoel, je bent gered. Deze man begrijpt je wel. Je moet deze gelegenheid aangrijpen om meer te weten te komen over de aanleiding voor je arrestatie. Maar waar moet je beginnen? Kent hij Dostojevski?

Hij schrijft; de ander leest en antwoordt: 'Ja, toen ik student was las ik zijn boeken, in het Perzisch natuurlijk. Ik studeerde aan de Technische Universiteit. Maar na de protesten van 1981 tegen de inval van de Sovjets ben ik met mijn studie gestopt om bij de moedjahedien te gaan. En jij, zat jij toen in de … Komsomol?' Hij is slim, slimmer dan je denkt. Hij laat zich niet ondervragen door een jonge Kaboeli als jij. Je moet geen spelletje met hem spelen. Op dit moment ligt je leven in zijn handen. Hij blaast je zó omver. Wees niet arrogant. Stel hem je leven simpel en nederig voor: je hebt een paar jaar in Rusland gewoond, in Leningrad … nee, je moet Sint-Petersburg zeggen. Vertel over je tegenslagen, over het conflict met je communistische vader, die je tegen je wil naar de Sovjet-Unie had gestuurd om te gaan studeren. Je hebt er maar drie jaar gewoond, van 1986 tot 1989. Je hebt er een meisje leren kennen dat je *koessinka* noemde, schatje. Nee, laat die liefdesgeschiedenis met dat Russische meisje maar achterwege. Een aanhanger van de moedjahedien zal wel niet dol zijn op dit soort avonturen met een kafirmeisje. Schrijf maar gewoon op dat je een Dostojevskikenner hebt ontmoet. Hij heeft je dat eerste boek, *Misdaad en straf*, gegeven, dat je leven op zijn kop heeft gezet. Je hebt overal de brui aan gegeven ...

O nee! Dat is te lang om op te schrijven. Je moet nauwkeurig en bondig zijn.

Hij begint zijn leven samen te vatten, maar hij heeft de eerste zin nog maar net opgeschreven, of de sonore, bedachtzame stem van de man houdt hem tegen. Hij leest een van de handgeschreven velletjes – fragmenten uit *Misdaad en straf* die Rassoel heeft vertaald – en stopt dan om te zeggen dat hij langgeleden *Duivels* heeft gelezen, maar dit boek niet. Rassoel veert op om tussen de papiertjes de vertaling te zoeken die hij van de flaptekst van *Misdaad en straf* heeft gemaakt. Hij vindt het blaadje en geeft het hem. De man neemt het over en mompelt in zijn baard: *'Centraal in deze roman staat de moord op de oude woekeraarster, in een appartementengebouw in Sint-Petersburg, door de student Raskolnikov: het denken over de beweegredenen achter deze misdaad en de invloed van Sonja of een mysterieuze innerlijke kracht drijven de held ertoe zichzelf aan te geven en zich aan een vrijwillige straf te onderwerpen. Pas tijdens zijn jarenlange verblijf in een strafkolonie openbaart zijn liefde voor Sonja zich aan hem, en de weg van de verlossing.'* Hij knikt om zijn bewondering te laten blijken en denkt dan hardop: 'Dat is een heel goede les voor misdadigers.' Rassoel bijt op zijn lip, die vergeefs beweegt om duizend-en-een woorden over dit boek te zeggen. Hij zou de beweegredenen voor deze moord graag voor de duizend-en-eerste keer uiteen willen zetten: het gaat niet alleen om de diefstal; voor Raskolnikov is de woekeraarster een stuk ongedierte dat geld steelt van arme mensen, en daarom is het volkomen gerechtvaardigd haar uit de weg te ruimen;

met zijn daad bevestigt Raskolnikov dat hij tot het ras van de superieure geesten behoort, die boven goed en kwaad staan; voor hem is zijn misdaad de ultieme manier om boven de morele en sociale wetten uit te stijgen, hij getuigt van zijn onafhankelijkheid en vrijheid ... Zoals alle grote namen uit de geschiedenis, zoals Mohammed, Napoleon of ...

Wat zonde!

'... dat moet een interessant boek zijn. Het is een mystiek verhaal', vervolgt de man ernstig. En Rassoel vervloekt opnieuw het verlies van zijn stem, zijn onvermogen om duidelijk te maken dat Dostojevski inderdaad niet zozeer een revolutionaire, communistische schrijver is, maar een mysticus. Hij heeft het al honderd keer herhaald, maar zijn Russische professoren zijn het niet met hem eens; ze houden niet van dit soort typisch oosterse analyses. Ze hielden trouwens sowieso niet van Dostojevski. In Rusland werd hij door de communisten helemaal niet gewaardeerd. Voor hen was het uitgesloten dat het gedachtengoed van Dostojevski uitsteeg boven de psychologie om een metafysisch niveau te bereiken ... Dit boek zou in Afghanistan moeten worden gelezen, een land dat vroeger mystiek was en nu zijn verantwoordelijkheidsgevoel heeft verloren. Rassoel is ervan overtuigd dat als het boek hier op school behandeld zou worden, er niet zo veel misdaden zouden zijn!

Wat een naïeve ziel!

Vergeet Dostojevski, red je hachje en luister naar deze man die tegen je zegt: 'Zodra je je stem weer terug hebt, moet je maar terugkomen om het er nog eens in alle rust over te hebben.' Goed, knikt Rassoel, niet bijster overtuigend. 'Mijn mannen zullen je niet meer lastigvallen', zegt de man terwijl hij de boeken op een stapeltje legt. Dan herinnert hij zich een detail en kijkt Rassoel nieuwsgierig aan: 'Er is één ding dat me intrigeert.' Wat dan? 'Jano vertelde me dat je op de vlucht wilde slaan toen ze je kamer binnenkwamen. Waarom was dat?' Nee, hij wilde helemaal niet vluchten. Hij had een nachtmerrie. De deur en het raam zaten op slot. Hij kreeg ze niet open. Kijk maar naar zijn handen, ze zijn gewond.

Hoe moet hij in 's hemelsnaam geloven dat je in een nachtmerrie een raam kunt breken!

De man kijkt naar de handen die Rassoel naar hem uit-steekt. Hij zegt met een droevige blik: 'We moeten orde op zaken stellen in deze wijk. Dat gaat niet zo makkelijk, en het ontwapenen van de bevolking is niet afdoende. Als je ze hun wapens afneemt, grijpen ze naar messen en bijlen ... Giste-ren is er iemand op klaarlichte dag met een bijl vermoord.' Aha, ze hebben het lichaam van nana Alia dus gevonden. En ik, de moordenaar, zit hier tegenover de persoon die verant-woordelijk is voor de veiligheid van de stad!

Rassoel wordt bleek. Hij ploft neer op de fauteuil. 'Wat is er aan de hand, watandaar?' Getroffen kijkt Rassoel de man aan, zijn lippen trillen. 'Je ziet er moe uit. Pak je boeken en ga naar huis. We zien elkaar een andere keer, dan praten we verder.' Hij geeft hem een knipoog, pakt zijn geweer en gaat Jano en diens maat wekken. 'Kom, breng deze jongeman naar huis!' Aan Rassoel vraagt hij: 'Hoe heet je?' – waarop hij zijn naam opschrijft. 'Rassoel, we hebben ontwikkelde men-sen zoals jij nodig; ik bedoel om het vaderland en de islam te dienen. Kom je morgen melden en help ons de wijk veiliger te maken. Jij bent een kind van hier. Je kent de levensloop en het verleden van iedereen. Jij weet wie in ieder huis woont en wat er …' Terwijl hij naar de deur loopt, draait hij zich opnieuw om naar Rassoel en glimlacht met een ontwapenende hoffelijkheid: 'Kom nog eens langs en vraag dan naar Parwaaz, dat is mijn naam.' Dan gaat hij weg. De sluwe vos! Hij weet waarschijnlijk alles! Maar wat wil hij van mij?

'Kom op, Rassoelovski, lopen!' zegt Jano gapend. 'Of wil je soms niet naar huis?'

Voordat hij de binnenplaats van zijn huis oploopt, wenst Rassoel slechts twee dingen: ten eerste dat er geen bloedsporen onder de boom te zien zijn – hij is er nog steeds niet helemaal van overtuigd dat het een nachtmerrie is geweest; en verder dat hij Yarmohamad niet tegen het lijf loopt – hij heeft geen zin zijn handen te bevuilen met het weerzinwekkende bloed van een man die hij haat, omdat de dood voor dit soort mensen een gunst is. Je moet zijn leven binnen zien te sluipen, in zijn geest rondwaren, bezit nemen van zijn dromen, zijn lot worden.

Hij loopt dus door. Met de boeken onder zijn arm. In de bleke nacht loopt hij op de boom af en strijkt met zijn hand over de stam. Hij inspecteert de grond rondom de boom. Geen bloedsporen te zien. Hij richt zich op en kijkt naar het raam van zijn kamer. De ruit is echt gebroken. Dan draait hij zich naar het raam van Yarmohamad. Na een korte aarzeling loopt hij ernaartoe om te roepen dat hij terug is, gezond en wel. De woorden blijven steken in zijn keel. Dan klopt hij op het raam. Het kaalgeschoren hoofd van Yarmohamad duikt uit het donker op. Met een verstoord gezicht omdat hij zijn vrouw en kinderen niet wil wekken, vraagt hij Rassoel of het misschien wat zachter kan. Tevergeefs. Rassoel blijft op het raam bonzen. Dan maakt hij zwaaiend met zijn boeken een obsceen gebaar met zijn arm, keert hem de rug toe en gaat naar zijn kamer. Opgelucht en triomfantelijk.

Ga nu maar slapen, Yarmohamad, ik wens je alle nacht-merries van de wereld toe! Ik zal je tot in je dromen achter-volgen.

Als hij in zijn kamer is, zou hij het wel uit willen brullen. Van blijdschap. Of van afschuw. Hij ademt krachtig uit, om een schroeiende teug lucht uit zijn longen te persen, zonder genoegen of afkeer.

Het koude zweet staat op zijn rug. Hij gooit de boeken op de grond en steekt een kaars aan. Het kapotte raam intrigeert hem het meest. Hij begrijpt nog steeds niet hoe hij dat in zijn slaap heeft kunnen doen.

Ben ik gek geworden? Zeggen ze niet dat de eerste tekenen van krankzinnigheid zich manifesteren als de nachtmerrie buiten de slaap treedt en zich in de wakende toestand nes-telt? Vertwijfeld trekt hij zijn schoenen uit en gaat languit liggen. Hij durft zijn ogen niet dicht te doen. Hij is bang voor zijn nachtmerries. Ja, het zijn die demonen in mijn slaap, die nachtelijke schimmen die me mijn stem ontnemen en me gek maken. Ik kan niet meer slapen!

Maar de vermoeidheid is sterker dan zijn wil. Zij is het die zijn ogen sluit en hem in de afgrond van de duisternis duwt. Hij wordt er pas weer uitgehaald door de ontploffing van een raketbom, niet ver weg. Hij schrikt op. Gaat bezweet over-eind zitten. Zijn tong is nog steeds droog, zijn borst brandt.

Nog steeds geen stem.

De berg verzwelgt de maan.

De nacht verteert de kaars.

Het halfduister verdooft de kamer.

Rassoel staat op. Nadat hij een nieuwe kaars op het lijkje van de oude heeft gezet, drinkt hij wat water en keert terug naar zijn bed. Hij wil niet meer gaan liggen. Hij blijft recht-op zitten, met zijn rug tegen de muur. Wat moet hij doen? Een boek lezen. Hij buigt zich voorover om een willekeu-rig boek te pakken, maar gooit het meteen weer weg om het eerste deel van *Misdaad en straf* te zoeken, dat hij open-slaat bij de pagina waarop Raskolnikov na de moord thuis-komt … *Zo lag hij lange tijd. Af en toe werd hij half wakker en op die ogenblikken merkte hij dat het allang nacht was, en het kwam niet bij hem op om op te staan. Ten slotte merkte hij dat het al daglicht was. Hij lag op zijn rug op de divan, nog stijf van de verdoving waarin hij daarstraks had verkeerd. Van de straat drongen hartverscheurende, wanhopige kreten tot hem door, die hij overigens iedere nacht na tweeën onder zijn venster kon horen. Deze waren het ook die hem nu wakker maakten: 'Ah! Daar gaan de drinkers de dranklokalen uit, dacht hij, het is twee uur geweest,' en plotseling sprong hij op alsof hij van de divan gesleurd werd. 'Wat! Al over tweeën!' Hij ging op de divan zitten, en toen herinnerde hij zich alles! Opeens, in een oogwenk herinnerde hij zich alles!*

Het eerste ogenblik dacht hij dat hij gek werd. Een verschrik-kelijke koude beving hem; maar … die kou komt niet van buiten. Nee, het is helemaal niet koud. Het is veeleer een kilte, een vreemde kilte die zich uit het interieur losmaakt. Ze komt uit de kamer, uit de vale muren, uit de donkere, rottende balken …

Hij staat op en gaat naar het raam om het open te zet-ten. Wat is het buiten mooi weer! Hij doet zijn schoenen aan en loopt snel de kamer uit, de trap af, de binnenplaats over, waarbij hij een ontmoeting met de huisbaas probeert te vermijden. Dan staat hij op straat. Met een blij hart en een licht lichaam loopt hij naar de rivier. Overal flaneren vrouwen, mannen, jongeren en muzikanten in de middagzon. Langs de oever van de rivier de Neva doolt hij tussen de voorbijgangers. Niemand slaat acht op hem. Niemand kijkt hem argwanend aan. Toch kan hij niet onopgemerkt blijven met zijn versleten en bebloede kleren. Wat heerlijk om niet gezien te worden, onopvallend te zijn! In zijn blijdschap onzichtbaar te zijn, ontwaart hij plotseling een vrouw in een hemelsblauwe boerka in de menigte. Wat doet zij hier in Sint-Petersburg? Ze loopt hem in volle vaart voorbij. Verbijsterd staart hij haar na. Haar manier van lopen komt hem bekend voor. Ze gaat op in de mensenmassa. Hij komt weer tot zichzelf en versnelt zijn pas. Hij ziet dat de vrouw met de blauwe boerka een druk kruispunt oversteekt. Hij zet het op een lopen, totdat hij de vrouw bijna kan aanraken. Hij weet haar boerka vast te grijpen en trekt hem van haar af. De vrouw is naakt. Ontzet krimpt ze ineen om haar lichaam en haar gezicht te verbergen, net als het voorwerp dat ze in haar handen houdt. Dan heft ze langzaam haar gezicht op. Het is Soefia. Tussen haar knieën heeft ze het sieradenkistje van nana Alia geklemd. Rassoel kijkt haar verbijsterd aan en mompelt iets onverstaanbaars. Hij doet zijn ogen dicht en werpt zich voor haar neer om het uit te schreeuwen, om Soefia te bedanken. Hij heeft het gevoel dat hij is gered. Zij heeft hem gered. Een hand schudt hem door elkaar. 'Rassoel! Rassoel!' Het is niet de stem van Soefia. Het is een mannenstem. Een bekende stem. Het is Razmodin, zijn neef. Maar waar is hij?

Daar voor je, in je kamer. Doe je ogen open!

Slaapdronken schiet Rassoel overeind, waardoor *Misdaad en straf* op zijn borst valt. 'Razmodin?' De naam van zijn neef brengt zijn lippen in beweging en gaat dan verloren. Hij kucht en doet alsof hij 'salaam' zegt. Razmodin zit geknield naast hem en kijkt hem ongerust aan. 'Gaat het wel, neef?' Rassoel opent zijn ogen helemaal en sluit ze meteen weer, peinzend. 'Wat is er met je? Gaat het wel?' vraagt Razmodin nu iets nadrukkelijker. Rassoel knikt en gaat op het matras zitten, terwijl zijn blik naar het gebroken raam schiet. Het is al dag, maar de zon is nog steeds zwart achter de rook. 'Moet ik je naar een dokter brengen?' Nee, het gaat wel, gebaart hij. 'Ja, dat zie ik! Vertel op, wat is er aan de hand?' De ongeruste blik van Razmodin blijft aan het hemd van Rassoel haken. 'Waar komt dat bloed vandaan? Ben je in elkaar geslagen?'

Na even nadenken staat Rassoel op en werpt een blik op de binnenplaats, waar hij Yarmohamad ziet, die naar hem staat te kijken. Hij gebaart dat hij naar zijn kamer moet komen. Maar Yarmohamad gaat zijn huis weer in. 'Laat hem! Hij is me vanmorgen vroeg alles komen vertellen op mijn kantoor. Hij was bleek en zei dat het niet zijn schuld was … En dat is ook zo. Er zijn de laatste dagen overal patrouilles. Vooral in deze buurt … Je hebt geen idee wat er in het land aan de hand is. Ik weet niet in wat voor wereld jij zit, maar je interesseert je …' Stop, Razmodin, alsjeblieft! Kijk wat ze hem aangedaan hebben.

Razmodin stopt met praten, niet om te kijken hoe Rassoel eraan toe is, maar om te horen wat hij erover te zeggen heeft. Hij wacht even. Geen woord. Hij is verbaasd. Rassoel stroopt zijn mouwen op om hem de vele blauwe plekken te laten zien. 'Die hoerenzonen! Maar jij bent ook een mafkees. Wie bewaart er in deze tijd nu al zijn Russische boeken?' De pijn in zijn enkel speelt weer op. Met een bleek gezicht gaat Rassoel op zijn bed zitten om die te masseren. Zijn neef neemt hem uitvoerig op: 'Dostojevski! Dostojevski! Jij werkt je steeds in de nesten vanwege die Dostojevski van je! Hoe moeten zij Dostojevski nou kennen?'

Ze zijn niet allemaal even onbelezen als jij, Razmodin! Commandant Parwaaz, wiens naam je bekend moet voorkomen, kent hem wél. Zijn troepen zijn daar, tegenover je hotel, bij het ministerie van Informatie en Cultuur. Maar in mijn huidige toestand kan ik er niets over zeggen.

Schrijf het voor hem op!

Waarom zou ik? Ik vind het wel rustig zo, zonder woorden, zonder eindeloze gesprekken. Laat hem maar verbouwereerd zijn over mijn stomheid.

'Yarmohamad heeft me verteld dat ze je naar het kantoor van commandant Parwaaz hadden gebracht. Ik ken hem.' Ja, dat weet ik. 'Bij de demonstraties in 1979 hebben we in dezelfde gevangenis gezeten. Je mag van geluk spreken dat je op hem bent gestuit. Hebben jullie het nog over mij gehad?' Rassoel schudt zijn hoofd, staat op en gaat opnieuw bij het raam staan. Yarmohamad is weer terug op de binnenplaats. Rassoel gebaart opnieuw dat hij naar boven moet komen. 'Vergeet hem, het is voorbij. Ik heb hem twee maanden achterstallige huur gegeven, hij zal je verder met rust laten.' In verlegenheid gebracht door de gulheid van zijn neef loopt Rassoel met kleine stapjes terug naar zijn bed en probeert hem met gebaren uit te leggen dat hij dat niet had hoeven doen, dat hij het zelf ook wel had kunnen betalen ... Precies wat hij de vorige keer zei, toen Razmodin drie maanden huur voor hem had betaald.

'Waar had je dat dan van moeten betalen?! Je hebt overal de brui aan gegeven. Kijk eens hoe je eraan toe bent. Je lijkt wel een bedelaar, een gek die uit het gesticht is ontsnapt!' zou Razmodin daarop hebben gezegd.

Het heeft dus geen zin dat Rassoel al te veel moeite doet om zich verstaanbaar te maken. Maar Razmodin hoopt toch wel iets uit Rassoels mond te horen. Hij begrijpt niet waarom hij niets tegen hem zegt. Hij kijkt nieuwsgierig toe terwijl hij in een stapel kleren graaft, op zoek naar een schoon hemd. Maar ze zijn allemaal vuil en gekreukt. Dat weet Rassoel best, hij doet maar alsof. Niet dat hij Razmodin niet graag antwoord zou geven, maar hij heeft geen zin hem duidelijk te maken dat hij zijn stem kwijt is. Ze zijn neven, en ze kennen elkaar goed. Ze verstaan elkaar ook als ze de ander niet horen. Desondanks dringt Razmodin als altijd aan: 'Rassoel, je moet iets doen. Hoelang ga je nog zo leven? Als ik net als jij meerdere talen kon spreken, zou ik nu schatrijk zijn. Die buitenlandse journalisten en humanitaire organisaties hebben allemaal vertalers nodig. Iedere dag krijg ik meer dan honderd keer de vraag of ik niet iemand ken die Engels spreekt, al is het maar op een basaal niveau. Maar hoe zou ik je naam durven noemen? Je hebt me nu al in de problemen gebracht. Ik heb al zó vaak spijt als haren op mijn hoofd gehad.' En zoals gewoonlijk vergeeft hij hem toch weer: 'Als je wilt, kan ik het verleden vergeten en je opnieuw voordragen. Maar ik smeek je, geef de journalisten niet de schuld. Wat kan het jou schelen wie voor wie werkt, en waarom iemand de ene of de andere groep de hand boven het hoofd houdt?

Neem hun dollars aan en laat ze in de stront zakken met hun ideeën en hun idiote politieke posities!' Maar ditmaal wacht hij niet tot Rassoel weer komt aanzetten met zijn lijf- spreuk: 'Verraad is erger dan misdaad!' Hij vervolgt: 'Het is makkelijk om te zeggen dat verraad erger is dan misdaad. Maar waarom pak je dan geen wapen? Je probeert de dans te ontspringen. Als iemand je vraagt te vliegen, zeg je dat je een kameel bent, en als iemand je vraagt iets te dragen, zeg je dat je een vogel bent. Je hebt je ouders laten vallen, je bent je zus en je vrienden vergeten. Als je je verstand helemaal wilt verliezen, moet je vooral zo doorgaan. Maar weet je eigenlijk wel wat je met je leven wilt?' Woedend staat hij op, pakt een sigaret uit zijn zak en steekt die op. Hoewel Rassoel geïrri- teerd is door die eeuwige verwijten, doet hij nog steeds alsof hij een hemd zoekt, terwijl hij ondertussen instemmend zwijgt en zijn hand in de lucht ronddraait om te laten zien dat hij het riedeltje al kent: 'Ik zweer je, je bent veranderd, je bent niet meer degene die ik kende. Je wilde Soefia, je hebt haar gekregen. Maar wat doe je vervolgens met haar? Heb je voor haar soms hetzelfde lot in gedachten als voor jezelf? Neef, wij zijn samen opgegroeid, we kennen elkaar goed, je bent als een broer voor me. Je hebt me alles geleerd ...' De rest houdt Razmodin voor zich, omdat hij nog maar een paar weken geleden hetzelfde, of bijna hetzelfde, tegen hem heeft gezegd, en Rassoel toen kortaf antwoordde: 'Op één ding na.'

'Wat dan?'

'De vreselijke gewoonte om een ander de les te lezen.'

'Ik lees je niet de les. Ik hou je een spiegel voor.'

'Een spiegel? Nee, het is een glazen plaat waarin alleen je

eigen beeltenis te zien is, die je de anderen voorhoudt om te zeggen: *Wees zoals ik!*

Je kunt maar beter niets zeggen, Razmodin. Je denkt dat ik doe alsof het me niks kan schelen wat jij zegt. Gelukkig weet je niet dat ik noodgedwongen zwijg, anders zou je maar doorgaan. Je zou je hart uitgestort hebben, terwijl je nog niet over de beledigingen van de vorige keer heen was, zonder me te horen zeggen dat ik je liefdadigheid niet wil, dat ik niks op heb met de tweedehands rommel van die hulporganisaties van je, dat ik een hekel heb aan gulle mensen die graag geprezen willen worden om hun gulheid, dat ik een hekel heb aan al die aasgieren die boven onze kadavers cirkelen, die vliegen die gonzen rond het achterste van een dode koe. Ja, ik heb inmiddels een hekel aan alles, aan mezelf, en aan jou, mijn neef en jeugdvriend; jij die me recht in de ogen kijkt en een paar woorden van me verwacht. Maar nee, uit mijn mond zul je niets meer horen. Misschien vat je mijn zwijgen op als onverschilligheid. Of als gelatenheid tegenover je verwijten.

Interpreteer het zoals je wilt. Wat kan dat aan de wereld veranderen? Of aan mij? Niets. Laat me dan met rust!

Na deze lange stilte doet Razmodin een nieuwe poging: 'Je wilt dus niet meer met me praten? Is het afgelopen?' Rassoel houdt op met zijn gegraaf in het wasgoed. Hij haalt zijn schouders op om duidelijk te maken dat hij verder niets te zeggen heeft. Teleurgesteld staat Razmodin op. 'Je bent vooral je verstand kwijt, Rassoel. Als je me niet meer wilt zien of horen, ga ik wel weg ...' Hij loopt naar de deur. 'Ik heb je huur betaald om de eer van de familie te redden. En nergens anders om!' Hij gaat weg.

Rassoel blijft onthutst achter, zijn gezicht staat gespannen. Dan haast hij zich in allerijl naar het raam om nog iets te schreeuwen.

Ik kan zelfs mijn wanhoop niet meer uitschreeuwen, mijn haat, mijn woede …

Schreeuw dan hoop uit, blijdschap, rust. Misschien helpt dat om je stem terug te krijgen.

Waar moet hij die vandaan halen?

Waar je ze bent kwijtgeraakt.

In een spiegeltje aan de muur bekijkt hij zichzelf met haat en woede. Hij strijkt over zijn baard. Dan bevochtigt hij zijn wangen met het laatste restje water uit de kruik en pakt zijn scheermes; het lemmet is bot. Hij probeert het toch en duwt hard. Het lemmet haalt zijn vel open. Het begint te bloeden. Zonder er aandacht aan te schenken scheert hij zich geërgerd, hij haalt het mes over zijn kin, onderlangs … Er komt een vlieg om zijn wondjes cirkelen. Hij jaagt hem weg. Hij komt weer terug, proeft van het bloed. Met een bruusk gebaar slaat hij hem opnieuw weg, maar het scheermes glijdt weg op zijn wang. Nog een snee; het kan hem niets schelen. Hij scheert zich verder, steeds nerveuzer, alsof hij zijn huid van zich af wil pellen.

Het geluid van voetstappen in het trapportaal maakt zijn bewegingen langzamer. Er wordt aangeklopt. Even blijft Rassoel zwijgend en roerloos staan, dan doet hij de deur open zonder zijn bebloede gezicht af te vegen. Voor de deur staat een vrouw in een hemelsblauwe boerka. Als ze Rassoel ziet, slaakt ze een onderdrukte kreet en deinst achteruit. Ze slaat de sluier voor haar gezicht weg. Het is Soefia. Haar onschuldige ogen worden groot van schrik. 'Rassoel, wat is er gebeurd?' Hij gaat met zijn hand over zijn gezicht, zijn lippen bewegen om te zeggen dat het door zijn botte scheermes komt … Ze kan de gebaren niet duiden. 'Wat is er?'

Niks, gebaart Rassoel vertwijfeld. 'Gisteravond hebben we tot laat op je gewacht, waarom ben je niet gekomen? Mijn moeder was erg bezorgd. Ze heeft de hele nacht geen oog dichtgedaan.' Moet ik haar duidelijk maken dat ik mijn stem kwijt ben? Ja, waarom niet? Wie anders kun je in vertrouwen nemen?

Hij zet een stap naar achteren om Soefia binnen te laten. Hij gaat pen en papier zoeken. Maar als ze ziet dat de kinderen van Yarmohamad naar haar staren, blijft ze liever in de deuropening staan. 'Ik wil je niet storen. Ik kom je ophalen om ...' Ze maakt haar zin niet af, in verwarring gebracht door Rassoel, die ongerust tussen zijn boeken aan het rommelen is. Na een korte stilte en aarzeling besluit ze de boerka weer over haar gezicht te laten zakken en weg te gaan, terwijl Rassoel blijft zoeken naar iets om zijn stemloze woorden op te schrijven. Hij zit nog steeds gevangen in de droom waarin hij haar door de straten van Sint-Petersburg achtervolgt. En als zij nu eens echt de vrouw in de blauwe boerka was? Een stomme vraag, die hem noopt tot actie. Hij snelt naar de binnenplaats. Soefia is al op straat. Hij wast zijn gezicht bij de kraan, gaat terug naar zijn kamer, kleedt zich om, gaat opnieuw naar buiten en stormt achter Soefia aan.

Inderdaad, wat een absurde gedachte! Als het Soefia was, had je haar stem wel herkend.

Haar stem?

Hij blijft staan.

Zeg niet dat je die niet herkent!

Natuurlijk herken ik die, maar ik kan me niet herinneren hoe haar stem klinkt als ze schreeuwt. Eigenlijk heb ik haar nog nooit horen schreeuwen of haar stem horen verheffen.

En hoe ze loopt? Hoe ze rent?

Soefia verplaatst zich als een vis. Haar schouders bewegen als vinnen naar voren en naar achteren. Ja, maar vroeger had ze zo'n speciale manier van bewegen, toen ze nog geen boerka droeg. Gehuld in een boerka lopen alle vrouwen hetzelfde, of niet soms?

Ja.

In zijn twijfel en onzekerheid versnelt Rassoel zijn kreupele passen nog meer, passen die hem naar het huis van Soefia brengen. Hij is op een vreemde manier opgewonden, hij is er nog steeds niet van overtuigd dat zo'n verlegen en onschuldig meisje zich nooit in zo'n hachelijk avontuur zou storten.

Zij heeft het gedaan, zou hij wel willen uitroepen. Zij! Ze heeft het niet alleen uit liefde voor mij en mijn familie gedaan, maar ook uit haat voor nana Alia. Ja, zij heeft het gedaan!

Rennend tussen de voorbijgangers die worden opgeslokt door de zwarte rook die over de stad neerdaalt, voelt hij een hand op zijn schouder die hem in zijn vaart stopt. 'Rassoelovski?' hoort hij de opgewekte stem van Jano achter hem zeggen. Als hij de wonden op Rassoels gezicht ziet, vraagt hij: 'Hebben wij dat gedaan?' Nee, dat komt door het mes, gebaart hij door de beweging van een scheermes na te doen. Het mes van het lot, zou hij hebben gezegd als hij zijn stem nog had. 'Geluksvogel! Jij weet in ieder geval dat je een lot hebt', zou Jano dan ongetwijfeld hebben geantwoord. Een lot? Rassoel heeft liever helemaal geen lot.

'En je stem?'

Nog steeds niets.

Na zwijgend een paar stappen te hebben gelopen, vraagt Jano: 'Ga je je nog bij commandant Parwaaz aansluiten? Dan krijg je een mooie kalasjnikov! ... Kun je schieten?' Nee. 'Je zou het allemaal in een dag leren. Trouwens ...' Hij buigt zich naar Rassoel toe en fluistert: 'De kogel vindt zijn doelwit vanzelf.' Een kort, zelfvoldaan lachje, gevolgd door een knipoog naar de kalasjnikov die hij onder zijn patoe verscholen houdt.

Opnieuw een paar stappen zonder een woord te zeggen. Ze zijn allebei in gedachten verzonken – Rassoel over het langzame mes van zijn lot, Jano over de doelwitten van zijn verdwaalde kogels – tot ze langs een tsjaichana komen. De jonge soldaat nodigt Rassoel uit voor een kop thee. Waarom ook niet? Hij heeft zin om te drinken en te eten, maar vooral om de eenheid van Parwaaz te leren kennen en uit te vinden of ze het lijk van nana Alia wel of niet hebben ontdekt. Kortom, genoeg redenen om met hem mee te gaan en het mysterie te doorgronden, in plaats van Soefia terug te vinden.

Binnen gaan ze pal onder een raam zitten, naast drie gewapende mannen die hun gesprek op fluistertoon onderbreken en hen gaan zitten aanstaren.

Jano bestelt thee met brood. Hij vraagt Rassoel op de man af: 'Jouw huisbaas ... ken je die goed?' Ja, knikt hij treurig. 'Toen we gisteravond bij de patrouille het huis binnenkwamen, kon hij niet wachten om ons te vertellen dat er een wat vreemde oud-communist was die zijn huur al een tijd niet had betaald ...' De aanhoudende stilte van Rassoel weerhoudt hem ervan door te gaan. Hij werpt een ongemakkelijke blik op zijn buren, die hen nog steeds aanstaren. Ergerlijk. Na een sissende slok thee vervolgt hij: 'Jouw mes haalt je gezicht open. Maar ons mes, dat nog veel scherper is, krast in onze ziel!' Hij stopt een stuk brood in zijn mond. 'Ik was pas twaalf toen de oorlog uitbrak. Mijn vader legde me een geweer op de schouder en stuurde me op jihad tegen het Rode Leger. Wat ik allemaal heb gezien … Als je in mijn schoenen stond, zou je geen woord Russisch meer kunnen verdragen, kerel. Ze hebben ons hele dorp platgebrand. Ik heb de lichamen van mijn familie helemaal verkoold terug-gevonden! Commandant Parwaaz heeft me geadopteerd. Hij heeft me de kracht en de moed gegeven om te vechten, en mijn familie te wreken. In de tijd waarin wij rouwden om onze doden, de vernietiging van onze dorpen, de schande van onze zusters … vermaakte jij je in de armen van blon-de, blanke meisjes, zacht en levendig als vissen … of niet soms?' Opnieuw een slok gloeiend hete thee. 'Is het nooit in je opgekomen dat hongerlijders, schooiers als wij, op een dag de macht zouden grijpen …?' Rassoel slikt het brood en de woorden van Jano met moeite weg. De thee brandt zijn tong en zijn keel. Hij zou willen zeggen dat zijn leven hele-maal niet zo vredig was als Jano denkt. Als hij hem over het conflict met zijn communistische vader zou vertellen, zou hij de sympathie van Jano kunnen winnen.

Dat is nog niet zo zeker. Jano zou hem dezelfde verwijten maken als die andere moedjahedienstrijder, met wie hij er een tijd geleden over had gepraat, en die had opgemerkt: 'Dat komt ook door je Russische opvoeding.'

'Wat bedoel je daarmee?'

'Je vader niet respecteren, dat is typisch Russische opvoe-ding!'

'Maar ik wilde de ideologie van mijn vader niet volgen.

Ik stond vijandig tegenover de inval van de Russen in mijn land.'

'Als je een goede zoon was, zou je hem respecteren, dan zou je zijn pad en zijn overtuigingen volgen!'

'Wat zeg je nu? Hoe kun je nu een vader navolgen die een oorlogsmisdadiger is?'

'Je moet nooit je vader verraden, ook niet als hij een misdadiger is.'

'Zelfs niet als hij een kafir is?

Stilte.

Met zijn borst naar voren nipt Jano van zijn thee. Rassoel kijkt naar hem, houdt zijn woede tussen zijn handen geklemd en heeft geweldig veel zin hem te pletten tegen dat bovenlijf vol buitensporige trots, die kast vol ijdel machtsvertoon ...

Maar waarom, Rassoel? Wat weet je van hem? Laat die kerel met rust. Hij is blij. Hij is trots. Hij lijdt niet zoals jij. Godzijdank, hou je koest!

Drink je thee op, eet je brood en ga weg!

Als hij opstaat, roept een van de gewapende mannen naar Jano: 'Sorry, broeder, ben jij niet Jano?'

'Ja.'

De man komt dichterbij en glimlacht: 'Herken je me niet? Momen, van de eenheid van commandant Noroez?'

Jano laat zijn theekop los en veert op: 'Ja! Hoe zou ik jou kunnen vergeten? Je bent wel een beetje veranderd. Je bent dikker geworden! Dat is vijf of zes jaar geleden ... Misschien nog langer?'

'Zes jaar.'

Ze staan op, vallen elkaar in de armen, kussen elkaar hartelijk en gaan in een kring zitten. Een onverhoopte gelegenheid voor Rassoel om weg te glippen. Hij staat op en reikt Jano de hand bij wijze van groet. Maar de ander dringt aan. Hij nodigt hem uit om een kop thee mee te drinken met zijn makkers van vroeger. 'Ga toch zitten!' Hij wendt zich tot hen. 'Deze broeder hebben we gisteravond in elkaar geslagen bij een patrouille, en vandaag drinken we samen thee! Als dat geen teken van goede wil is om vrede te sluiten, wat dan wel?' grinnikt hij, terwijl hij Rassoel naar beneden trekt zodat hij gaat zitten.

En Rassoel gehoorzaamt.

Ze bestellen thee. En ze roken. Momen wendt zich tot zijn vrienden en vertelt: 'Wat een onvergetelijke operatie was dat, zes jaar geleden!'

'Ja, zes jaar geleden', zegt Jano instemmend en met een nostalgische blik. Hij richt zich tot Rassoel: 'Het was in de zomer. Een zomeravond. We stonden op het punt een post van de Sovjets te overvallen. Ze hadden ons verteld dat commandant Noroez de operatie zou leiden. Het liep helemaal niet lekker tussen Noroez en onze commandant Parwaaz, maar toch was er besloten dat ze samen de Russen zouden aanvallen. Wij zouden de gevangenen voor onze rekening nemen, zij de wapens ...' Momens gelach weerhoudt hem ervan door te gaan. Een grote slok thee, dan vervolgt hij: 'Nou goed, toen het eenmaal donker was, vielen we aan!' Ditmaal is het zijn eigen lach die hem het zwijgen oplegt. Momen neemt het over: 'In onze eenheid zat een moedjahedienstrijder die Shirdel heette. Het was een moedig man en een goed moslim, maar hij had een zwak voor jonge jon-

gens! Wat hem de bijnaam *kirdel* had opgeleverd.' Een hart
als een lul, het zorgt voor grote hilariteit. 'Terwijl onze eenheid uiterst stil en omzichtig het wapendepot aanviel, stuitte
onze baradar Shirdel op een jonge Russische soldaat die zat
te schijten! ...' Ze lachen zó hard dat de andere klanten in
het theehuis stilvallen. Ze luisteren nu ook mee. Jano heeft
tranen in zijn ogen van het lachen; Momen vervolgt: 'Stel je
onze Shirdel eens voor in die situatie! Zijn hart begon als een
gek te kloppen; hij wist niet wat hij moest doen; zijn hand
trilde van angst dat een moedjahedienstrijder het vuur zou
openen op deze droomjongen met zijn zachte witte billen!
Om kort te gaan, hij nam hem gevangen en toen de operatie
met succes was afgerond, bracht hij hem naar commandant
Noroez, die zei dat hij hem aan Parwaaz moest overdragen.
Dat was niet aan dovemansoren gezegd! Meteen ketende hij
zich vast aan de mooie knul. En daarna slikte hij de sleutel
in!'

Ze komen niet meer bij van het lachen. Rassoel lacht ook,
maar van binnen. En als het gelach een beetje bedaard is,
vertelt Jano verder: 'Commandant Parwaaz heeft ze toen
apart genomen. Hij heeft een tijd met Shirdel gepraat. Maar
die wilde nergens van weten. Hij was niet meer dezelfde.
Voor hem was het allemaal voorbij, de jihad, het bidden ...
Van 's morgens vroeg tot 's avonds laat wandelden ze samen
rond, hand in hand. Shirdel zong voor hem, leerde hem onze
taal ... En op een avond waren ze verdwenen.' En tegen Momen: 'Hebben jullie ze sindsdien nog gezien?'

'Nee, nooit meer', antwoordt die terwijl hij zijn tranen
wegveegt. 'Wat een tijd!'

'Inderdaad, wat een tijd! Ook al konden we niet goed met

elkaar overweg, tegenover de Russen stonden we zij aan zij.'

'Nou en of!'

'En kijk eens hoe het vandaag de dag is, nu vechten we tegen elkaar. En waarom?'

'Vraag dat maar aan commandant Noroez!'

'En vraag jij dat maar aan commandant Parwaaz!'

Het gelach verstomt.

Een onuitgesproken haat verspreidt zich door de tsjaichana.

Rassoel staat op, knikt onopvallend naar Jano – die bij wijze van groet zijn hand opsteekt – en gaat ervandoor.

Hij is de straat nog niet uit of hij schrikt op van twee schoten, die niet ver weg klinken.

In de tsjaichana?

Misschien.

Hij blijft staan, draait zich om.

Laat ze elkaar maar afmaken!

Hij loopt weer door naar Soefia.

Hij klopt aan en wacht. De angstige stem van de moeder van Soefia vraagt: 'Wie is daar?' Als ze geen antwoord krijgt, vraagt ze het nog eens. 'Het is Rassoel!' roept Dawoed, de broer van Soefia, die voorovergebogen op het dak van het huis zit.

De moeder doet de deur open en schrikt bij het zien van het gehavende gezicht van Rassoel. 'Wat is er met jou gebeurd?' Niets, ik heb me gesneden bij het scheren, dat is alles, zou hij willen antwoorden, zonder verder te filosoferen over het mes van het lot. Hij beeldt de beweging uit en loopt naar binnen, onder het geweeklaag van de moeder: 'Je zou gisteravond komen. Ik heb de hele nacht geen oog dichtgedaan.' Hij knikt als om te zeggen dat hij dat wel weet. Pech dat hij zich niet kan verontschuldigen.

De moeder kijkt even zoekend het lege straatje in en vraagt, verbaasd dat ze Rassoel helemaal alleen ziet: 'Waar is Soefia?' Is ze dan niet thuisgekomen? vraagt hij met opgetrokken wenkbrauwen. 'Is ze niet met je meegekomen?' Nee. Rassoels hoofdschudden maakt haar ongerust. Ze zoekt het straatje opnieuw af, draait zich weer naar hem om en laat de deur openstaan in de hoop dat haar dochter alsnog verschijnt. 'Ze wilde met jou naar nana Alia om wat geldzaken te regelen ...' Naar nana Alia! Hij drukt zich tegen de muur om niet te wankelen. 'Ze zei dat jij haar had gevraagd daar niet meer naartoe te gaan. Eergisteren is haar dochter, Nazigol, hier geweest om me te laten weten dat als Soefia niet meer voor haar wilde werken, we eerst de achterstallige huur moesten betalen. Gisteren hebben we de hele dag op je gewacht om het met jou te bespreken. Aangezien jij niet meer bent gekomen, is ze er zelf heen gegaan, maar ...' Is ze er gisteren ook heen geweest? '... toen was nana Alia niet thuis.' Ze was niet thuis? En haar lijk dan? 'Soefia wilde er vandaag opnieuw heen gaan. Ik heb haar gevraagd met jou te gaan.' Met mij? 'Was je niet thuis?'

Jawel. Maar waarom heeft ze dat niet tegen me gezegd? Gezien je toestand, Rassoel, durft niemand je meer iets te vragen. Met je zwijgen, dat voor anderen onbegrijpelijk is, wek je de indruk dat je genoeg hebt van iedereen ... 'Rassoel, ik maak me erg veel zorgen om Soefia. Je moet voor haar zorgen. Laat ons niet zo achter, alleen en zonder iets van je te laten horen. Er verdwijnen de laatste tijd veel jonge meisjes. De commandanten houden razzia's om ze tot hun echtgenotes te maken.' Een snik, haar stem stokt. Maar Rassoel gaat er niet op in. Hij staat te trillen op zijn benen. De grond lijkt weg te zinken onder zijn voeten. Hij leunt met zijn rug tegen de muur en laat zich op de grond zakken. De moeder vervolgt: 'Die vervloekte nana Alia is veel erger dan die commandanten. Ik ben bang dat ze haar nog eens iets aandoet.' Ze gaat tegenover Rassoel zitten. 'Mijn man zaliger heeft ons aan jou toevertrouwd, behalve jou hebben we niemand meer. En jij ...'

Hij hult zich in stilzwijgen, hij is in de greep van het mysterie rond de moord op die verduivelde nana Alia, hij weet niet wat hij aan moet met zijn vermoeden over de vrouw met de hemelsblauwe boerka die in zijn fantasie niemand anders kan zijn dan Soefia. Hij moet haar terugvinden!

Hij staat op. En vertrekt.

Op de weg
ziet hij geen enkele blik,
hoort hij geen enkele stem,
ruikt hij geen enkele geur,
voelt hij geen enkele pijn.

Hij rent.

Hij rent alsof zijn enkel geen pijn meer doet.

Maar zijn voet is de pijn niet vergeten. Hij komt verkeerd neer en moet noodgedwongen vaart minderen. Niet ver van het huis van nana Alia houdt Rassoel stil, op de hoek van de straat. Daar ziet hij de zwarte hond weer, die nog steeds kwijnend bij de muur staat. Stel dat die luie hond zijn kracht zou hervinden, rechtop zou gaan staan, op hem af zou stormen en hem weg zou jagen. Rassoel kan dat huis niet binnengaan alsof er niets is gebeurd.

Er is niets gebeurd. Kijk dan, luister dan! Die stilte, die apathie lijken helemaal niet op rouw te wijzen.

Misschien is de klap van mijn bijl dan toch niet dodelijk geweest. Ze heeft het er levend van afgebracht. En nu ligt ze waarschijnlijk in het ziekenhuis. Ze is nog steeds niet bij bewustzijn, anders zat ik allang achter de tralies.

Hij zweet, het is puur angstzweet. Hij moet hier weg, terug naar het huis van Soefia en daar op haar wachten. Maar zijn benen zijn zwaar, zitten aan de grond geplakt, alsof ze willen dat hij daar blijft om korte metten met de gebeurtenis te maken.

Ja, hij moet er korte metten mee maken.

Op een dag zal nana Alia alles vertellen.

Op een dag zul je boeten voor je daad.

Waarom dan niet vandaag, hier en nu, op de plek van de misdaad?

Hij loopt dus tot aan de deur, die op een kier staat, duwt hem zachtjes open en tuurt de binnenplaats af. Het huis is in rust en stilte gedompeld. Er scharrelen alleen een paar tokkende kippen rond. Hij loopt de trap naar het terras op. De lucht is drukkend. De stilte samengebald. Zijn voetstappen onzeker … Hij blijft staan, kijkt door de ramen. Niemand te bekennen achter de gordijnen. Hij voelt de aders bij zijn slapen kloppen van angst en nieuwsgierigheid. Het zweet parelt op zijn voorhoofd. Hij houdt zich vast aan de muur als hij de treden beklimt. Op het terras aangekomen gaat er een schok door hem heen, er doemt, eindelijk, een gestalte op in de donkere gang. 'Rassoel? … Ben jij dat?' klinkt de stem van Soefia. In zijn paniek probeert Rassoel iets te zeggen, hij was even vergeten dat hij zijn stem kwijt was. Zijn lippen bewegen tevergeefs om uit te leggen dat hij naar haar op zoek was, dat haar moeder vreselijk ongerust is … Soefia moet lachen. 'Wat is er? Ik versta je niet', zegt ze terwijl ze op hem afloopt. Rassoel ziet tot zijn verbazing nog een gestalte uit de gang komen. Het is Nazigol.

'Nana Alia is sinds gisteren verdwenen. Niemand weet waar ze is …' roept Soefia.

Rassoel staart Nazigol aan en weet niet wat te doen, te denken, te zeggen. Nana Alia is hier niet meer. Dat is het enige wat zeker is. Hoe moet hij dat nieuws opvatten? Moet hij er blij om zijn? Of moet hij zich er zorgen over maken?

Nazigol doet een stap naar voren: 'Toen ik gisteravond thuiskwam, was er niemand. Mijn moeder gaat nooit weg als er verder niemand thuis is, zeker niet 's avonds.'

Steeds verbouwereerder, steeds verholener kijkt hij naar de twee meisjes.

Nazigol wendt zich tot Soefia: 'Toen ik het huis leeg aantrof, durfde ik er niet alleen te blijven. Ik heb alle deuren op slot gedaan en ben weggegaan …' Haar stem wordt dunner. Alle geluiden vervagen. Rassoel hoort niets meer, ziet niets meer. Er is alleen nog een gat, een zwart gat, de stille, macabere gang, een diepe afgrond zonder einde, zonder uitgang.

Versuft loopt hij naar binnen, als aan het eind van de gang het dikke lichaam van nana Alia opduikt, die de trap af komt. Hij groet haar. Ze vraagt wat hij wil. De rook van haar sigaret in het zonlicht vormt een sluier voor haar gezicht. Rassoel loopt de gang in en reikt haar een horloge aan, dat hij haar eerder had beloofd. Ze zegt dat ze geen geld heeft om het in onderpand te nemen. Hij smeekt het haar, hij geeft haar een paar dagen bedenktijd, wijst haar op de edelstenen die in het horloge verwerkt zijn. Hij heeft het in Leningrad gekocht. Hij vraagt er maar tweeduizend afghani voor. Wantrouwig doet nana Alia een stap naar achteren. Ze begrijpt niet waarom Rassoel in deze hitte een patoe draagt. Ze vraagt het hem. Hij zegt dat hij ziek is, dat hij koorts heeft. Ze neemt het horloge aan en bekijkt het. De wijzers staan op negen over zes. Dit horloge loopt niet goed.

Normaal werkt het prima, alleen de batterij is op. Als Rassoel geld had gehad, had hij die vervangen.

Kom nou! Het is een oud, mechanisch horloge. Dat heeft

geen batterijen! Ze wil het hem teruggeven. Rassoel neemt het niet aan. Hij smeekt haar nogmaals, slechts tweeduizend afghani. Het horloge heeft twaalf edelstenen. Ze moet maar even kijken, het staat achterop.

Nee, ze wil het niet. Rassoel dringt aan. Het is een Russisch horloge van een goed merk. Voor de duivel, laat ze dan maar geven wat ze wil! Maar de oude vrouw is steeds argwanender tegenover Rassoel, die over zijn hele lijf trilt. Hij pakt haar hand en legt die op zijn voorhoofd, zodat ze kan voelen hoeveel koorts hij heeft en hoe uitgeput hij is. Hij heeft al twee dagen niets gegeten. Ze trekt haar hand terug, aarzelt en neemt het horloge dan aan, op één voorwaarde: dat zijn verloofde weer bij haar komt werken; anders zal ze morgen haar geld terughalen, en zal ze bovendien iedereen het huis uitzetten, zijn verloofde en haar familie. Rassoel gaat akkoord. Zodra hij hier weg is, zal hij Soefia gaan vragen haar werk weer op te pakken.

De oude vrouw wil weglopen, maar draait zich dan opnieuw naar Rassoel om hem te laten weten dat zij, en niemand anders, voortaan bepaalt hoe laat Soefia naar huis mag. Hij knikt.

Dan zegt ze dat hij in de gang moet wachten; zelf loopt ze naar de trap. Als ze boven is, begint Rassoel te lopen, op zijn tenen, bang en verward. De bijl onder zijn patoe wordt steeds zwaarder; zijn armen voelen slap, zijn benen stijf. Hij loopt moeizaam de trap op en bereikt de gang boven, waar hij ziet hoe nana Alia een smalle deur opent. Na een korte aarzeling glipt ze naar binnen en doet de deur op slot. Rassoel loopt er onhandig naartoe. Hij drukt zijn oor ertegen en hoort de kastdeurtjes dichtslaan. Hij ademt zwaar. Dan trapt hij in één keer de deur in en stormt op nana Alia af, die bij het raam een stapeltje geld staat te tellen. Rassoel heeft de bijl nog maar net opgeheven om hem op het hoofd van de oude dame te laten neerkomen, of het verhaal van *Misdaad en straf* schiet door hem heen. Het treft hem als een bliksemflits. Zijn armen beginnen te trillen; hij wankelt op zijn benen. En de bijl glijdt uit zijn handen. Hij klieft de schedel van de oude vrouw en dringt er diep in door. Zonder een kreet zakt de vrouw in elkaar op het rood-zwarte tapijt. Haar sluier met appelbloesemmotief fladdert door de lucht en strijkt neer op haar vadsige, weke lichaam. Stuiptrekkend ligt ze op de grond. Nog één ademtocht, misschien twee. Haar opengesperde ogen staren naar Rassoel, die met inge-houden adem midden in het vertrek staat, bleker dan een lijk. Hij beeft, zijn patoe valt van zijn knokige schouders. Zijn ontzette blik zuigt zich vast in het bloed dat uit de sche-del van de oude vrouw stroomt en zich vermengt met het rood van het tapijt, de zwarte lijnen bedekt en dan langzaam naar de mollige hand van de vrouw kruipt, die stevig om een bundeltje bankbiljetten geklemd zit. Er zullen bloedvlekken op het geld komen.

Doe iets, Rassoel, doe iets!

'Rassoel?'

Hij komt weer bij bewustzijn en draait zich in paniek om naar de stem. Soefia en Nazigol staan op de drempel van de deur verbaasd naar hem te kijken. 'Wat is er, Rassoel?' vraagt Soefia terwijl ze op hem afloopt. Hij dwaalt ontredderd door het vertrek en werpt ongeruste blikken in alle hoeken en gaten. Geen spoor van zijn misdaad.

'Was je al eerder in deze kamer geweest?' vraagt Nazigol hem verwonderd. 'Mijn moeder sloot deze ruimte altijd af. Behalve zij en ik mocht niemand hier een voet binnenzetten.' Ze wendt zich tot Soefia: 'Wanneer heb je hier voor het laatst schoongemaakt?'

'Nog nooit. Deze kamer maakte ze altijd zelf schoon.'

Rassoel ziet het raam waardoor hij is ontsnapt, het is dicht. Hij raakt nog meer in verwarring en hij voelt dat hij gaat flauwvallen. Water! Hij wendt zich tot Soefia en maakt een drinkgebaar. 'Ja, wacht even!' zegt ze, en terwijl ze naar de deur snelt zegt ze op gedempte toon tegen Nazigol: 'Hij is al een tijdje ziek', en gaat naar buiten.

De blik van Rassoel rust op de dochter van nana Alia, die de kasten doorzoekt en die zich, steeds verbaasder, hardop afvraagt: 'Is ze met al die sieraden weggegaan?' Ze loopt het vertrek uit naar de aangrenzende kamer. Soefia komt binnen met een glas water en geeft het aan Rassoel. Hij drinkt. Hij drinkt langzaam, niet om zijn keel te verfrissen, maar om zichzelf wat bedenktijd te geven tot Nazigol terugkomt.

Hoe moet ik mijn aanwezigheid in deze kamer rechtvaardigen, uitleggen?

Als je ertoe in staat was, zou je kunnen zeggen dat je langgeleden, toen de vader van Nazigol nog leefde – waarschijnlijk was dit toen zijn kamer – eens documenten uit het Nationaal Archief bent komen brengen die van Soefia's vader waren, of zoiets.

O, kom toch terug, vervloekte stem!

'Ze heeft toch niet al haar geld meegenomen?' vraagt Nazigol zich af terwijl ze een achterdochtige blik op Rassoel en Soefia werpt. Na een korte, geladen stilte stormt Rassoel naar de gang, gevolgd door Soefia: 'Wat is er, Rassoel?' Niks … niks! Druk gebarend rent hij de trap af. 'Wat is er met je gebeurd? Gaat het wel goed? Je kijkt zo vreemd', dringt Soefia aan. Hij blijft plotseling staan en probeert te bedenken hoe hij haar duidelijk kan maken dat hij geen stem meer heeft en dus niet kan uitleggen wat er aan de hand is. Maar Nazigol komt hen achterna, ze staat achter Soefia en vraagt: 'Wat moet ik nu doen? Waar moet ik naartoe? Ik weet niet of mijn moeder vanavond wel thuiskomt.'

'Kom, dan gaan we naar mijn huis.'

'Geen sprake van, als mijn moeder thuiskomt en merkt dat het huis leeg is, zal ze me vervloeken. Waar is ze in godsnaam naartoe? Ik moet naar mijn oom, misschien weet hij meer …' Haar blik gaat richting Rassoel. 'Kunnen jullie hier blijven tot ik terug ben?'

'Goed. Ga maar …' antwoordt Soefia, maar Rassoel raakt in paniek. Geen sprake van dat hij hier blijft! De weigering staat in zijn blik te lezen, zijn hand onderstreept die nog eens. Maar Nazigol smeekt hun, en Soefia besluit: 'Toe maar, ga maar!' en vraagt aan Rassoel: 'Laat haar toch gaan, doe niet zo onaardig.'

Inderdaad, Rassoel, waarom verzet je je daartegen? Laat haar gaan. Dan heb jij alle tijd om het huis te doorzoeken en misschien een aanwijzing te vinden die je in staat zal stellen het mysterie te doorgronden.

Zij is het mysterie, Nazigol. Zij is niet onschuldig in deze zaak. Daar ben ik van overtuigd.

Laat haar dan weggaan!

Nazigol gaat weg.

Soefia kijkt smachtend, Rassoels gedachten zijn elders. Hij wacht tot het geluid van Nazigols voetstappen wegsterft, tot ze in de straat verdwenen is. Dan rent hij naar de trap aan het eind van de gang. 'Waar ga je heen?' roept Soefia terwijl ze achter Rassoel aan gaat, die naar de kamer terugkeert. 'Wat ben je toch aan het doen?' Rassoel doorzoekt het vertrek. 'Je moet niet in hun huis rondsnuffelen. Dat is niet netjes. Als ze terugkomen …' Hij gebaart dat ze naar beneden moet gaan. Ze blijft voor de deur staan, steeds ongeruster: 'Nee, Rassoel, dat mag je niet doen. Zeg toch wat je zoekt!'

Rassoel, je moet antwoord geven. Zo makkelijk kun je je er niet van afmaken. Ze moet alles weten.

Maar hoe? Dit is niet het moment.

Ze vindt je steeds vreemder, mysterieuzer …

Des te beter!

En als zij het nu eens wel was, de vrouw met de hemels-blauwe boerka?

Hij stopt met het doorzoeken van de kamer en kijkt Soefia met een wantrouwende, strakke en haast ergerlijke blik aan.

'Wat is er? Waarom kijk je zo naar me? Waarom wil je niet tegen me praten?'

Stilte. Een blik. Achterdocht ...

Geïrriteerd loopt ze de kamer uit. Hij gaat weer door met rondsnuffelen, in de kasten, onder de tafel, in de lades, onder de bank ... Geen spoor te vinden van alles wat hij gisteren heeft achtergelaten: geen sieradenkistje, geen geld, geen bijl, geen patoe. Niets. Hij gaat op het tapijt zitten en beweegt met zijn hand over de plek waar het lijk lag. Het is droog, schoon. Is het hetzelfde tapijt? Wie heeft het zo snel en grondig schoon kunnen maken? Dat is het werk van een expert, niet van twee meisjes als Nazigol en Soefia!

Verward staat hij op en wil de kamer uit lopen, als zijn blik op een doos boven op de kast valt. Hij voelt met zijn hand, er liggen alleen maar zes pakjes Marlboro in. Hij neemt er eentje en zet de doos weer terug. Voor wie laat hij die andere vijf pakjes liggen? Dan pakt hij de andere ook.

Als hij langs de openstaande keukendeur loopt, ziet hij een bord eten op tafel staan. Hij gaat naar binnen en hongerig als hij is, pakt hij een grote hap kleefrijst in zijn hand en eet die gulzig op. Het smaakt vies. Hij spuugt het uit op het bord. Dan inspecteert hij alle hoeken en gaten van de keuken. Hij vindt nog steeds niets wat hem in staat stelt het mysterie te doorgronden. Hij pakt een doosje lucifers van de tafel en loopt het vertrek uit. Steekt een sigaret op en neemt een flinke trek. Buiten ziet hij Soefia op de trap van het terras zitten, met haar blik op de buitendeur gericht. Ze is nog steeds ongerust en woedend, en vraagt: 'Wat is er aan de hand? Waarom zeg je niks?' Rassoel maait met zijn handen door de lucht in een poging zijn vermoeidheid over deze vraag uit te drukken. 'Ben je je tong verloren?' Ja, knikt hij, wetend dat Soefia het niet letterlijk zal opvatten. 'Wat zocht je daar boven?' Hij blaast de rook van de sigaret in haar richting uit. 'Sigaretten?' Zijn blik blijft op haar rusten. In gedachten verzonken komt hij naast haar zitten. Talloze vragen gaan door hem heen. Hoe laat is ze gisteren hier geweest? Heeft ze toen iemand gezien? Het kan niet vóór de moord zijn geweest, anders zou nana Alia hem wel hebben verteld dat Soefia langs was geweest.

Nee, zij is niet de vrouw in de blauwe boerka. Anders had ze niet in het huis willen blijven.

Ze is hier niet gebleven om het huis te bewaken of om jou te helpen. Ze wilde met je alleen zijn. Jullie hebben nooit eens tijd voor een amoureus samenzijn! Ze heeft je heel veel te vertellen. En ze wil maar wat graag naar jou luisteren …

Ze kust de lippen van Rassoel met haar liefdevolle blik. Ze zijn omhuld door rookkringels. 'Je wilde toch niet meer roken?' Hij trekt nog harder aan zijn sigaret en blaast de rook in haar haren. Ze lachen.

De lach van Soefia, wat een heerlijkheid! Hij houdt van die kristalheldere, onschuldige lach, zo breekbaar dat hij stokt bij het vermoeden van een toeschouwer, bij een miniem gebaar; maar hij blijft haar ogen verlichten.

De vredige stilte die tussen hen is gevallen, wordt niet verstoord door de kogels en de bommen in de verte.

Soefia legt haar hand schuchter op de knie van Rassoel, in de hoop dat hij hem vastpakt, hem streelt, dat ze even kunnen genieten van een amoureuze pauze. Maar zijn handen komen niet in beweging. Ze trillen, ze parelen van het zweet.

'Heb je besloten niets meer te zeggen?' vraagt Soefia wanhopig, met een blik op de bewegingloze lippen van Rassoel. Na een korte aarzeling staat hij abrupt op, op zoek naar een vel papier en een pen om alles op te schrijven, maar het geluid van de buitendeur houdt hem tegen. Iemand wil hem openduwen. Is Nazigol nu al terug? Rassoel gooit zijn sigaret weg en haast zich naar de gang om zich in het halfdonker te verstoppen. Soefia gaat naar de deur. 'Wie is daar?'

'Nana Alia?' vraagt een zware stem, een mannenstem. Soefia antwoordt paniekerig: 'Die is er niet.'

'Hoe laat komt ze terug?'

'Dat weet ik niet.'

'Wie ben jij? Nazi?'

'Nee, Nazigol is er ook niet. Ik ben de werkster.'

'O nee! Ben je Soefia?'

'Nee …'

'Wel waar! Wees aardig en doe open! Ik ben het, commandant Amer Salaam.' Hij duwt hard tegen de deur die Soefia uit alle macht probeert dicht te houden met haar trillende, tere handen, terwijl ze schreeuwt: 'Nee … Nee, ik ben Soefia niet … Ze hebben gezegd dat ik voor niemand mag opendoen.'

'Ben ik níémand?! Kom op, doe open!' Hij probeert de deur opnieuw open te duwen. Tevergeefs. Soefia maakt de ketting van het slot gauw vast. Amer Salaam duwt nog harder tegen de deur.

Rassoel komt uit het halfdonker tevoorschijn, haast zich naar de deur en trekt hem woedend open. Amer Salaam is verbaasd hem daar te zien en vraagt met een harde stem: 'Is nana Alia niet thuis?' Nee, gebaart Rassoel furieus. De commandant werpt een blik over zijn schouder op zoek naar Soefia en zegt: 'Geef dan maar aan haar door dat Amer Salaam vanavond met zijn gasten komt. En dat hij zeven gasten meeneemt, zeven!' Hij gaat weer weg.

Soefia, die zich achter de deur had verstopt, zakt neer op de grond. Rassoel doet de deur weer dicht en kijkt Amer Salaam vertwijfeld na door de kieren tussen de planken, hij ziet hoe hij naar zijn auto sjokt, die een stukje verderop geparkeerd staat. Dan loopt hij weg van de deur, steekt nerveus een sigaret op en gaat op de trap van het terras zitten. Soefia staat op en komt bij hem zitten. Hij kijkt haar strak aan, alsof hij wil vragen: wie is Amer Salaam?

Kom, Rassoel, geen vragen stellen waarvan je het antwoord al weet. Dat is natuurlijk een van de klanten van nana Alia die vaak komt om de meisjes te zien dansen. Laat Soefia met rust.

Ze verbergt haar hoofd tussen haar knieën en begint zachtjes te huilen. De verbouwereerde Rassoel weet niet of hij haar moet troosten of moet wegsturen.

Waarom zou hij haar wegsturen? Ze verdient het getroost te worden, bemind, vereerd.

Aarzelend en teder legt hij zijn hand op haar schouder. Ze wordt er rustig van, alsof ze op dit moment van vergeving heeft gewacht. Ze drukt haar gezicht in zijn armen en barst in snikken uit. Rassoel streelt haar rug. Als hij zijn stem nog had, zou ze hem nu horen zeggen: 'Het is allemaal voorbij, Soefia. Die vuile hoer is weg. Ik heb haar vermoord. Rustig maar!'

Ze huilt nog steeds. Ze wil maar niet ophouden. Ze houdt niet op. Zolang Rassoel haar streelt, zal ze niet ophouden. Kon het maar eeuwig blijven duren, dit moment, deze tranen, dit strelen!

Jammer genoeg vervaagt alles. Rassoel is van slag, niet zozeer door Soefia, maar door het vreemde gevoel dat hij in dit huis krijgt. Hij heeft de indruk dat ze vanuit de gang in de gaten worden gehouden. Hij staat op en werpt een schichtige blik achter zich. Dan gebaart hij naar Soefia dat ze hier zo gauw mogelijk weg moeten. 'Als Nazigol terug is.' Nee, er rust een vloek op dit huis! Hij rent naar de deur. 'Als ze terugkomen en wij er niet zijn, zal nana Alia ons op straat zetten.'

Nana Alia kan naar de duivel lopen! Ik heb haar vermoord.

Hij gooit zijn sigaret op de binnenplaats, maakt de deur open en loopt het straatje in. Soefia holt onthutst achter hem aan. 'Rassoel! Weet jij meer over de verdwijning van nana Alia?' Soefia, probeer er niet achter te komen wat hij met haar heeft gedaan! Dan zul je hem kwijtraken. 'Wat is er toch? Ik heb het recht het te weten.' Hij blijft staan, kijkt in haar afgematte ogen. Hoe moet hij haar duidelijk maken dat ze er gauw genoeg achter zal komen, dat hij het haar zelf zal vertellen? 'Verdorie, mijn boerka! … Wacht, ik ga hem even halen.' Ze gaat terug. Rassoel loopt door. Na een paar passen blijft hij weer staan. De pijn in zijn enkel. Hij masseert zijn voet.

In de verte, ergens in de stad, klinkt geweervuur. Hij richt zijn blik op het Asmaigebergte, een groepje gewapende mannen klimt omhoog, naar de top.

Hij loopt naar de sakichana, waar …

Iemand hoest, een vette, slepende hoest. Hij spuwt op de grond. Tussen twee keer hoesten door klinkt een stem, de stem van een zekere *kaka* Sarwar, een volle, plechtige stem, die reciteert: '... *zo volgde Zoe al-Karnian een nieuwe route naar het noorden. Toen hij bij een stadje tussen twee versperringen kwam, trof hij daar een volksstam die een onbegrijpelijke taal sprak, geen enkele andere taal verstond en die leed onder het onrecht van de Jadjoedj en Madjoedj, twee zeer meedogenloze stammen die tot het schuim der natie behoorden en die overal een spoor van vernielingen achterlieten.'* Hij stopt even om aan de hasjpijp te trekken. '*Toen de volksstam zag hoe sterk en invloedrijk Zoe al-Karnian was, vroegen ze of hij misschien een muur wilde bouwen die hen zou afscheiden van de mannen van de Jadjoedj en Madjoedj, en boden ze hem in ruil daarvoor een aanzienlijk bedrag aan. De Jadjoedj en Madjoedj waren in werkelijkheid twee perverse, verdorven stammen, die totaal niet voor rede vatbaar waren en niet bang waren voor catastrofes. Omdat Zoe al-Karnian van nature tot het goede geneigd was en de beledigde partij wilde helpen, was hij meteen bereid hen te steunen, maar van geld wilde hij niets weten. Hij zei: "Wat mijn Heer mij heeft geschonken is meer waard dan jullie giften! Met jullie inzet zal ik een muur tussen jullie in bouwen."'* Kaka Sarwar onderbreekt zijn verhaal opnieuw, voor een flinke slok thee. '*Zoe al-Karnian vroeg deze volksstam dus om brokken ijzer, houtblokken, koper en kolen te brengen. Aan beide uiteinden van de bergen stapelde hij allemaal brokken ijzer op en daaromheen legde hij de houtblokken en kolen. Hij stak het vuur aan en zodra het ijzer in een smeltoven veranderde, gooide hij het koper erin. Zo konden de Jadjoedj en Madjoedj de verschansing niet beklimmen of doorboren. Toen Zoe al-Karnian zijn werk had voltooid, riep hij: "Deze daad van barmhartigheid komt van mijn Heer. Maar als de Heer het wil, zal hij de muur tot stof doen verkruimelen. En de belofte van mijn Heer is waarheid!"'*

'Kaka Sarwar, wanneer zal hij dat willen?'

'Hij heeft het al gewild, mijn beste Hakim! Er wordt verteld dat de bendes van Jadjoedj en Madjoedj op de dag van de apocalyps een bres in de muur wisten te slaan, en dat Allah hen in staat heeft gesteld zich over het gebied te verspreiden. Ze zouden de wereld gaan overheersen en het menselijk ras uitroeien; daarna zouden ze Allah ter dood veroordelen door pijlen naar de hemel te schieten … Waar is de hasjpijp?' Hij krijgt hem aangereikt. Hij neemt een trek en vraagt: 'Kenden jullie deze passage uit de Koran?'

'Nee.'

'Wee jullie! En jullie weten ook niet waar die stad ligt?'

'Nee.'

'Wee jullie! Die stad, dat is hier, dat is Kaboel!' Een laatste haal aan de pijp en hij trekt zich terug in een hoek. 'Kaka Sarwar, je laat ons toch niet achter met dit afschuwelijke verhaal! Draag liever een opbeurend gedicht voor!' zegt een klein ventje dat naast Rassoel zit. En Kaka Sarwar neuriet met gesloten ogen: *'O Heer van Fatwa, wij zijn handiger dan jij/ Zelfs dronken zijn we nuchterder dan jij/ Jij drinkt het bloed van de mensen, wij drinken dat van de wijngaarden/ Wees eerlijk, wie is nu de bloeddorstigste, wij of jij?'*

'Ik!' zegt een stem. Er barst een gelach los. Gevolgd door stilte, apathie, dromerigheid ... De wereld is nog slechts een ruimte zonder materie en zonder gewicht, doorschijnend. In het midden zit Rassoel. Hij zwemt. Helemaal naakt. Onschuldig. Licht en kwetsbaar. Wat houdt hij van deze staat van genade. Een prachtige afgrond, een gedicht van hennep.

'Rassoel! Rassoel!' Iemand schudt hem door elkaar. Langzaam komt hij overeind, opent zijn ogen een stukje; ver boven zich hoort hij een tiener die tegen hem praat: 'Hallo, ik ben gestuurd door Razmodin. Hij wilde dat ik je zou zoeken en naar hotel Metropool zou meenemen. Ik heb je overal gezocht ...' Rassoel kijkt hem vanaf de bodem van zijn afgrond aan. '... Ik ben bij je thuis geweest, maar daar was je niet. Ik ben naar het huis van wijlen Moharamollah gegaan ...' Die jongen moet ophouden! Rassoels hoofd staat niet naar het aanhoren van alle stappen van zijn zoektocht. Als de jongen ziet dat Rassoel een sigaret opsteekt, roept hij wild van verlangen: 'Marlboro's!' Rassoel biedt hem er een aan. De ander aarzelt eerst even, neemt er dan een en gaat tegenover Rassoel zitten. '... je verloofde zei dat ze je was kwijtgeraakt. Toen ben ik weer naar je huis gegaan en heeft je buurman me hierheen gestuurd ...' Oké, oké! knikt Rassoel om duidelijk te maken dat hij het snapt. Hij moet nu zijn mond houden, om hem even bij zijn positieven te laten komen.

Als hij weer tot zichzelf is gekomen, kijkt hij vluchtig in alle hoeken van de kamer, waar hij niets dan apathische, zwijgende spoken ziet. 'Je neef is ternauwernood aan de dood ontsnapt!' Aan de dood ontsnapt? Hoezo? vraagt Rassoel met zijn blik en gefronste wenkbrauwen. 'Er is een bom achter het hotel neergekomen. Hij heeft flink wat schade aangericht.' En Razmodin, is die er ongedeerd van afgekomen?

Rassoel staat met een ruk op en loopt het theehuis uit, gevolgd door de jongen. Hij rent – nog steeds kreupel – naar het kantoor van Razmodin, in het souterrain van het hotel. De deur staat op een kier. Zijn neef is bezig de papieren op te ruimen die overal op de grond liggen.

Niets ergs aan de hand dus.

Dan kan ik wel weer gaan.

Ja, ga weg! Anders krijg je opnieuw dezelfde woorden te horen, dezelfde verwijten, dezelfde uitvallen … En erger nog, omdat hij zal zien dat je weer hasj bent gaan roken.

Hij wil net weggaan als Razmodin hem ziet. 'Rassoel, waar ga je naartoe?' Rassoel blijft staan. 'Kom binnen!' Rassoel gaat naar binnen. 'Ga zitten!' sommeert Razmodin hem, terwijl hij op een doorgezakte bank wijst. Hij is zenuwachtig, zenuwachtiger dan vanmorgen. Er broeit iets in hem, iets wat hem verwart, hem tot zwijgen brengt. Een flinke tijd. De tijd om naar woorden te zoeken – woorden die iets ergs draaglijk kunnen maken. Rassoel voorvoelt het. Hij kent zijn neef, hij kent zijn ontreddering en zijn onbeholpenheid op moeilijke momenten. Hij laat hem zijn woorden zoeken. 'Rassoel, ken jij commandant Rostam?' Rassoel slaat zijn ogen neer, alsof hij moet nadenken, en schudt dan zijn hoofd om zichzelf niet te verraden. Natuurlijk kent hij hem wel. Hij moet degene zijn die naar de hand van Doenja dingt, degene over wie zijn moeder in een van haar brieven schrijft zonder hem bij naam te noemen. 'Hij is op verzoek van je moeder uit Mazar gekomen. Hij is boven, hij wacht in het restaurant van het hotel op je', zegt Razmodin terwijl hij naar zijn bureau loopt. Dan komt hij weer naar hem toe om zijn hart te luchten: 'Neef, ik heb slecht nieuws.' Hij wacht af, in de veronderstelling dat Rassoel zal opspringen en zal roepen: 'Wat voor slecht nieuws?' Maar nee, hij blijft apathisch zwijgen, met een ontwijkende blik. 'Rassoel?' Rassoel kijkt op. 'Je vader ...' Hij is dood; dat weet hij wel, maar hij kan het niet zeggen. En zelfs als hij het kon, zou hij niets zeggen; hij zou met zijn hoofd knikken, zoals hij nu doet. Dat is alles.

'Hij is ... dood!' Razmodin spuugt het woord eindelijk met horten en stoten uit. En Rassoel knikt opnieuw om duidelijk te maken dat hij het al wist.

'Wist je het al?' Rassoel knikt en beweegt zijn lippen terwijl hij zijn ogen neerslaat. 'Wist je dat al?' herhaalt Razmodin verbijsterd. 'Hoe wist je dat? Wie heeft je dat verteld? Wanneer?'

Moet ik nu alles gaan opschrijven om uit te leggen wat mijn moeder me een maand geleden in een brief heeft geschreven, die ze naar dit hotel had gestuurd? Die ben je me toch zelf komen brengen, Razmodin? Doe niet of je achterlijk bent!

Nee, Razmodin is helemaal niet achterlijk. Hij heeft alles begrepen. Hij is alleen verbaasd, omdat hij niet begrijpt waarom je het hem niet hebt verteld. 'Het was je vader, jongen!' Buiten zichzelf grijpt hij Rassoel bij zijn arm. 'Hij is vermoord! Wist je dat ook?' Er sterven dezer dagen maar weinig mensen een natuurlijke dood, Razmodin. Je weet hoe ik daarover denk. Dus bespaar me alsjeblieft je stompzinnige verbazing, je zogenaamde verbijstering … Laten we deze stilte niet verbreken, die zo vol is met jouw verwijten en mijn vertwijfeling.

Razmodin staart hem aan. Rassoel houdt zijn ogen nog steeds op de grond gericht, niet omdat hij bang is dat hij zichzelf tegenspreekt, maar om te voorkomen dat zijn neef ziet dat hij hasj heeft gerookt.

Maar al doet hij nog zo zijn best het te verbergen, Razmodin begint iets te vermoeden. Hij buigt zich naar hem toe en zoekt in de sombere en ontwijkende ogen van Rassoel naar de kleinste aanwijzing, een lichte schittering die hem kan geruststellen over de toestand van zijn neef. Hij kan niet geloven dat Rassoel zo'n grote haat tegenover zijn vader kan koesteren.

Nee, het is niet eens haat, het is een nog veel hartelozer gevoel: onverschilligheid! En nog erger: het is geen onverschilligheid tegenover het bestaan, maar tegenover de dood van zijn vader.

Nee, zo meedogenloos, zo onmenselijk kan Rassoel niet zijn. Er moet wel een andere reden zijn.

Hasj! Dat is het. Kijk naar zijn ogen! Zo rood, zo verwilderd, zo dof …

'Ben je weer gaan roken?'

Ja hoor, daar gaan we weer!

Rassoel staat op. Hij loopt naar buiten. De deur slaat dicht. Voor even blijft Razmodin daar achter, uit het veld geslagen. Als hij weer tot zichzelf komt, rent hij naar de gang. 'Waar ga je naartoe? Commandant Rostam zoekt je.' Wat kan hem dat schelen? Rassoel haalt zijn schouders op. 'Hij is helemaal uit Mazar-e-Sjarief gekomen. Hij was een vriend van je vader ... Hij zegt dat hij voor je moeder en je zus zal zorgen.' Laat hem een andere keer maar terugkomen. Rassoel heeft nu geen tijd. 'Neef, wat is er aan de hand? Je zegt helemaal niks! Zeg me wat er aan de hand is!' Niks, Razmodin, niks! 'Ben je ziek?' Hij schudt van nee.

Jawel, Rassoel, je bent ziek, ziek van jezelf.

Razmodin vervolgt: 'Je hebt alles weer laten versloffen, niet gegeten, niet geslapen ...' Hij haalt een paar biljetten tevoorschijn en stopt ze bij Rassoel in zijn zak. 'Beloof me dat je voor jezelf gaat zorgen. Ga naar een dokter. Eet iets, rust uit, zorg dat je weer op krachten komt. Dan kom ik af en toe langs om te horen hoe het met je gaat ...'

Vanwaar al die minachting jegens Razmodin, terwijl hij zo aardig voor je is?

Omdat ik weet waarom hij zo aardig tegen me doet. Dat is niet uit mededogen of uit vriendschap. Het is omdat hij óók met mijn zus wil trouwen. Dat is de reden!

Nou en?

Ontstemd verlaat Rassoel het hotel.

Op straat, waar een dikke rook hangt, is de atmosfeer nog steeds verstikkend. Na een paar stappen blijft Rassoel peinzend staan: wie is die klootzak van een Rostam? Hij steekt een sigaret op en kijkt naar de overkant van de straat, naar het gebouw van het ministerie van Informatie en Cultuur, waar het wemelt van de gewapende mannen. Jano is er ook bij. Als hij Rassoel ziet, roept hij: 'Hé Rassoelovski!' Rassoel steekt de straat over en loopt naar hem toe. 'Zo, heb je je besluit genomen? Volg mij maar!' Ze gaan het gebouw binnen,

lopen de trap af en de donkere, rokerige gang van het souterrain door, waar ze ineens commandant Parwaaz zien, die met
twee mannen met baarden rond een grote plattegrond van
Kaboel staat te praten. Hun gepraat wordt overstemd door
het lawaai van een generator. Jano loopt op Parwaaz af om
hem te vertellen dat Rassoel er is.

'Hoe gaat het met onze Dostojevskilezer? Welkom. Je ziet
er een stuk jonger uit dan gisteravond!' zegt Parwaaz met zijn
ontwapenende lach. Rassoel wrijft over zijn gezicht om duidelijk te maken dat het komt doordat hij geen baard meer
heeft. 'Had je genoeg van je baard?' Gelach. 'En je stem?'
Rassoel trekt een treurig gezicht. 'Watandaar, waarom heb je
me gisteren niet verteld dat je de neef van Razmodin bent?
Wij hebben elkaar in de gevangenis leren kennen. En? ...
Sluit je je bij ons aan?' Ja, knikt hij terwijl hij een ongemakkelijke blik op de anderen werpt. 'Zij horen ook bij ons', zegt
Parwaaz om hem gerust te stellen. Na een korte stilte, waarin
hij aarzelt tussen wel en niet iets zeggen, en zo ja, hoe dan,
pakt Rassoel een potlood dat op de plattegrond van Kaboel
ligt en krabbelt in een hoek de naam van commandant Rostam neer. Parwaaz leest hem hardop en vraagt verbaasd: 'Zit
je bij commandant Rostam?' Bij het horen van die naam
draaien de twee mannen hun hoofd naar Rassoel. Hij wordt
er nog verlegener van. De een zegt: 'Wie kent hem niet!' en
met een indringende blik wendt hij zich tot Parwaaz: 'Trouwens ... Daar wilde ik je nog over spreken. Want het gerucht
gaat dat jij een verbond met hem wilt sluiten.'

'Ja, maar ...'

'Stel me gerust en zeg dat het niet waar is!'

'Helaas is het wel waar!'

'Dus daarom is hij in Kaboel! En jij gaat akkoord?'

'Dat is niet aan mij …'

'Parwaaz, knoop dit goed in je oren: de dag waarop ik hoor dat dat varken onder ons is, vanaf die dag staan we lijnrecht tegenover elkaar.'

'Commandant Morad, we kunnen beter in vrede met hem leven dan …'

'In vrede met je vijand? Geloof jij in vrede tussen een wolf en een lam?'

'Het is waar wat je daar zegt, maar vrede sluiten met je vijand is een plicht; waarom zou je vrede sluiten met een vriend?'

'Waarom? Je weet heel goed dat we een hekel aan elkaar hebben! Als jullie vrede met hem willen sluiten, hoor ik hier niet meer thuis! Vaarwel!'

Hij pakt zijn geweer en haast zich naar buiten. Parwaaz en de andere man gaan achter hem aan. Rassoel blijft alleen achter en staart ontredderd naar de plattegrond van Kaboel die op de tafel ligt, gekreukt en vol gaten.

Dan weerklinkt de naam van zijn zuster in hem: 'Doenja!'

De stad Kaboel wacht op de wind. Ze wacht op de wind zoals ze op de regen wacht, die een einde moet maken aan de droogte. Nog maar vijf weken geleden stak de wind al op voordat de zon achter de bergen was gezakt. Hij joeg het stof op dat over de stad lag, in alle hoeken en gaten van de levens, en blies het weg. Hij kwam niet uit een van de vier windstreken. Het leek wel alsof hij uit het binnenste van de aarde kwam. Na een tijdje ronddwarrelen verdween hij weer, zodat de stad weer kon ademen, slapen, dromen ... Nu steekt hij niet meer op. Alles blijft hangen: de zwaveldamp van de oorlog, de rook van de terreur, het smeulende vuurtje van de haat ... De branderige, vettige lucht blijft aan je huid plakken en dringt in je cellen door. Je kunt nog beter een sigaret van nana Alia roken dan deze verstikkende lucht inademen.

Rassoel steekt een sigaret op. Hij heeft geen enkele behoefte om naar huis te gaan of Soefia te zien. Hij doolt opnieuw rond. Verdwaasd.

En als hij eens naar een dokter zou gaan? Met het geld van Razmodin kan hij een consult betalen, medicijnen kopen, eten, sigaretten ...

Op het kruispunt van Malekazghar ziet hij een dokterspraktijk met een bordje waarop staat: GESPECIALISEERD IN KEEL, NEUS, OOR ETC. Hij gaat naar binnen. De wachtkamer zit stampvol. Mannen en vrouwen, gezinnen. Sommigen hebben hier waarschijnlijk de nacht doorgebracht. Er wordt gegeten, gerookt, gehoest, gerocheld, gelachen …

In de gang spreekt een jongen die nummertjes uitdeelt Rassoel aan: 'Je moet 's morgens heel vroeg komen, om zes uur, om een nummertje te krijgen.' Als Rassoel hem verbaasd aankijkt, begint de jongen zich te beklagen: 'Alle zieken van Kaboel komen hierheen. Of ze nu iets aan hun keel hebben of aambeien, dat maakt niet uit! De ziekenhuizen nemen alleen nog oorlogsgewonden aan, en niet eens allemaal!'

Rassoel wil net weggaan als er een vrouw op hem afkomt die zegt dat hij haar nummertje voor vijftig afghani mag hebben als het dringend is. Het is nummer 96, er zijn nog negen personen vóór haar, 'en je zult zien hoe snel het gaat! Dan heb ik geld om melk en medicijnen voor mijn kind te kopen.' Rassoel aarzelt, gaat akkoord en wacht in de gang tot hij aan de beurt is. In de tussentijd ziet hij de vrouw nog drie andere nummertjes verkopen!

De ironie wil dat de dokter, die al behoorlijk oud is, slechte ogen heeft. Ondanks zijn enorme bril heeft hij de grootste moeite met het uitschrijven van recepten. Hij vraagt de patiënten harder te praten. Radeloos schrijft Rassoel op een receptenbriefje: 'Ik ben mijn stem kwijt', en reikt het de dokter aan. Die buldert dat hij het briefje moet voorlezen, en pas even later begrijpt hij wat er aan de hand is. 'Sinds wanneer?' Drie dagen, maakt hij met zijn vingers duidelijk. 'Hoe komt dat?' Stilte. 'Lichamelijke shock?'

'…'

'Emotionele schok?' Ja, knikt Rassoel na een korte aarzeling. 'Daar zijn geen medicijnen voor', zegt de dokter op ergerniswekkende toon, terwijl hij met zijn vingers op de kant-en-klare recepten voor alle mogelijke ziektes trommelt. 'Om je stem terug te krijgen moet je dezelfde emotie en dezelfde situatie nog eens doormaken. Dat is dan honderd afghani voor het consult, alsjeblieft.' Daarna roept hij: 'De volgende!' Voordat de nieuwe patiënt binnenkomt geeft Rassoel hem al het geld dat hij nog heeft en verlaat woedend de praktijk, waarna hij zijn dooltocht door de wazige stad vervolgt tot de nacht valt. Hij gaat naar huis en slaapt. Zonder nachtmerrie.

De nachtmerrie, daar zit hij middenin. Van genade kan hij slechts dromen. Waarschijnlijk daarom heeft hij geen enkele behoefte zijn ogen open te doen, uit bed te stappen, de zwarte zon te begroeten, de zwavelgeur van de oorlog op te snuiven, zijn verdwenen stem te zoeken, zijn misdaad te overdenken … Hij kruipt nog wat dieper onder zijn deken. Ogen dicht. Deur dicht. Heel lang. Niets kan hem uit deze verdoving halen. Niet de vliegen die rond zijn hoofd zoemen; niet de twee raketbommen die op het Asmaigebergte neerstorten; niet de wanhopige stappen van Razmodin die de trap oploopt, een tijd achter de gesloten deur blijft staan en dan weer naar beneden gaat; niet de vreugdekreten van de kinderen van Yarmohamad op de binnenplaats … Hij staat niet op voordat de zon onder is.

Maar hij staat op vanwege die verduivelde vrouw met haar hemelsblauwe boerka, die langzaam de slaap van zijn bed in glijdt. Nog steeds onherkenbaar begint ze Rassoel te strelen, terwijl hij probeert haar sluier van haar af te trekken. Ze stribbelt tegen. Maar Rassoel zet door. Hij trekt aan het onmetelijk grote stuk stof dat steeds door zijn vingers glipt. De vrouw lacht. Ze reikt hem een kistje aan. Er zitten geen sieraden in, maar een doorschijnende, levende kleine bal. 'Dat is je adamsappel', zegt de vrouw. 'Wil je hem hebben?'

Rassoel gooit de bal op de grond, hij wil haar gezicht zien.

Hij probeert opnieuw haar boerka af te rukken. Het lukt niet. Ineens zit hij er zelf in verstrikt. Hij heeft de kracht niet meer om de sluier stuk te trekken. Hij stikt bijna.

Hij beweegt uit alle macht.

Opent zijn ogen.

Het is de deken die hem smoort. In de kamer is alles rustig. Zelfs de vliegen.

Na een diepe zucht richt hij zich op, verlaat zijn bed en het huis om opnieuw in de nevel van de stad te verdwijnen.

Na lang dralen komt hij via een klein straatje bij het Djoishirplein, waar de geur van brood zijn tempo vertraagt. Hij blijft staan en wacht af tot een barmhartige hand hem wat halva geeft. In de mensenmenigte die voor de bakker staat te wachten, ontwaart hij een manke man die op een te grote kruk steunt. Hij lijkt op een van de twee vrienden van de vader van Soefia.

Na brood te hebben gekocht, loopt de man langs Rassoel; in het hout van zijn kruk staan gedichten gegraveerd, net als in die van Moharamollah ... Het is die van hem!

Nou en?

Die heeft hij zich toegeëigend terwijl zijn vriend onder het puin lag te creperen. Omdat hij zelf geen kruk had, heeft hij deze gepakt om zich uit de voeten te kunnen maken. Deze kruk is te groot voor hem. De vuile verrader!

Rassoel volgt hem, eerst met zijn ogen, dan te voet.

Met de kruk stevig onder zijn ene arm en het brood onder de andere, slaat de man een druk straatje in, waar hij halverwege blijft staan om zijn brood weer terug te duwen. Dan kruist zijn blik die van Rassoel, die ook is blijven staan. In verlegenheid gebracht door de nadrukkelijke blik loopt de man weer door en komt in een ander, uitgestorven straatje uit. Daar dringt het tot hem door dat Rassoel hem volgt. Door angst bevangen versnelt hij zijn pas. Rassoel ook, hij haalt hem in en verspert hem de weg. Buiten adem en bang klemt de man het brood stevig onder zijn arm. 'Ik heb zes monden te voeden, en maar één brood', zegt hij smekend.

Zie je, Rassoel, hij herkent je niet, de arme drommel.

Nee, hij herkent me niet. Ik zal me even voorstellen. Ik zal zijn half vergane geheugen eens opfrissen.

Hij moet me recht in de ogen kijken!

De kreupele man kijkt hem ontzet aan. Hij verwacht een woord, een klap, een mes, een pistool … Niets van dat alles. Alleen een ijzingwekkende, woedende blik. 'Wat wil je van me?' vraagt de man. 'Wie ben je?' Goede vraag. Rassoel beweegt zijn lippen om de naam MO-HA-RA-MOL-LAH uit te spreken. De man probeert zijn lippen te lezen. 'Mohammad? … Ah, de zoon van Kazem? … Jij was toch omgekomen? Hoe ben je dan weer teruggekomen?!' Nu verwar je de doden met de levenden. Kijk eens goed! Ik ben RA-SSOEEEELLL, familie van MO-HA-RA-MOL-LAH.

Rassoel pakt hem bij zijn arm en trekt hem naar beneden. Met zijn vinger schrijft hij op de grond de naam van Moharamollah. 'Welke Moharamollah?' Rassoel wijst naar zijn kruk, in de hoop dat hij de naam met de stok in verband brengt. Tevergeefs. De man begrijpt nog steeds niet wat Rassoel van hem wil. 'Wil je mijn kruk?' Nee! 'Wat wil je dan?' De wijsvinger van Rassoel wijst naar de naam die op de grond geschreven staat. Verward leest de man de naam opnieuw: 'Ben jij Moharamollah? Ik ken je niet.' Hij staat op, en Rassoel ook. De man probeert langs hem te glippen om zijn weg te vervolgen. Rassoel is sneller, snijdt hem de pas af en kijkt de man onderzoekend aan.

Is hij het echt?

Geen twijfel mogelijk. Ik zal hem helpen zich de momenten te herinneren die hij met Moharamollah in de theehuizen heeft doorgebracht, de dag dat er eentje in brand vloog door een raketbom. Om hem zijn verraad in herinnering te brengen moet hij de doodsangst opnieuw doormaken.

Rassoel grijpt de kruk van de man vast, die hem in zijn angst nog steviger tegen zich aanklemt en hem smeekt: 'Uit naam van Allah!' Rassoel doet alsof hij niets hoort. Hij pakt hem ruw de kruk af en heft hem op om de man te slaan. 'Allah, red mij van deze gek!' roept de kreupele man, die in elkaar zakt en zich aan zijn brood blijft vastklampen. Rassoel gaat zitten en schrijft op de grond: *Ik ben een verrader*. De ander kan de letters maar moeizaam van de stenen en de voetsporen onderscheiden. Hij probeert ze uit alle macht te lezen. De verwarde man heeft moeite de betekenis van de zin te doorgronden en vraagt aan Rassoel: 'Ben jij een verrader?' Nee, jij! gebaart Rassoel door met zijn wijsvinger naar de borst van de man te wijzen. 'Ik, een verrader? Waarom?' roept hij uit. Rassoel zwaait met de stok voor zijn verbijsterde ogen en kijkt hem een flinke tijd woedend aan. Het beneemt hem de adem.

Jij hebt hem gestolen van, schrijft hij voor de naam van Moharamollah. 'Nee hoor! Die stok is van mij. Ik heb hem gekocht. Ik zweer het je …' Maar de stok slaat tegen zijn zieke been en maakt een jammerlijke kreet bij hem los. 'Help!' Rassoel pakt hem bij zijn haar, drukt zijn hoofd tegen de grond en wil hem hardop laten lezen: *ik ben een verrader;*

maar hij leest het niet, hij brult nog harder: 'Help! Red me! Help me toch!' De kruk komt nu op zijn schedel neer en brengt de man tot zwijgen. In tranen smeekt hij: 'Broeder, ben je een moslim of niet? Ik heb zes kinderen. Allah, heb medelijden! ... Ik heb geen geld. Ik zweer je dat ik geen geld heb.' De arme man! Hij beseft niet dat als het om geld ging, hij allang een ingeslagen schedel zou hebben.

Laat hem gaan, Rassoel! Hij zal nooit begrijpen wat je van hem wilt, en waarom.

Hij moet toegeven dat hij een verrader is. Ik wil dat hij het uitschreeuwt.

De kruk gaat opnieuw de lucht in, tegelijk met de uitroep van de man: 'Niet slaan! Het is al goed. Niet slaan!' De kruk blijft in de lucht hangen. 'Ik heb verraad gepleegd ... Verraad! Vergeef me! Allah, ik vraag vergeving ...' De kruk komt opnieuw op zijn hoofd neer; de man brult het uit van pijn en angst. 'Niet slaan! Ik heb verraad gepleegd.' Laat hem dat nog maar een keer roepen, 'ik heb verraad gepleegd', harder, 'ik heb verraad gepleegd', en nog harder. Iedereen moet het horen. Schreeuw! 'Ik ben een verrader! Een misdadiger!' Nee, je bent geen misdadiger. JE BENT EEN VERRADER!

Rassoel, je bent rijp voor het gesticht van Aliabaad. Wat weet die arme drommel van jouw obsessies? Hij heeft geen benul. Voor hem zijn verraad en misdaad van dezelfde orde.

Nee. Hij kan ze perfect van elkaar onderscheiden. Hij komt hiervandaan, uit dit land, waar verraad erger is dan misdaad. Dat er wordt gemoord, gestolen, verkracht, is nog tot daar aan toe ... Zolang je maar niemand verraadt. Zolang je Allah maar niet verraadt, je clan, je familie, je vaderland, je vriend ... En dat is precies wat hij wél heeft gedaan!

Je hoeft geen excuus te bedenken. Niets rechtvaardigt je verbetenheid jegens deze man, niets, behalve het plegen van een nieuwe misdaad om dezelfde situatie opnieuw door te maken, dezelfde schok, dezelfde emotie die je je spraakvermogen heeft ontnomen. En dat allemaal om je stem terug te krijgen?

Laat die man leven. Je stem, en zelfs de stem van een profeet, is geen mensenleven waard.

Met een lijkbleek gezicht slaat hij de kruk zo hard tegen de muur dat hij breekt. Hij gaat zitten. De man huilt.

Als hij weer op adem is gekomen, steekt Rassoel een sigaret op en werpt een blik op de kreupele man, die kermend probeert overeind te komen. Hij steekt nog een sigaret op en geeft hem die.

Dan gaat hij weg.

Hij komt bij de sakichana.

Kaka Sarwar en zijn groepje zijn er niet. Maar het theehuis is stampvol. Iedereen staart naar een hallucinerende man met een baard en lang haar. Ze reiken hem allemaal iets aan: een glas thee, een biljet van vijfhonderd afghani of een kogel. De hallucinant neemt het biljet aan; dan pakt hij de kogel, stopt hem in zijn mond en slikt hem door; uiteindelijk pakt hij het theeglas en drinkt het in één teug leeg. Een man, degene die hem geld had gegeven, draait zich verbijsterd om naar de anderen. 'Dat was de vijfde! Hebben jullie dat gezien? Dat is al de vijfde kogel die hij heeft ingeslikt.'

De hallucinant staat, onverschillig voor de verblufte blikken, op, slaakt een rauwe kreet: 'YAHOO', en loopt het theehuis uit, met een paar mannen in zijn kielzog.

In ruil voor twee Marlboro's neemt Rassoel een flinke trek van een hasjpijp en houdt de rook lang binnen. Hij sluit zijn ogen. En de wereld verdwijnt, net als de kogels in de mond van de man, tot het ochtendgloren.

In de vroege ochtend hoort hij de stem van kaka Sarwar op de verdieping boven hem, in de tsjaichana. Hij gaat naar het groepje toe, dat hem uitnodigt mee te ontbijten. Dan gaan ze samen terug naar de sakichana.

Beneveld door de hasj verlaat hij het theehuis.

Hij is bang om naar huis te gaan. Hij heeft het gevoel dat zijn kamer ingenomen zal zijn door spoken die uit zijn nachtmerries zijn ontsnapt: de vrouw met de hemelsblauwe sluier, Yarmohamad, bewapend met een mes, Razmodin met zijn moraallessen, en zelfs Dostojevski met zijn *Misdaad en straf* …

Zijn wankele passen gaan richting het huis van Soefia.

Wat zoek je bij haar?

Ik heb haar nodig, en niemand anders. Ik heb behoefte aan de puurheid van haar tranen, de argeloosheid van haar glimlach, de korte stilte tussen haar ademhalingen … totdat ik sterf aan haar onschuld.

Je hebt met andere woorden behoefte aan haar naïviteit en haar kwetsbaarheid, om jezelf te kunnen vergeven. En verder niets! Laat haar met rust. Sleur haar niet mee in je afgrond.

Hij blijft staan.

Ik ga alles in haar schrift opschrijven, en dan geef ik het haar terug. Ik geef haar haar leven weer terug.

Hij versnelt zijn pas. Kreupel. Laveloos.

Met moeizame passen loopt hij de trap op naar zijn deur en glipt zijn kamer in. En als hij eindelijk binnen staat, ziet hij tot zijn verbazing dat zijn woning helemaal schoon en opgeruimd is. Zijn kleren zijn opgevouwen, zijn boeken liggen op stapels in een hoek; op de grond liggen geen glasscherven meer.

Wie heeft al die moeite voor hem gedaan? Rona natuurlijk, de vrouw van Yarmohamad. Zij is het, zoals al eerder.

Hij loopt naar het raam en werpt een blik op het huis van Yarmohamad. De binnenplaats is verlaten. Geen schaduw te bekennen achter de ramen. Hij wordt overmand door een innerlijke roes, die nog sterker is dan zijn verbouwereerdheid bij het zien van zijn opgeruimde kamer en zijn onstuimige verlangen alles aan Soefia te schrijven.

Waar is hij eigenlijk zo blij over? Over het feit dat Yarmohamad zijn vrouw niet heeft kunnen beletten zijn kamer op te ruimen?

Wat is hij toch een trotse man!

Dat lage, kinderlijke plezier smelt als sneeuw voor de zon als zijn blik op het bewuste schrift valt, dat hij zorgvuldig op de vensterbank had gelegd. Hij vliegt erop af. Heeft Rona het opengeslagen? Heeft ze zijn gedichten en intieme gedachten over Soefia gelezen? En de laatste zin, *Vandaag heb ik nana Alia vermoord?*

Het schrift trilt in zijn handen. Hij slaat het open bij de laatste pagina en leest: *Vandaag heb ik nana Alia vermoord.* Hij gaat op zijn matras zitten. Dan pakt hij na lang nadenken een pen en voegt eraan toe: *Ik heb het voor jou gedaan, Soefia.*

Voor haar? Waarom dan?

Ik zal haar schrijven waarom. Maar eerst wil ik het over haar hebben, over haar kwetsbare onschuld, dat waar ik nooit in heldere bewoordingen, zonder retoriek, over heb kunnen praten. *Soefia, ik heb je nooit gekust, nooit omhelsd. Weet je waarom?* ... Het geluid van voetstappen die de trap oplopen houdt de woorden in de punt van zijn pen. Er wordt op de deur geklopt. Een zachte vrouwenstem vraagt: 'Rassoel *djaan*, ik ben het, Rona.' Hij springt op om open te doen. 'Hallo', zegt ze verlegen. Ze heeft een dienblad vast waar een wit servet overheen ligt. Hij maakt zich klein om haar langs te laten en kijkt tersluiks naar haar gezicht, bang voor haar reactie als ze het schrift in zijn hand zal zien. 'Rassoel djaan, ik ben gekomen om je te vragen of je Yarmohamad wilt vergeven. Hij is de laatste dagen uit zijn doen. Hij is zenuwachtig. Hij is bang ... Je kent hem. Bovendien heeft hij geen werk meer. Hij is gewoon ongerust ...' Ze reikt hem het dienblad aan: 'Hier, wat *kesjmesj-panier*, zelfgemaakte rauwe kaas, waar je zo van houdt, en rozijnen.'

Verward neemt Rassoel het dienblad aan en bedankt haar met een vaag gebaar, om haar te laten weten dat ze zich geen zorgen hoeft te maken, dat alles voorbij is. Dan maakt hij een onderdanige buiging als dank voor het opruimen, terwijl hij met zijn hand – die het schrift vasthoudt – naar de hoek wijst, met de stapels boeken. 'Ik heb gedaan wat ik vroeger ook deed. In de tijd dat ...' antwoordt Rona.

Hij luistert niet meer. Gerustgesteld dat hij geen argwaan of ongerustheid in haar blik ziet, wordt hij opnieuw onweerstaanbaar aangetrokken door haar volle, glanzende lippen en haar hazelnootbruine, amandelvormige ogen. En zij is zich maar al te goed – en al heel lang – bewust van haar verleidelijkheid, ze speelt met hem, ze neemt een stukje van haar sluier tussen haar tanden en bedekt er haar lippen mee. Om hem het hoofd nog meer op hol te brengen. Rassoel is ervan overtuigd dat als Yarmohamad kwaad op hem is, dat vooral vanwege zijn gevoelens voor Rona zal zijn. Hij moet wel doorhebben hoeveel aantrekkingskracht ze uitoefent, dat kan niet anders.

'Goed, ik ga maar weer eens ...' Ze vertrekt. Rassoel is in verwarring omdat hij niet heeft verstaan wat ze achter de strook van haar sluier zei, en loopt haar achterna. Vanaf de drempel van zijn kamer blijft hij haar nakijken tot ze in het halfdonker van de gang van haar huis is verdwenen. Hij kijkt of hij Yarmohamad achter de ramen ziet. Geen spoor van hem. Hij is waarschijnlijk niet thuis; daarom durfde Rona naar hem toe te gaan.

Als Rassoel niet met zijn hoofd bij andere dingen zat, als hij niet zo veel zorgen had en het schrift van Soefia niet in zijn hand had, was hij op zijn matras gaan liggen om zich aan zijn fantasieën over te geven. Hij zou zijn hand in zijn broek hebben laten glijden om zijn penis te beroeren. Hij zou zich een paar taferelen met haar voorstellen en masturberen. Vandaag zou hij zich voorstellen dat Rona helemaal naakt op de schommel van haar dochtertjes zit, haar hoofd lichtjes gebogen en een schalks lachje om haar lippen. Ze kijkt Rassoel recht in de ogen. Met haar benen uit elkaar, de touwen om haar armen gewikkeld en haar handen in haar kruis streelt ze zichzelf ... Goed, dit is niet het moment. Je moet wel echt ziek zijn, een maniak, een gek die uit het gesticht van Aliabaad is ontsnapt, om daar nu aan te denken!

Zet het dienblad neer, doe de deur weer dicht en ga schrijven.

Hij slaat het schrift weer open.

Soefia, ik heb je nooit gekust, nooit omhelsd. Weet je waarom? Hoe gaat het verder? *Omdat ik veel kracht nodig had om je onschuld te omhelzen* ... Waar haal je dat vandaan? Kun je niet wat helderder denken, wat directer praten? 'Je onschuld te omhelzen'! Wat betekent dat? Als je haar schrijft, zal ze je uitlachen; ze zal zeggen: 'Verbreek mijn onschuld! Kus me! Ik zal je de kracht geven.'

Ontmoedigd slaat hij het schrift weer dicht, gooit het tussen de boeken en laat zich op zijn bed neervallen. Hij sluit zijn ogen om in het donker en in de stilte de woorden te vinden die hij zoekt. Maar het geluid van stappen op de trap haalt hem weer uit zijn bed. 'Rassoel! Ik ben het, Razmodin.' Hij is niet alleen, iemand fluistert iets in zijn oor. Rassoel houdt zich stil. 'Rassoel?' vraagt Razmodin nogmaals terwijl hij opnieuw aanklopt. Na even wachten roept hij naar de dochtertjes van Yarmohamad: 'Hé, meisjes! Is Rassoel weg?'

'Nee, hij is op zijn kamer. Misschien slaapt hij', zeggen ze in koor. Verdomme! vloekt Rassoel inwendig. En hij staat op.

'Rassoel!' roept Razmodin nog eens terwijl hij aan de deur rammelt, die van binnen op slot is. Hij klopt nog harder. Een moment! bromt Rassoel onhoorbaar. Hij doet de deur open.

'O, daar ben je! We zoeken je al twee dagen!' roept Razmodin terwijl hij naar hem toe loopt. Achter hem staat een kleine, dunne man met een witte tulband op zijn hoofd. 'Rassoel, commandant Rostam is zo vriendelijk je een bezoek te brengen en ...' Commandant Rostam stapt op Rassoel af, 'mijn beste Rassoel,' omhelst hem, 'nu kan ik je eindelijk eens ontmoeten!' Rassoel doet koeltjes en weinig uitnodigend een stap achteruit. Rostam blijft op de drempel staan en wacht af tot hij binnen wordt genodigd. Razmodin neemt het initiatief; hij haast zich de kamer in en maakt een uitnodigend gebaar. De ander komt binnen en begint overdreven beleefd te praten: 'Beste Rassoel, ik kom namens je eerbiedwaardige moeder. Ik weet niet waar ik moet beginnen. Ik heb twee berichten over je familie. Het ene is helaas slecht en heel verdrietig, het andere is goed en hoopvol: ik moet je tot mijn diepe verdriet meedelen dat je vader, die een goed en zuiver moslim was, zijn ziel op moedige wijze aan Allah de Barmhartige heeft gegeven. Hij is als een martelaar gestorven. Ik condoleer je met het verlies. Moge het paradijs hem ontvangen. En ik smeek Allah de Barmhartige om veel geduld en een lang en voorspoedig leven voor de familie die hem heeft overleefd ...' Waarna hij zijn handen opheft om te bidden: *'Inna-lillah wa inna-illah radji'oen.'* Daarna doet hij er het zwijgen toe en wacht tot Rassoel iets zegt. Die kijkt hem onverstoorbaar aan. Eerder ongemakkelijk dan verbaasd kijkt Rostam tersluiks naar Razmodin, trekt zonder dat hem iets is gevraagd zijn schoenen uit en neemt plaats op het matras. Razmodin gaat bij hem zitten; en allebei kijken ze afwachtend naar Rassoel, die, nog steeds onverschillig, een eindje van hen af gaat zitten.

Stilte.

Een droefgeestige stilte die Rostam probeert te verbreken door Rassoel een sigaret aan te bieden – die hij afslaat – en vervolgens Razmodin; en hij vervolgt zijn relaas: 'Natuurlijk heeft je lieve moeder me verteld dat ze je al in een brief op de hoogte had gebracht van deze betreurenswaardige feiten … Maar zo te zien heeft die je nog niet bereikt …' De manier waarop Rassoel zijn hoofd schudt en zijn wenkbrauwen beweegt om te laten weten dat hij de brief wel degelijk heeft ontvangen, brengt de commandant nog meer uit zijn evenwicht. Verbijsterd kijkt hij toe hoe Rassoel in zijn boeken begint te rommelen, op zoek naar de brief van zijn moeder, die hij voor de wezenloos kijkende Rostam en Razmodin heen en weer zwaait, waarna hij gaat zitten en nonchalant een plastic vliegenmepper oppakt om de vliegen te verjagen die rond het dienblad met de kesjmesj-panier zoemen.

'Je hebt hem dus wél gekregen?' vraagt de commandant.

Ja.

'Maar … je eerbiedwaardige moeder denkt dat jij niet op de hoogte bent van het martelaarschap van je vader! Nadat ze de brief had verstuurd, heeft ze lang op je gewacht …'

Rassoel werpt een afkeurende blik op Razmodin, waarop deze zijn ogen neerslaat en strak op zijn nagels richt, uit angst zijn neef te horen zeggen: 'Mijn vader, dood of levend, was niet zo belangrijk voor mij.' Razmodin heeft er zeker niet met Rostam over gesproken. Waarom eigenlijk niet? Dat had hij wel moeten doen!

Rassoel slaat met de vliegenmepper naar een vlieg die voor hem is neergestreken, en werkt het vliegenlijkje naar de deur. Rostam heeft de boodschap begrepen; hij kan zijn woede nauwelijks inhouden. 'Je weet dat voor een jonge Afghaanse moslim de plicht tegenover zijn ouders boven alles gaat. Het bloed van de vader is duur. We waren allemaal in afwachting van het moment dat je wraak zou zweren ... Maar ...' Hij wordt onderbroken door nog een klap van de vliegenmepper, waarmee een nieuwe vlieg wordt vermorzeld. Geërgerd wendt hij zich tot Razmodin: 'Weet je hoe erg het voor zijn moeder en zus zal zijn als ze horen hoe deze jongeman zich tegenover hen en tegenover Ibrahim zaliger opstelt?' Razmodin knikt instemmend, terwijl hij zich voorstelt wat Rassoel denkt: Nee, ze moeten opgelucht zijn na de dood van mijn vader.

Rostam, die steeds onthutster is door de zwijgzaamheid van Rassoel, trekt langzaam aan zijn sigaret en wacht af. Vergeefs. Hij wordt ongeduldig. 'Uit naam van Allah, zeg iets! ...' Rassoel laat de vliegenmepper los en kijkt Rostam uit de hoogte aan. Razmodin weet precies wat er in Rassoel broeit, maar hij snapt niet dat hij zich zo gedeisd houdt. Uit respect? Dat is niets voor hem. Waarschijnlijk is hij de woorden al aan het kiezen waarmee hij doorgaans iedereen bespot die uit naam van de traditie, de eer of het geloof de mensen aanmoedigt elkaar af te maken, wraak te nemen, de oorlog te voeden ... 'Weet je wie je vader heeft gedood?' Rassoel haalt ongeïnteresseerd zijn schouders op. 'Het is een dief, een bandiet, hij heeft het om het geld gedaan ... voor het geld!' Dan was het iemand die honger had. Wraak nemen op iemand die uitgehongerd is, heeft geen enkele zin. Mijn vader streed als communist zogenaamd uit naam van de rechtvaardigheid voor de hongerigen; hij vermoordde rijken om de armen te redden, nietwaar? Het moet zijn ziel goed doen dat een paar hongerigen hebben kunnen eten van zijn geld!

Alleen al bij de gedachte aan wat er in Rassoel omgaat, houdt Razmodin zijn hart vast. Toch is hij verbaasd, nee, niet verbaasd, maar opgelucht te zien dat Rassoel blijft zwijgen. Daar moet hij van profiteren. Dus wendt hij zich tot Rostam om hem zijn excuses aan te bieden – 'het gaat de laatste dagen niet zo goed met mijn neef ...' – maar hij wordt onderbroken door Rassoel, die bruusk opstaat, de schoenen van Rostam buiten de deur zet en gebaart dat hij de kamer moet verlaten.

Buiten zichzelf van woede springt Rostam overeind en briest: 'Maar wat een *bi-adabi*! Ondankbare jongen!' Tegen Razmodin zegt hij: 'Het is dat ik zo veel respect voor zijn moeder en zijn zus heb, anders ritste ik hem van onder tot boven open!' Hij spuugt op de grond, voor de voeten van Rassoel. Maar voordat die kan reageren, werkt Razmodin Rostam naar buiten.

Rassoel doet de deur weer dicht, blijft midden in de kamer staan en hoort hoe Razmodin achter de commandant aan rent: 'Wees niet boos, vat het niet verkeerd op. Hij is ziek, ik zweer het u. Sinds de dood van zijn vader doet hij vreemd. Iedereen klaagt er al een maand over ...' Zijn stem klinkt steeds verder weg in het straatje en verdwijnt ten slotte.

Rassoel, die nu van zijn woede af is, gaat met een triomfantelijke glimlach zitten. Hij pakt de vliegenmepper weer op en kijkt rond, op zoek naar een nieuw slachtoffer. Er zit nog maar net een vlieg op zijn matras of de vliegenmepper komt al neer, en het lijkje eindigt bij de deur.

Nu hij weer tot bedaren is gekomen, pakt hij de brief van zijn moeder nog eens op en herleest hem van begin tot eind. Godzijdank heeft zijn moeder niet zo'n mooi handschrift en zegt ze de dingen ook niet zo mooi, in tien pagina's, als de moeder van Raskolnikov! Deze brief is kort, slecht geschreven en haast onleesbaar.

Hij leest de zinnen over zijn zus Doenja nog eens over. *Er is een vermogende en invloedrijke man die naar de hand van je zus dingt …* Wie kan dat zijn? Waarom heeft zijn moeder de naam van die man niet opgeschreven? *Vermogende en invloedrijke*, dan is het geen onbekende. Het moet dus wel om een omstreden man gaan, iemand met een slechte reputatie. Daarom wil zijn moeder niet dat Rassoel weet over wie ze het heeft.

Zijn blik dwaalt weg van het papier, uit angst op woorden te stuiten die hij liever niet wil zien. Maar daar zijn ze, de woorden, leesbaarder dan de rest: *Doenja gaat akkoord. Maar ze wil eerst zeker weten dat jij ook akkoord gaat. Jij bent nu de man van het gezin …* Hij vouwt de brief op. *… de man van het gezin.* De eerste keer dat hij deze brief las, had die zin hem met trots vervuld, *de man van het gezin.* Maar nu beseft hij dat die zin ook een andere, haast impertinente boodschap bevat. Ieder woord heeft ineens een andere kleur, een andere klank. De woorden zijn niet meer onschuldig. Ze ademen ironie, verwijten, iets wat onuitgesproken blijft …

De man van het gezin!

Nee, je moeder zou je nooit zo'n brief schrijven. Dat is je eigen afschuwelijke idee. Lees hem een andere keer nog maar eens, dan zul je er niets dan wijsheid en goedheid in vinden.

Hij vouwt de brief weer op om hem in een boek te stoppen. Maar geen willekeurig boek. In een deel van *Misdaad en straf* natuurlijk! En erger nog: tussen de bladzijden waarin Raskolnikov de brief van zijn moeder leest.

Nu overdrijf je, Rassoel!

Hij heeft het boek nog niet teruggelegd of de deur wordt opnieuw met kracht opengestoten en de stem van Razmodin vult de kamer: 'Wil jij niet meer leven of zo? Wil je een dezer dagen door een verdomde kogel afgemaakt worden? Wat wil je nou eigenlijk? Jij bent echt ziek.' Rassoel kijkt hem aan, aarzelt of hij hem de brief van zijn moeder zal laten lezen. 'Waarom heb je je als een eersteklas klootzak gedragen? Weet je dat hij mijn tante en Doenja onderdak heeft geboden, om ze niet aan hun lot over te laten? Hij heeft die hele reis ondernomen om jou gerust te stellen en je geld te brengen. Hier!' Hij haalt een stapeltje biljetten uit zijn zak en gooit het op de rand van het matras. 'Niet alleen bedank je hem niet, maar je zegt zelfs geen woord tegen hem! Waarom?' Rassoel vermant zich en slaat het boek weer open, pakt de brief van zijn moeder er opnieuw uit en geeft hem aan Razmodin. Lees dit! En hij leest hem. Bij ieder woord raakt hij meer en meer ontmoedigd, zijn hoofd zakt dieper en dieper tussen zijn schouders en zijn hand begint te trillen. Nu moet hij toch inzien waar dat geld voor dient! Ja, die gulheid en vriendelijkheid zijn niet voor Rassoels mooie ogen. Met dat geld wil Rostam Doenja kopen. Doenja, je nicht. Van wie je zo veel houdt en met wie je wilt trouwen. 'Dus dat was het "goede nieuws" dat die hoerenzoon wilde aankondigen?' vraagt Razmodin ontdaan. Dus daarom gedroeg Rassoel zich zo onuitstaanbaar tegen hem, om hem ervan te weerhouden het nieuws aan te kondigen waar jij bij was. 'Doenja!' roept Razmodin. Hij pakt Rassoel bij zijn schouders en vraagt hem met vlakke stem: 'Maar … Maar waarom heb je me dat niet verteld?' Rassoel schudt de handen van zijn schouders. 'Als je me dat had verteld, zou ik zelf naar Mazar zijn gegaan, en jou had ik ook meegenomen …' Nou, ga er dan nu heen en laat Rassoel met rust. 'Ga met me mee.' Rassoel kan niets meer doen. Ga dan, Razmodin, en neem zijn moeder en Doenja mee terug naar Kaboel!

Razmodin springt op en zegt fel: 'We gaan ze zoeken …' Maar de vertwijfelde blik van Rassoel overschaduwt zijn onstuimigheid. Hij komt weer tot zichzelf. 'Nee, hier wordt het te gevaarlijk. We gaan allemaal naar Tadzjikistan.' Nee, schudt Rassoel zijn hoofd. 'Inderdaad, dat gebied hebben ze ook grotendeels in handen', zegt hij vermoeid. 'Maar waar dan heen? Zorg dat je een oplossing vindt, verdomme!' Doe wat je wilt, maar laat Rassoel met rust … Met rust!

Heen en weer geslingerd tussen zijn woede tegenover het onbegrijpelijke zwijgen van Rassoel en zijn angst voor een bedreiging van Rostam, blijft Razmodin een moment verslagen staan. Dan loopt hij weg en slaat de deur achter zich dicht. Woedend roffelen zijn voeten de trap af, stampen over de binnenplaats en verdwijnen uiteindelijk in het stof van de schemering.

Uitgeput sluit Rassoel zijn ogen, maar slapen doet hij niet. De nacht valt, donkerder dan ooit.

Hij vult de kamer.

En als de stemmen die tot het gebed oproepen in koor opklinken en de stad ruw uit haar slaap halen, opent Rassoel moeizaam zijn ogen. Zijn hoofd tolt. Hij richt zich op en gaat met zijn rug tegen de muur zitten, zijn knieën tegen zijn borst.

Hij trilt. Hij trilt van woede, van angst, van lafheid ... van alles.

Alles balt zich samen tot een knoop in zijn borst.

Hij maakt zijn keel dik en laat hem barsten, geluidloos.

Hij huilt.

Hij slaapt.

Plotseling schrikt hij wakker van het angstaanjagende kabaal van een explosie. Badend in het zweet gaat hij rechtop zitten en richt zijn blik naar het raam. Achter het raam is het nog steeds nacht, nog steeds donker. De donkere rook belet de maan de dromen van de huizen binnen te glijden.

Rassoel steekt de kaars aan die Rona binnen handbereik voor hem heeft neergezet. Hij sleept zich naar de lemen kruik. Geen druppel water meer.

Hij gaat weer naar bed, zijn blik blijft haken aan het bundeltje geld dat Rostam aan Razmodin heeft gegeven. Doodkalm strijkt er een vlieg op neer. Het is precies zo'n bundeltje als nana Alia in haar stijve, dikke hand geklemd hield. Dat denkt hij maar. Alle bundeltjes geld lijken op elkaar.

Pak het op!

Na een lange aarzeling graait hij het van zijn matras, alsof hij in dezelfde beweging ook de vlieg wilde grijpen. Die gaat ervandoor en voegt zich bij zijn soortgenoten op het witte servet dat over de rauwmelkse kaas en de rozijnen ligt.

Hij staart een tijd naar het geld en gooit het dan ver van zich. Uit angst of uit afkeer.

Hij rookt een sigaret.

Denkt na.

Hij bedenkt dat dit geld misschien iets minder vies is dan

dat van nana Alia. En ongevaarlijk bovendien. Vanwaar dan die weerzin? 'Dat is je trots!' zou Razmodin zeggen. 'Jij barst echt van de trots, Rassoel. Trots die nergens op gebaseerd is, een onzinnige trots.'

Ja, dat is waar, zijn trots is nergens op gebaseerd. De wereld moet het weten: ik verkies waardigheid boven trots. Trots ben je op íéts, dat is dus afhankelijk van dat ene. Terwijl waardigheid dieper zit, in je binnenste, het is persoonlijk, onafhankelijk, het staat los van de omgang met anderen. Trots leidt tot eer; waardigheid tot zelfrespect.

Allemaal woorden, mooi om te horen. Ondanks alles wat je hebt meegemaakt en nog meemaakt, kun je jezelf er maar niet van overtuigen dat je dat geld nodig hebt. Alles bij elkaar bijna vijftigduizend afghani. Daar kun je zowel je moeder, je zus als je verloofde mee redden. Je familie laten creperen, is dat geen aantasting van je trots, van je waardigheid?

Getergd neemt hij een lange trek van zijn sigaret, en met de rook die hij uitblaast, dooft hij de kaars. Dan gaat hij liggen afwachten in het donker. Hij wacht tot het dag wordt, zodat hij zijn neef kan gaan zoeken en hem het geld terug kan geven.

Nee, met dit geld ga ik mijn familie niet redden.

Goed. Maar waarmee dan wel?

Hij draait zich om, woelt; met zijn nagels krabt hij een paar schilfers afbladderende verf van de muur. Dan likt hij, net als toen hij klein was, aan zijn nagelranden, aan de restjes verf, nog altijd even misselijkmakend. Hij likt eraan, om te kunnen overgeven en om niet in slaap te vallen.

Hij geeft niet over.

En valt weer in slaap.

Bij het aanbreken van de dag komt hij bij hotel Metropool aan. De wijk is omsingeld, beschermd door twee tanks, een paar bewapende jeeps, en voertuigen met de letters UN erop. Rassoel loopt vastbesloten op het hotel af. Twee gewapende mannen houden hem staande. Hij beweegt zijn lippen, als om de naam Razmodin uit te spreken.

'Wat?'

Plotseling wordt alles overstemd door een hels kabaal. Een paar mannen dragen een lijk van een 'martelaar' en brullen: *'Allah-o-akbar!'* gevolgd door: 'Laten we onze *sjahieds* wreken!' De twee bewakers laten Rassoel staan, voegen zich bij de stoet en verdwijnen. Hij gaat het hotel in. De lobby is stampvol met gewapende mannen en journalisten. Allemaal in afwachting. Van wat? Dat lijkt niemand te weten. Iedereen is op zijn hoede. Rassoel begeeft zich naar de trap die naar het kantoor van Razmodin leidt, maar hij drukt zich onderweg in een hoek als hij aan het einde van de gang commandant Rostam ontwaart in gezelschap van twee mannen – de twee die hij in het kantoor van Parwaaz had ontmoet en die zo'n intense haat jegens deze commandant uit Mazar-e-Sjarief koesterden. Ze zien er vrolijk uit, ondanks de gespannen sfeer die in het hotel heerst. Ze lijken nu aan dezelfde kant te staan.

Rassoel weet onopgemerkt het kantoor van Razmodin te bereiken. Razmodin is er niet. Hij moet naar Mazar zijn vertrokken, om Doenja te zoeken. Dat is nog eens een man, een echte. Hij doet wat hij moet doen. Dat is maar goed ook.

Ja, maar goed ook, omdat hij jou van je verantwoordelijkheid ontslaat.

Ik heb er genoeg van. Beschouw mij maar als een lafaard. Een man van niets. Ik ben mislukt als zoon, als vriend, als student, als verloofde, als misdadiger … Het is niet anders. Laat mij in hoger sferen raken en zweven in de poëtische afgronden van de hasj.

En hij klopt op de deur van de sakichana. 'Wie is daar?' vraagt Hakim, de eigenaar van het theehuis, terwijl hij door een kier van de deur kijkt. 'Is dat Rassoel?' Ja. 'Maar welke? De Heilige of de Hasjroker?' klinkt de stem van kaka Sarwar. Lachend opent Hakim de deur en trekt Rassoel naar binnen. Zoals altijd is het er rokerig, alles zweeft tussen de rookkringels, als in een droom.

Hakim doet de deur dicht en wijst Rassoel een plek in de kring van rokers, naast een jongeman die in trance is. 'Jalal, maak eens plaats.'

Een jongen die naast Jalal zit, schuift een stukje op en zegt: 'Bederf zijn genot niet. Jalal is in de zevende hemel. Als hij beweegt, valt hij om. Kom hier, vriend, naast Mostapha. Daar zit je net zo goed.' Hij trekt Rassoel naast zich en reikt hem de *tsjilom* aan. 'Hier, voor jou, omdat je net binnenkomt.' Rassoel blaast eerst de zwavel van de stad uit zijn borst en inhaleert dan zo veel hasj als zijn longen toelaten.

'Die Jalal is door zijn moeder op de wereld gezet met behulp van opium. Het schijnt dat hij nogal groot was. Door de kracht van de opium heeft ze Jalal kunnen baren. Hij is dus met opium geboren, in een roes … Dat is nog eens boffen!' Rassoel blaast de rook uit en werpt een korte blik op

Jalal, die zijn hoofd opricht en mompelt: 'Is de oorlog nog niet begonnen?' Mostapha fluistert: 'Wat wordt er buiten verteld, is er weer een staatsgreep?' Rassoel haalt zijn schouders op om aan te geven dat hij er niets van weet, en neemt een nieuwe trek.

'Hij weet óók niks, kaka Sarwar!' zegt Mostapha, wijzend op Rassoel. 'Hij is dus niet Rassoel de Heilige Boodschapper.'

Kaka Sarwar schudt zijn hoofd: 'Niets weten, dát is pas wijsheid! Deze jongeman heeft het helemaal begrepen. Hij weet alles, maar hij weet niet dat hij het weet.'

Er doemt een hoofd van een andere man op uit de rook: 'Sinds een aantal jaren weten we niets, en de wereld lijkt ook geen weet van ons te hebben. Is dat ook wijsheid?'

'Dat is niet hetzelfde.'

'Dan begrijp ik niets van wat je beweert, kaka Sarwar.'

'Luister, als je zegt dat je niets weet, is dat het begin van wijsheid. En als je beseft dat je niets weet, betekent dat dat je de absolute kennis hebt bereikt. Weet jij iets over deze oorlog?'

'Nee.'

'Heel goed. Je weet dat je het niet weet. Dat is al heel wat! En als je het waarom van deze oorlog begrijpt, zou je het liefst helemaal niets willen begrijpen. Kom, geef de tsjilom eens door!' Hij neemt een paar trekken en vervolgt dan: 'Een wijze man, genaamd Attar, zei ooit dat als er een reiziger in de Vallei van de Verbazing zou belanden – de voorlaatste Vallei van de Wijsheid, die hij Wadije Hairat noemde – hij stomverbaasd zou zijn en prompt de weg zou kwijtraken. Hij zou alles vergeten, ook zichzelf!' Hij sluit zijn ogen en reciteert het gedicht: *'Als men tegen hem zegt: "Ben je of ben je niet; heb je het gevoel te bestaan of niet; ben je in het midden, of ben je er niet, ben je op de rand; ben je zichtbaar of verborgen; ben je vergankelijk of onsterfelijk; ben je het een én het ander, of ben je noch het een noch het ander; kortom, besta je of besta je niet?" Dan zal hij vast en zeker antwoorden: "Ik weet er niets van, ik weet het niet en ik ken mezelf niet. Ik ben verliefd, maar ik weet niet op wie; ik ben niet trouw en niet ontrouw. Wie ben ik dan? Ik ken zelfs mijn liefde niet; mijn hart is tegelijkertijd vol én leeg van liefde."'*

'Zijn wij dan in die vallei?' vraagt Hakim, waarop een paar rokers moeten lachen. 'Als je ons, in plaats van ons idiote vragen te stellen, zou kunnen verbazen met je hasj, dan wél!' zegt kaka Sarwar, en nadat hij langdurig aan de pijp heeft getrokken, geeft hij de tsjilom door aan Jalal, die weer bij zijn positieven is gekomen: 'De oorlog is dus nog niet begonnen.'

'Hij is al voorbij. Rook maar, rook jij nu maar!' stelt Mostapha hem gerust. Dan richt hij zich tot Rassoel: 'Hij is bang voor de oorlog. Hij is bang voor bloed, kogels en bommen. Daarom wil hij er zelf een einde aan maken voordat hij in de oorlog sterft. We zweven al vier dagen van de ene sakichana naar de andere.'

De tsjilom trekt niet meer. Jalal heft ontdaan zijn gezicht op: 'Is het afgelopen?'

'De oorlog? Ja.'

'Nee, de hasj ...'

Hakim buigt zich naar hem toe om hem een nieuwe pijp te overhandigen: 'Heb je geld?'

'Geld? ... Mostapha, heb jij ...?'

'Nee, beste Jalal. We zijn platzak.'

Rassoel staat wankelend op, trekt een biljet van vijfhonderd afghani uit zijn zak en geeft het aan Jalal. Verbaasd en bewonderend wordt hij aangestaard. Hij haalt nog een biljet van vijfhonderd tevoorschijn en geeft dat aan Hakim, zodat die kebab voor iedereen kan kopen.

Alle stemmen klinken tegelijk om hem te bedanken. Zelf gaat hij naar buiten, trots en licht. Lichter dan lucht. Wat een heerlijkheid! Van nu af aan gaat hij leven van het geld van Rostam, zoals hij van het geld van nana Alia had kunnen leven. Waardig en gelukkig.

Nu ga ik Soefia zoeken. Ik ga haar in mijn armen sluiten. We gaan trouwen. Ik neem ze allemaal mee, haar en onze beide families, naar ergens ver hiervandaan, voorbij de grenzen van de terreur.

Hij rent.

Een raketbom doet de grond onder zijn voeten trillen.

Hij rent.

Niets houdt hem tegen. De schoten niet, het verkeer niet, de pijn in zijn enkel niet.

Niets raakt hem. Het geschreeuw niet, het gehuil niet, het hulpgeroep niet.

Hij houdt pas stil voor het huis van Soefia. Hijgend wacht hij tot hij weer op adem is gekomen, en dan klopt hij aan.

Na een lange stilte gaat de deur open. Het is Dawoed. Hé, hij zit niet op het dak! 'Op dit tijdstip is er geen duif die vliegt.' Dawoed doet de deur dicht en loopt zenuwachtig achter Rassoel aan. 'Mijn duif is teruggekomen. Toen jij nog maar net weg was, was hij er ineens weer. Ik denk dat hij ver hiervandaan was gevlucht,' hij grinnikt, 'ik heb hem alweer verkocht voor ...' Blij en trots loopt hij naar een hoek van de binnenplaats, pakt iets onder het duivenhok vandaan en laat het Rassoel zien. 'Kijk eens wat ik ervoor heb gekregen!' Het is een colt. 'In goede staat!' Rassoel controleert het magazijn, hij is geladen. 'Ik heb hem voor jou aangeschaft ...' Voor hem? Wat moet hij daarmee? 'Iedereen heeft er een, behalve jij! Met zo'n ding zul je niet doodgaan. Stop hem weg, zodat mijn moeder hem niet ziet.' Ongerust pakt hij hem uit zijn hand en verstopt hem onder zijn hemd. 'Je neef is hier geweest. Hij zocht je. Hij zei dat hij naar Mazar ging.' Rassoel loopt door de gang en ziet licht in de keuken. Hij gaat naar binnen en groet de moeder van Soefia. 'Hoe gaat het, mijn zoon? Razmodin is hier geweest, hij heeft ons van je vader verteld. God hebbe zijn ziel en moge het paradijs zijn woning zijn. Hoe gaat het met je moeder en je zus?' Ze ontwijkt de blik van Rassoel. 'Wat jouw arme moeder niet allemaal moet doorstaan!' Uit respect voor hun rouw doet ze er het zwijgen toe.

En Soefia? Waar is ze?

Rassoel werpt een blik in de gang. Geen geluid, geen teken van haar. 'Ik heb wat geld aan Nazigol gevraagd, ik vond dat mijn kinderen voor één keer genoeg te eten moesten hebben', zegt ze als om zich te rechtvaardigen. Maar voor wat? Ze buigt zich over haar fornuis. Ze kijkt in een pan, alsof ze daar de juiste woorden hoopt te vinden. Na een lange aarzeling zegt ze: 'Soefia is naar nana Alia.' Haar stem is vlak, te vlak. 'Nazigol kwam haar halen. Ze is helemaal alleen thuis. Haar moeder is weg, niemand weet waar ze heen is. Er is veel te doen, en Soefia zal wel laat thuiskomen.' Hij had haar gevraagd er niet meer naartoe te gaan. En nu is ze toch gegaan. Zijn instructies betekenen dus niet meer zo veel voor haar. Het is niet anders. Hij draait zich om om weg te gaan, maar de moeder van Soefia houdt hem tegen zonder hem aan te kijken: 'Rassoel …' Een korte stilte, die niet veel goeds belooft. 'Ik moet je … een paar dingen vertellen.' Daar zul je het hebben. Nu zal Rassoel te horen krijgen waar hij al bang voor was: 'Maar ik weet niet hoe ik het moet zeggen.' Ze snuit haar neus in een hoekje van haar hoofddoek. 'Je moet het niet verkeerd opnemen. Ik weet dat we elkaar begrijpen …' Ja, Rassoel begrijpt je heel goed. Hij is al een behoorlijke tijd bereid alles aan te horen wat je op het hart hebt. Vertel hem alles maar: 'Hoelang moeten we nog op je wachten? Vooral nu je leven is veranderd. Je moeder en je zus hebben je nodig, meer dan wij. Je moet naar ze teruggaan.' Rassoel heeft het gevoel alsof zijn lichaam leegloopt. Al zijn bloed stroomt uit hem, zijn hoop, zijn leven. Hij is niet meer dan een futiel, droog, minuscuul strootje … iets om op de grond te gooien, iets wat door de kleinste windvlaag wordt meegenomen. Hij drukt zich tegen de muur om niet voor de voeten van de moeder van Soefia in elkaar te zakken, die maar doorratelt: 'We moeten nu aan onszelf denken, we kunnen niet eeuwig op jou blijven wachten. Jij hebt niets meer. Geen werk. Geen geld. Hoelang nog? Laat ons de handen ineenslaan om een oplossing te vinden.' Maar hij houdt van Soefia. 'Ga terug naar je moeder, Rassoel! Wij redden ons wel. Maak je geen zorgen.' Maar hij houdt van Soefia.

Ja, dat weet ze. En juist daarom zwijgt ze, ze stelt haar woorden uit om haar gedachten alleen nog met haar blik uit te drukken, een blik vol spijt en droefheid over Rassoel. Hij buigt het hoofd. Na een tijdlang moedeloos zo te zijn blijven staan, loopt hij de keuken uit, de gang door. In een hoek van de binnenplaats treft hij Dawoed aan, die bij het licht van een olielamp een duif met een gewonde vleugel verzorgt. Rassoel haalt het bundeltje geld tevoorschijn en geeft het hem in zijn geheel. 'Wat is dat?' Het geld voor zijn colt. Verheugd pakt Dawoed de biljetten aan en overhandigt hem het wapen. 'Is al dat geld voor mij?' Ja. 'Allemaal?' Allemaal. 'Hoeveel duiven kun je daarvoor kopen?' Rassoel laat hem achter met zijn berekeningen en verdwijnt in de stoffige straten van Dehafghanan, als een schim in de schemering, vaag en leeg.

Leeg, ja. Ontdaan van iedere substantie.

Nee, Rassoel, je bent niet leeg. Je bent eenvoudigweg verlost. Verlost van iedere verplichting, van iedere verantwoordelijkheid. Verlost omdat Soefia je niet meer nodig heeft. Niet méér dan je moeder en je zus.

Ja, dat is leegte: als niemand mij meer nodig heeft, als ik niets meer te geven heb. Of ik nu wel of niet besta, voor hen verandert het niets.

Precies. Zonder jou zal de wereld niet leeg zijn, maar ontdaan van jou. Dat is alles.

Ik wil Soefia niet meesleuren in die leegte.

Laat haar dan met rust!

Ik zal haar met rust laten. Maar eerst moet ik haar vertellen dat nana Alia niet meer leeft, dat ik haar eigenhandig om het leven heb gebracht.

Daar komt ze wel achter, vroeg of laat. Vanavond is ze bij Nazigol, die haar de 'gastvrijheid' biedt die ze voorheen van haar moeder kreeg. Amer Salaam en zijn vrienden zullen er vast zijn. Wat ga je doen?

Rassoel blijft staan.

In hem zit een snik die er niet uit kan. Hij zoekt in zijn zak naar een sigaret. Zijn hand stoot op het wapen. En trilt. De hand zweet zijn tranen uit. En huilt om zijn dood.

!

Een lichaam stort neer op de grond. Rassoel opent zijn ogen. Door een sluier van rook ontwaart hij Jalal, hij sleept zich naar hem toe en schudt hem door elkaar. Het is hopeloos, hij ligt plat op de grond, met een sliert kwijl uit zijn mond. 'Hij is een gelukkig man', mompelt kaka Sarwar, die met gesloten ogen en opgetrokken benen naast hem ligt. 'Hij beweegt niet meer', stelt een jongeman naast Rassoel vast. Kaka Sarwar doet één oog open, werpt een blik op Jalal en zegt opnieuw: 'Hij is een gelukkig man. Hij is geboren in een roes en hij sterft in een roes.'

'Wat kunnen we voor hem doen?'

'Niets', fluistert Mostapha, die wat verder weg zit, in een hoekje van de sakichana, zijn handen weggestopt onder zijn oksels.

'Het was zijn eigen wens te sterven. Geef ons het recht te sterven nu ons leven in de handen van anderen ligt. Laat die jongeman met rust, bemoeilijk zijn dood niet', zegt kaka Sarwar terwijl hij zijn ogen sluit en in zijn baard neuriet: 'Komen en gaan, er blijft geen spoor van over/ Zijn en leven, er blijft geen stramien van achter/ In het vuur van deze helse machine, worden de scherpzinnigen/ Langzaam verteerd en vallen uiteen in as zonder rook.'

Rassoel loopt achteruit, hij leunt met zijn rug tegen de muur, en met zijn blik op Jalal verwacht hij dat de dood opnieuw langs zal komen. Een zachte, vredige dood. Hij zal Jalal ergens ver van deze hel brengen. Hij zal hem beletten te sterven door een verdwaalde kogel of de klap van een bijl. Een dood zonder lijden. En niemand om te beschuldigen, te veroordelen, of te executeren. Geen schuldige. Er zal geen misdaad zijn, en ook geen straf.

Hij pakt een sigaret, steekt hem aan, staat dan op en loopt het theehuis uit om naar zijn kamer te gaan, waar het stikt van de vliegen. Hij gaat meteen naar bed, drukt de peuk van de sigaret uit tegen de muur en gaat liggen. Er zit iets in de weg, in zijn zak. Het is de revolver. Hij legt hem op zijn borst. Wat te doen? vraagt hij zich af. Wat te doen? herhaalt hij in de stilte van zijn keel. Dan probeert hij te schreeuwen, in de hoop dat de woorden op zijn lippen weer hoorbaar zullen zijn, in de kamer, aan de voet van de berg, boven de stad … Maar er komt geen geluid, geen antwoord.

Wat te doen, het moet zonder vraagteken worden gezegd. Het is geen vraag, maar een gedachte. Nee, het is niet eens een gedachte, het is een toestand. Ja, dat is het. Een toestand van versuffing, een toestand waarin iedere vraag ons verbaast in plaats van ons iets te vragen, en ons roept in plaats van ons aan te spreken.

Wat te doen.

Ik heb die toestand al eens meegemaakt, ik heb hem al eens gezien, ik heb hem zelfs ervaren in de ogen van een ezel.

Het was in de herfst. En ik was pas elf.

Net als ieder jaar ging ik in die tijd van het jaar met mijn vader mee op jacht in de omgeving van Jalalabad, waar mijn grootouders een groot *kal'a* bezaten – een fort van leem.

Het land was nog niet bezet door de Sovjets, de oorlog was nog niet uitgebroken, en mijn vader kon nog goed met zijn schoonouders overweg, die niets van communisten moesten hebben.

Zoals gewoonlijk namen we een ezel mee om onze jacht-spullen te dragen en ons door de valleien en de woestijn te leiden, waar geen herkenningstekens waren. Na een lange weg kwamen we aan bij een meer, omringd door een immens rietveld. Een ideale plek om op trekvogels te jagen. We bonden de ezel vast aan de enige dode boom die er stond, niet ver van het veld.

Aan de oever van het meer maakten we een schuilplaats, waar we ons verdekt opstelden in afwachting van de vogels. Het was nog vroeg. Onder het wachten deed mijn vader een dutje.

De zachte wind streelde het riet, en floot ertussendoor. Ik voelde de harmonische, serene, slaapverwekkende lucht. Ik dommelde langzaam in en sliep een flinke tijd. Toen ik mijn ogen weer opende, had de schemering het veld al aan het gezicht onttrokken met een vreemde, naargeestige en ver-ontrustende nevel.

Mijn vader zat opgewonden in de lucht te turen en zei dat de trekvogels nu niet lang meer op zich zouden laten wachten. Hij controleerde een paar keer of zijn geweer het wel deed.

De minuten verstreken, de nacht viel, maar er was geen geluid, geen enkel teken in de lucht te bekennen.

Stilte.

Leegte.

Plotseling weerklonk het gebalk van de ezel over het veld;

eerst zwak, daarna steeds luider, angstig, angstwekkend.

Mijn vader zei dat ik moest gaan kijken wat er aan de hand was. Ik aarzelde; ik was bang. Hij mopperde dat ik het dier stil moest zien te krijgen, anders zouden de vogels nergens neerstrijken. Ik ging weg, mijn bloed gestold in mijn aders. Bij de rand van het veld aangekomen schrok ik me wezenloos toen ik zag dat er twee wolven grommend om de ezel heen liepen met de bedoeling hem aan te vallen. De ezel zat in de val en kon alleen nog balken.

In paniek ging ik snel mijn vader waarschuwen. Razend snelde hij door het riet met het geweer in zijn hand. Eerst probeerde hij de wolven weg te jagen door stenen naar ze te gooien. Maar ze keerden zich tegen ons. Met hun glinsterende ogen zagen ze er huiveringwekkend uit. Nog veel banger dan eerst verstopte ik me achter mijn vader, die zijn geweer op ze richtte. Net toen ze ons wilden aanvallen klonk er een schot, en een van de wolven viel brullend op de grond. De andere wolf bleef stilstaan, maar mijn vader richtte opnieuw; het beest deinsde achteruit en maakte zich uit de voeten.

De ezel bleef maar balken.

We moesten hier zo snel mogelijk weg, voordat de andere wolven van de roedel zouden komen. Terwijl mijn vader terug naar het riet liep om onze spullen te halen, kalmeerde ik de ezel door hem te aaien en zijn halster los te maken. Uiteindelijk werd hij stil.

Terwijl mijn vader de ezel optuigde, hield hij de hemel en de omgeving goed in de gaten, terwijl hij en foeterde intussen op die verdomde klotelucht.

We gingen weg.

De nacht viel, de maan scheen, de ezel liep door, en wij

liepen achter hem aan. Mijn vader scheen van tijd tot tijd met zijn zaklamp op de weg. We klommen een heuvel op; boven op de top bleef de ezel staan. Mijn vader gaf hem een klap op zijn achterste, maar de ezel weigerde door te lopen. Hij staarde besluiteloos naar de weg. Mijn vader gaf hem nog een klap, een hardere; nu begon de ezel langzaam weer te lopen. Ik was bang dat we zouden verdwalen; mijn vader stelde me gerust, de ezel wist de weg, en het dorp kon niet ver meer zijn, misschien nog een uur lopen.

Toen we de heuvel afliepen zagen we nog een veld, en daarna weer een heuvel. Op de top bleef de ezel opnieuw stilstaan. Met klappen werd hij opnieuw gedwongen naar beneden te lopen, wat hij met grote tegenzin deed.

Aan de voet van de heuvel opende zich opnieuw een onmetelijk veld voor ons met in het midden een boom, waar de ezel zonder aarzelen op afliep. Toen we de boom naderden, zagen we in het halfdonker het kadaver van een dier waar een ander dier over waakte. Mijn vader deed zijn zaklamp aan. Het was het kadaver van een wolf. De tweede wolf hief zijn kop op. Ontzet bleven we stokstijf staan. Mijn vader laadde zijn geweer. De ezel stapte zonder angst op de wolven af. De wolf liep naar hem toe en kermde. Toen mijn vader op hem aanlegde, ging hij ervandoor.

De ezel liep om het kadaver heen en bleef bij de stam van de boom staan. De zaklamp verlichtte eerst het lijk van het dier, toen de boom en daarna de omgeving. We waren allebei verbaasd, en vervolgens verstijfd van schrik bij het besef dat we weer op precies dezelfde plek stonden, de plek waar mijn vader de wolf had doodgeschoten. Met trillende stem vroeg ik mijn vader waarom de ezel ons weer naar dezelfde plek had gebracht. Hij had geen idee. Verwilderd liep hij op de ezel af. Hij gaf hem een klap op zijn rug om beweging in hem te krijgen. Maar de ezel bleef roerloos staan. Met een ongelovige blik. Mijn vader pakte de stok, gaf mij het touw en zei dat ik moest trekken. Tevergeefs. Het dier had besloten niet meer te lopen. Dat las ik in zijn doffe, vermoeide ogen. Ik aaide hem, smeekte hem. Nog steeds niets. Mijn vader wond zich steeds meer op, gaf me de stok, nam het touw weer over en schreeuwde dat ik de ezel op zijn kop en op zijn rug moest slaan.

Maar dat kon ik niet over mijn hart verkrijgen. Mijn weinig overtuigende slagen maakten mijn vader woedend, hij vloekte en tierde. Zijn stem en het gehuil van de wolven vermengden zich en weerklonken over de vlakte. Half in tranen begon ik de ezel in machteloze woede te slaan. Ik moest wel. Uitgeput en moedeloos stopte ik en barstte in snikken uit. Mijn vader maakte het touw van de ezel los en sloeg met de kolf van het geweer op zijn schedel. Het dier zakte in elkaar. Nu kon hij helemaal niet meer op zijn poten staan. Het leek allemaal vergeefs: mijn tranen, het gehuil van de wolven die steeds dichterbij kwamen, de donderende bevelen van mijn vader, die de stok weer overnam om ermee in de flank van de ezel te prikken, waarbij hij hem bezwoer dat als hij niet in beweging zou komen, hij de loop van het geweer in zijn kont zou steken en de trekker zou overhalen. Maar de ezel bleef liggen, nog steeds onverstoorbaar en onverzettelijk. Mijn vader was buiten zichzelf van woede en hief het geweer op om aan te leggen. Zonder enige reactie staarde het beest mijn vader aan.

Ik smoorde mijn snikken. De stilte werd alleen verbroken door het gehuil van de wolven. Het geweer trilde in de hand van mijn vader. Ik deed mijn ogen dicht, en hoorde alleen het schot, gevolgd door de paniekerige kreten van de vogels die over het rietveld wegvlogen. Bloed gutste uit het voorhoofd van het dier. Zijn lijdzame ogen gingen nog even open en vielen daarna zachtjes, haast opgelucht, dicht. Toen viel er een absolute stilte. Geen vogelkreet of wolvengehuil meer te horen. Alles leek verstard tegen het zwarte doek van de nacht.

Toen zijn woede was bekoeld en hij weer bij zinnen was, stopte mijn vader haastig een kogel in het geweer, en met onze spullen op zijn rug ging hij op pad, terwijl hij mij sommeerde: 'Rassoel! Kom, lopen! Rassoel?'

Dit eigenaardige voorval, dat Rassoel *Najestan* – Het rietveld – heeft genoemd, waart nog steeds rond in zijn geest. Het leeft in hem, heel stil en vroom. Zijn vader vertelde het ook steeds opnieuw, waar hij maar kon, wanneer hij maar kon, aan wie het maar wilde horen. En iedere keer vroeg hij Rassoel de details die hij vergeten was, aan te vullen. Dat was eigenlijk vooral om de waarachtigheid van het ongelofelijke avontuur te benadrukken. Maar Rassoel speelde het spelletje niet mee. Vaak ging hij de kamer uit als zijn vader het verhaal weer begon te vertellen. Niet dat hij er genoeg van had. Nee. Hij wilde dat dit voorval een geheim bleef dat hij met zijn vader deelde. Waarom? Hij had geen idee. En hij weet het nog steeds niet. Toch vertelt hij het verhaal nog vaak aan zichzelf, van begin tot eind. En iedere keer voegt hij een detail toe en laat een ander weg. Van tijd tot tijd staat hij uitgebreid stil bij een moment of een beeld dat overeenkomt met zijn gemoedstoestand. Daarom heeft hij het nooit willen opschrijven, vastleggen op papier. Zou hij het opschrijven, dan zou het voorval zonder zwakke plekken zijn, zonder details, dood. Hij zou overigens niet meer kunnen zeggen wat zijn vader heeft toegevoegd en wat hij er zelf in heeft gestopt, wat echt gebeurd is en wat niet, wat tot zijn herinneringen behoort en wat tot zijn dromen … Het doet er niet toe. Wat vreemd is, is dat hij juist op dit moment aan de ogen van de ezel moet denken. Wat ging er schuil achter die dommige blik?

Alles. Die wezenloze, onschuldige, ongelovige blik riep hem toe: Waarom ben ik toch verdwaald? Waarom kan ik de weg niet meer vinden? Waar is de weg? Is dit niet de weg die ik altijd neem? Wat gebeurt er? Waarom herken ik hem niet meer? Waarom is het pad mij vreemd? Komt het door het donker? Of misschien door de angst? Of de vermoeidheid? Of de twijfel? Aangezien hij geen antwoord kon vinden, zijn de vragen veranderd in verbazing. Wat heb je aan verklaringen? De ezel stond daar, verloren. En hij wist dat hij de weg terug nooit meer zou vinden. Dus restte hem niets anders dan te kermen: 'Wat te doen', zonder vraagteken.

Wat te doen. Rassoel gaat overeind zitten. Het pistool glijdt van zijn bezwete borst. Zijn hart gaat als een razende tekeer, alsof het op springen staat, buiten zijn lichaam wil gaan kloppen, naast het wapen.

Zijn trillende hand grijpt naar het wapen, richt het op zijn neuswortel, tussen zijn ogen. Zijn vinger drukt op de trekker. Er zit geen kogel in, dat weet hij; hij wil alleen wat oefenen, kijken of het makkelijk is om je een kogel door het hoofd te schieten.

Ja, dat is zelfs heel makkelijk. Je hoeft alleen maar je ogen te sluiten.

Hij sluit zijn ogen.

Niet meer denken. Nergens meer aan denken. Aan niemand. Zelfs niet aan zijn vijand, aan zijn haat, aan zijn nederlaag.

Hij denkt er niet meer aan.

Zich op het pistool concentreren. Zijn ziel is de kogel; zijn lichaam de trekker. De rest is slechts een gebaar, simpel als een spel. Ja, dat is het, simpel als een spel. Een spel zonder competitie. Zonder tegenstander. Je hoeft alleen maar in het spel te geloven, in je eigen spel. En alleen aan het gebaar te denken. Nergens anders aan. Niet aan de waarheid van het spel, of de vergeefsheid. Het enige wat je hoeft te doen is het spel goed spelen, de regels volgen. En niet vals spelen.

Nu moet hij de kogel laden en het pistool weer tussen zijn ogen zetten.

Het is een zwaar ding, dat pistool.

Zijn hand verslapt.

Hij heeft dorst.

Je moet ook niet aan water denken. Zeg bij jezelf dat het een spel is, en dat je na afloop opstaat en water gaat drinken.

Dan sluit je je ogen.

En schiet je.

Dus nu ga je dood?

Ja, ik ga dood. Ik sterf met een gat tussen mijn twee ogen, waar een straaltje bloed uitgutst dat neerkomt op het matras, dan op de kelim, en ten slotte in een holte in de vloer, waar het een rode plas vormt. Het schot weerklonk in de kamer, op de binnenplaats, en toen in de stad. Yarmohamad moet er wakker van zijn geworden. Hij denkt dat iemand op straat, voor zijn huis, een schot heeft gelost. Hij gaat weer terug naar bed. Rona is er niet gerust op en zegt dat hij moet controleren of er niet in huis is geschoten, op mij. Dat kan Yarmohamad niets schelen. 'Eindelijk van hem af', bromt hij en hij wikkelt zich nog eens goed in zijn laken.

's Morgens vroeg zal hij na het gebed in alle stilte achter de deur van mijn kamer gaan staan.

Waarom zou hij dat doen?

Inderdaad, waarom zou hij dat doen? Hij zal helemaal niet naar mijn kamer komen. Mijn lijk zal hier blijven liggen. Het zal vergaan. Alle vliegen zullen op me komen zitten. En na twee of drie dagen zal Yarmohamad op de stank afkomen. Eerst zal hij alleen de stilte horen. Hij zal een keer aankloppen. Geen antwoord. Hij zal tegen de deur duwen, die vanzelf met een dof geluid open zal gaan. Als hij mijn bebloede lijk ziet, zal de paniek toeslaan bij de gedachte dat ze hem zullen verdenken van moord op zijn huurder. Als hij het pistool in mijn hand ziet, zal hij begrijpen dat ik zelfmoord heb gepleegd. Hij zal gauw naar Razmodin rennen om het hem te vertellen.

En daarna?

Niets. Men zal begrijpen dat mijn zelfmoord mijn laatste verzuchting is tegenover deze wereld die geen antwoord voor mij heeft, die mij niet meer verrast.

Maar Rassoel, wie zal kunnen accepteren dat jij een dergelijke daad begaat? Niemand. Yarmohamad niet, Razmodin niet. Je weet heel goed dat zelfmoord niet bij jouw cultuur hoort. En je weet ook waarom.

Ten eerste moet je om zelfmoord te plegen in het leven geloven, in de waarde ervan. De dood moet het leven waard zijn. In dit land heeft het leven tegenwoordig geen enkele waarde, en zelfmoord dus ook niet.

Bovendien wordt zelfmoord beschouwd als een ondankbare rebellie tegen de wil van Allah. Het is alsof je tegen hem zegt: 'Hier heb je haar terug voordat je haar zelf komt opeisen, die verrotte ziel die je in mijn onschuldige lichaam hebt gestopt!' Het is alsof je hem wilt laten zien dat je meer macht hebt dan hij, dat je het niet accepteert zijn slaaf, zijn *banda* te zijn. Zelfmoord is je ziel teruggeven zonder dankbaarheid.

Je lijk zal, voordat het begraven wordt, met een zweep worden afgeranseld. En daarom kan niemand zelfmoord aanvaarden. Iedere zelfmoord wordt verhuld als moord. Je zult slechts een slachtoffer zijn, een sjahied, een martelaar tussen vele anderen. En dat terwijl je een 'übermensch' wilde zijn.

Sjahied worden? Geen sprake van! Dat woord ligt iedereen tegenwoordig in de mond bestorven. Het heeft geen waarde.

De hele wereld moet weten dat ik zelfmoord heb gepleegd.

Ga dan midden op een kruispunt staan, zeg wat je te zeggen hebt en schiet jezelf door het hoofd, voor de ogen van iedereen. Dan zal iedereen het weten. Maar zelfs dan zal niemand de theoretische achtergrond van je daad begrijpen. Iedereen zal er zijn eigen draai aan geven. De een zal zeggen: 'Hij was ziek', de ander: 'Hij rookte erg veel hasj', weer een ander: 'Hij voelt zich schuldig. Hij had zich niet goed gedragen tegenover zijn familie!' of: 'Hij had spijt dat hij een collaborateur was, een communist, een verrader!' En als ze ooit ontdekken dat jij de moordenaar van nana Alia bent, zullen ze zeggen dat je door je slechte geweten tot die daad bent gekomen. Werkelijk niemand zal zeggen dat je zelfmoord hebt gepleegd omdat je er niet meer tegen kon, omdat je vragen niet meer eindigden met een vraagteken, omdat alle vragen die je jezelf stelde slechts verbazing waren tegenover de abrupte absurditeit van het leven. Niemand zal zeggen dat je een verderfelijk creatuur hebt gedood, een 'stuk ongedierte', om jezelf tot de 'groten' te kunnen rekenen en een plaats in de Geschiedenis te krijgen. Vergeet overigens niet dat iedereen in dit land die status tegenwoordig ambieert. Iedereen vecht om een ghazi te worden als hij zelf iemand doodt, en een sjahied als hij wordt gedood. Je naasten zullen een ghazi van je maken, aangezien je een hoerenmadam hebt omgebracht, en een sjahied, omdat haar familie je heeft vermoord om haar te wreken. Op je grafsteen zal komen te staan: 'Sjahied Rassoel, zoon van Ibrahim', of je dat nu wilt of niet.

Nee. Dat wil ik niet.

Leg het pistool dan neer.

Heb ik dan niet eens de vrijheid om zelfmoord te plegen?
Nee.

Bestaat God werkelijk om de mens te behoeden voor zelfmoord, zoals Dostojevski zei?

Daar gaan we weer! Nee, Rassoel, hij dacht aan heel andere dingen. Jouw Allah aanvaardt zelfmoord alleen als die wordt aangegrepen om te getuigen van zijn bestaan en de grootsheid ervan. Daarbuiten ontneemt iedere zelfmoord hem de naam *Al-moemit*, hij die de dood geeft.

Het pistool glijdt uit zijn handen.

Het is dus voorbij. Hij zal geen zelfmoord plegen, hij kan het niet. Voor zelfmoord is maar één ding nodig: de handeling, verder niets. Geen gedachten, geen woorden, geen schuldgevoel, geen spijt, geen hoop, geen wanhoop ...

De dageraad, stoutmoediger dan Rassoel, vult de lucht en plukt een voor een de sterren.

En de slaap, indringender dan de dageraad, overmant het uitgeputte lichaam van Rassoel.

Een zacht, subtiel geritsel golft door de kamer, vlak bij hem. Voor zijn halfopen oogleden tekent zich een wazig beeld af: het etherische gezicht van een jonge vrouw met ronde ogen. Ze fluistert: 'Rassoel?' Het is een mooie droom. 'Rassoel!' De stem wordt ongeruster, luider en noodzaakt Rassoel zijn ogen helemaal te openen. 'Gaat het wel goed met je?'

Soefia? Hoelang is ze daar al? Hoe laat is het? Versuft kijkt Rassoel op de Russische wekker die het nog steeds, en al heel lang, niet doet – hij kijkt erop uit gewoonte, uit 'chronische absurditeit', zoals hij het noemt.

Hij gaat overeind zitten en kijkt naar het raam. De lucht is nog steeds gevuld met rook en as. De zon weet niet waar hij er nog doorheen moet proberen te komen. Hij zal er niet doorheen komen. Hij wacht tot de aarde iets verder gedraaid is.

'Wat is er aan de hand?' vraagt Soefia terwijl ze hem ongerust blijft aankijken. De hand van Rassoel grijpt naar het pistool en pakt het op. 'Sinds wanneer draag jij een wapen?' vraagt ze wantrouwig. Hij legt het pistool weer op de grond om een sigaret te pakken, steekt hem aan en doet alsof hij geen zin heeft om te antwoorden, om het verlies van zijn stem te verbergen, ook al is dat nogal laaghartig van hem. 'Mijn moeder vertelde me over je vader, God hebbe zijn ziel. Maar waarom heb je mij dat niet verteld? Waarom ben

144

je niet naar de begrafenis gegaan?' Ze pakt Rassoels handen vast, 'nu pas begrijp ik je verdriet, en waarom je niet praat …' Nee, Soefia, je begrijpt niets. Je stelt vragen, terwijl je weet dat de dood van zijn vader hem helemaal niets doet. Ze hadden al zo lang geen band meer. Vader én zoon niet. Dat had hij je verteld. Hij maakt zich alleen zorgen over zijn moeder en zijn zus. Hij moet ze redden. Maar dat is een ander verhaal. Rassoel denkt maar aan één ding: Waar was jij vannacht? Kijk goed naar zijn ogen. Luister naar zijn zwijgen.

'Rassoel, ik ben weer bij nana Alia gaan werken.' Dat wist hij al. 'Ik zweer je dat ik van je hou, maar ik móét werken. Als ik niet werk, wie doet het dan? Mijn moeder? Mijn broer? Je weet hoe ons leven ervoor staat. Ik zweer je, toen Nazigol gisteravond langskwam, heeft mijn moeder zich voor haar voeten geworpen om te smeken dat ze haar meenam in mijn plaats. Dat wilde ze niet. Haar willen ze niet.'

Haar willen ze niet?

Wie zijn die 'ze'?

Soefia onderdrukt een snik en vervolgt: 'De laatste keer toen je zei dat ik daar niet moest gaan werken, omdat de mensen zouden gaan roddelen, ben ik niet gegaan. En wat is er sindsdien gebeurd? We hebben een week van honger en ellende gehad. Wie heeft er in die week voor ons gezorgd?' Ze barst in tranen uit. 'Van jou hebben we ook niets te verwachten. Nu moet je ook nog voor je moeder en je zus zorgen. Jij hebt zelf ook hulp nodig. Je moet me dus begrijpen, alsjeblieft. Ik weet dat het moeilijk voor je is, maar zeg me, Rassoel, heb ik een keus?' Nee, ze heeft geen keus. En jij, Rassoel, het is waar wat ze zegt, jij hebt hun niets meer te bieden. Je bent leeg. Je bent niets. Je bent niet in staat zelf-moord te plegen of jezelf te redden, laat staan je zus en je moeder; dus voor Soefia en haar familie kun je nog min-der betekenen. Je schaamt je niet voor je onvermogen en je apathie, maar je voelt je onteerd, vernederd door wat Soefia doet. Zij is onschuldiger, puurder, waardiger dan jij. Werp je voor haar voeten, en zeg hardop: *Ik buig niet voor jou, ik buig voor al het menselijk lijden.* Doe het!

Hij beeft.

Zie je, je bent niet eens in staat de meest magnifieke zin van je held Raskolnikov uit te spreken, terwijl je voortdu-rend doet alsof je evenveel moed hebt als hij. Dat is toch wel heel treurig!

Zijn handen zoeken elkaar, grijpen in elkaar, als om te bid-den. Zijn hoofd zakt tussen zijn schouders. Hij buigt voor-over. Hij breekt. Hij beseft dat waardigheid geen belachelijke viriele eer is, en ook geen absurde stammenmoraal, maar dat waardigheid simpelweg in de wil van een mens zit als hij zijn zwakte aanvaardt, en daar respect voor opeist, dat …

'Waar komt dat geld vandaan?' vraagt Soefia terwijl ze hem het bundeltje bankbiljetten aanreikt dat hij aan Da-woed had gegeven.

Nu moet je iets opschrijven, Rassoel. Je kunt niet blijven zwijgen en Soefia in het ongewisse laten. Anders denkt ze nog dat je dat geld van nana Alia hebt gestolen. Nazigol en zij moeten laatst hebben gemerkt dat je je verdacht gedroeg.

Ja, ik zal alles voor haar opschrijven. Dat geld komt van de verkoop van Doenja, mijn zus, via mijn moeder aan een commandant. Het is de prijs van mijn lafheid!

Hij komt overeind om papier en potlood te zoeken, steeds nerveuzer. Soefia volgt zijn bewegingen met een nieuwsgierige blik: 'Dat geld heb je nodig voor je moeder en je zus ...' Rassoel heeft Soefia's schrift gevonden. 'Ik hou van je, Rassoel. Maar ik kan niet met je leven. Of beter gezegd, jij kunt niet met mij leven', zegt ze terwijl ze opstaat, haar boerka pakt en aanstalten maakt om weg te gaan. Maar voordat ze de drempel over is gestapt, houdt Rassoel haar tegen en reikt haar het schrift aan. 'Wat is dat? Is dat ...' Ze aarzelt, 'is dat mijn schrift?' Ja. 'Mijn schrift!' roept ze uit met een vaag, verlegen glimlachje, nu de herinneringen terugkomen. Rassoel gebaart dat ze het open moet slaan. Ze slaat het open. Hij wijst haar gauw op de laatste pagina, die ze prevelend leest en nog eens leest; dan herhaalt ze hardop: *Vandaag heb ik nana Alia vermoord*, heft vragend haar gezicht op, hoe moet ze dat opvatten? Ze loopt terug naar Rassoel, 'Wat heeft dat te betekenen?' Hij wijst op de volgende zin, *Ik heb het voor jou gedaan, Soefia, ik heb je nooit gekust, nooit omhelsd. Weet je waarom ...?* Ze sluit het schrift en slaat haar ogen neer, alsof ze ergens anders dan op de lippen van Rassoel de betekenis van de woorden wil zoeken. 'Is dat een gedicht?' vraagt ze in alle argeloosheid. Nee, ik heb haar gedood, hij probeert het gebaar uit alle macht na te doen, maar tevergeefs. Hij kijkt haar recht in de ogen, met woede, een ingehouden woede tegenover zijn onvermogen om alles te vertellen. 'Kijk me niet zo aan! Je maakt me bang. Vertel me wat er is.' Doe het, Rassoel, schrijf op dat je je stem kwijt bent. 'Waarom zeg je niets? Heb je echt besloten niet meer te praten?'

Ontredderd knikt hij en gaat weer naar zijn bed. Zijn hand kan er maar niet toe besluiten het potlood te pakken en te schrijven. Iets houdt hem tegen. Iets cynisch. Hij weet nog niet waar die verbittering vandaan komt. Waarschijnlijk komt het doordat zijn zwijgen iedereen ergert, vooral zijn naasten. Toch zou hij Soefia maar wat graag tot in de kleinste details vertellen hoe hij op het idee is gekomen nana Alia te vermoorden. Het was de dag dat ze ruzie hadden gehad, een week geleden. Daarna was hij naar het theehuis gegaan. Daar hoorde hij twee militieleden over nana Alia praten, over dat hoerenwijf dat méér dan een woekeraarster was. Ze liet jonge meisjes werken, zogenaamd in het huishouden, maar in werkelijkheid dreef ze ze haar klanten in de armen. Toen begreep Rassoel waarom ze wilde dat Soefia ook 's avonds ging werken. Hij vond het een onverdraaglijke gedachte. Ja, die dag was hij op het idee gekomen. De volgende ochtend ...

'Nee, jij kunt niet ...' mompelt ze, 'jij kunt niet iemand doden', herhaalt ze, alsof ze het hele relaas van Rassoel al heeft gehoord. Ze gelooft het niet, en zal het nooit geloven. Alles wat hij kan zeggen of, in dit geval, opschrijven hangt van leugens aan elkaar.

Ja, je verhaal is niets anders dan een bespottelijke pastiche van *Misdaad en straf*, die je haar al honderd keer hebt verteld.

Terneergeslagen en vertwijfeld kijkt hij naar Soefia, hij zou haar graag willen vragen waarom ze het niet gelooft.

Maar hoe zou ze het moeten geloven?

Er is geen enkel bewijs. Niemand heeft het erover. Niemand heeft het lijk van nana Alia gezien, anders had Soefia het wel gehoord.

Daarom juist, zij moet helpen het mysterie te doorgronden.

Voor jou is het een mysterie, maar voor haar niet. Voor haar is het zomaar een moord.

In gedachten verzonken en bezorgd loopt ze op hem toe. 'Rassoel, zeg iets, al is het maar één woord! Ik smeek het je.' Wat wil ze horen? Er valt niets meer te zeggen. 'Heb je haar echt vermoord?' Ja. 'En heb je dat echt voor mij gedaan?'

Hij gaat gehurkt op zijn matras zitten en verbergt zijn gezicht tussen zijn knieën. Soefia buigt zich naar hem toe en streelt over zijn haar. 'O, Rassoel, hou je zo veel van me?'

Ja, hij houdt van haar.

Ze omvat zijn hoofd met haar armen. Ze moet bijna huilen.

Kan ze leven met een moordenaar?

Hoe moet ze daarachter komen? Ze zegt niets, zij ook al niet.

Toch wel, door te zwijgen zegt ze veel. Ze zegt dat ze de laatste tijd niets dan dieven, misdadigers en moordenaars bij nana Alia heeft gezien, naast wie Rassoel maar een onschuldige mier is. Een onbeduidend iemand.

Een onbeduidend iemand! herhaalt hij bij zichzelf, terwijl hij nog dieper in de armen van Soefia wegkruipt. En hij wacht af.

Hij wacht tot Soefia hem zal bevelen: *'Ga dan nu meteen op een kruispunt staan, buig je hoofd, kus de grond die je hebt bezoedeld, en buig dan voor de hele wereld, alle vier de kanten op, en zeg luid: "Ik heb iemand vermoord!"'*

Het zou hem goed doen dat te horen. Maar Rassoel, vergeet niet dat dit niet Sonia is, de geliefde van Raskolnikov. Soefia komt uit een andere wereld. Ze weet dat als jij dat in deze stad doet, de mensen zullen denken dat je gek bent.

'Kom, ga mee!' zegt ze terwijl ze zich losmaakt van Rassoel. Vastbesloten grist ze haar boerka mee en bedekt haar gezicht. 'We gaan naar het mausoleum van Sjah-do-Sjamsjiraj-Wali.' Maar ... waarom? 'Kom, we gaan er samen heen, om te bidden. Probeer je geloof in Allah terug te vinden! Doe *toba*! Zeg dat je uit zijn naam hebt gedood, en hij zal je vergeven. Er zijn zovelen die uit zijn naam hebben gedood; je bent slechts een van hen.'

Maar ik heb niet uit naam van Allah gedood. En Allah hoeft mij niet te vergeven.

Wat wil je dan?

Dat ze bij me terugkomt!

Ga dan met haar mee, ga haar achterna!

Hij gaat haar achterna.

Gehuld in haar hemelsblauwe boerka loopt ze twee passen voor hem. Ze steken de grote straat over naar het mausoleum van Sjah-do-Sjamsjiraj-Wali, aan de oever van de grote rivier. De stad ademt nog steeds de zwavellucht van de oorlog. Ze stikt er bijna in.

Ze lopen te midden van de pelgrims de binnenplaats van het mausoleum op. Voor de ingang van het graf doet Soefia haar schoenen uit en zet ze tussen de andere schoenen, onder toeziend oog van een getaande man die de wacht houdt. Rassoel blijft buiten staan. Hij zoekt een schaduwplek onder de 'wensboom', waarvan de takken zijn versierd met honderden kleurige reepjes stof. Een oude vrouw probeert er met veel moeite een groen lintje in te knopen. Aan haar voeten zit een oude man naar de duiven te kijken die tussen de korrels rondscharrelen zonder aanstalten te maken ze op te pikken.

Als ze het lintje in de boom heeft gehangen, gaat de oude vrouw triomfantelijk naast de oude man zitten. 'Mijn zoon zal terugkomen, dat is zeker!' De oude man luistert niet, hij is in beslag genomen door de duiven. 'Je moet ze geen tarwe geven!' zegt de vrouw verwijtend. 'Ze eten alleen maar tarwe. De mensen snappen dat niet en nemen gierst voor ze mee. Kijk dan!' roept de man terwijl hij een handje tarwe naar de duiven gooit, die zich erop storten. 'Zie je wel?'

'Dat is een zonde!'

'Hoezo is dat een zonde?'

'Tarwe geven is een zonde.'

'Hoe kom je daar nou bij?'

'Dat staat in de Koran.'

'Is dat zo?'

'Ja, door tarwe zijn Hazrat Adam en Bibi Hawa uit het paradijs verjaagd.'

'Dan moet je me de verzen maar eens aanwijzen waar dat staat.'

'Ik zeg je toch dat het een zonde is.'

'Mijn zonde of hun zonde?'

'Jouw zonde, want jij geeft ze tarwe.'

'Dat kan me niks schelen. Dan moeten ze het maar niet eten. Ze hebben een vrije wil.' Hij wendt zich vergenoegd tot Rassoel: 'Als je honger hebt, heb je geen boodschap aan zonden. Of niet soms?' Hij buigt zich voorover: 'Onder ons gezegd, als ze geen honger hadden gehad, hadden Hazrat Adam en Bibi Hawa dan van de verboden vrucht gegeten? Nee.'

'Zeg dat niet! Je mag niet zondigen, dat mag niet …' houdt de oude vrouw vol. 'Waarom sta je hier nog als je vindt dat ik zondig? Jij wilde een wens doen, dat heb je gedaan. Je zoon zal terugkeren. Wat doe je hier dan nog? Ga naar huis.'

De vrouw maakt geen aanstalten om weg te gaan.

'Van tarwe worden ze dik. En een dikke duif is beter dan een dunne. Weet je waarom?' vraagt de oude man aan Rassoel; en na een korte pauze – niet zozeer omdat hij op een antwoord wacht, maar omdat hij het vervolg meer nadruk wil geven: 'Nee, dat weet je niet ...' Hij neemt Rassoel op. 'Kom je uit Kaboel?' Ja. 'Je bent niet van hier, anders zou je me wel begrepen hebben.' Hij neemt nog een handje tarwe uit zijn zak en strekt zijn arm om de duiven uit zijn hand te laten eten. 'Kom, kom maar, kom maar hier, eet je buikje maar rond', en vraagt aan Rassoel: 'Kom jij vaak naar deze *zijarat*?' Nee. 'Gelijk heb je. Ik kom hier iedere dag. Maar niet om te bidden of om een wens te doen. Dat staat ver van me. Ik zoek Allah niet in de graven! Allah zit hier,' zegt hij terwijl hij op zijn borst slaat, 'in mijn hart!' Hij buigt zich nog verder naar Rassoel toe om zich beter verstaanbaar te maken: 'Weet je, de communisten hebben tien jaar alles geprobeerd om dit volk van Allah af te wenden; het is ze niet gelukt. Maar de moslims hebben het in één jaar voor elkaar gekregen!' Hij lacht, een snaakse lach zonder geluid. 'Weet je, al die mannen met baarden die het hele jaar door bidden en jammeren bij het graf van Sjah-do-Sjamsjiraj-Wali doen 's avonds alles wat de goddelozen deze Heilige hebben aangedaan. Ken je het verhaal van de Heilige?' Opnieuw een korte stilte, om zijn woorden extra nadruk te geven: 'Nee, dat ken je niet. Ik zal het je vertellen: hij was familie van een oom van de profeet. Dit is zijn heilige graf. Leis Ben Gheis, de Koning met de twee sabels! Hij is hier als martelaar gestorven. Hij wilde ons land tot de islam bekeren en hij is vermoord. Toen hij een keer in gevecht was met ongelovigen hebben ze zijn hoofd afgehakt; maar de Heilige bleef door-vechten, met in iedere hand een degen.' Hij stopt even om in de ogen van Rassoel te zien hoe dit epos hem bevalt. Verbluft door diens onverstoorbaarheid komt hij nog iets dichterbij en dempt zijn stem, alsof hij hem een geheim toevertrouwt en om indruk op hem te maken: 'Dezer dagen organiseren degenen die hier overdag komen bidden een ritueel dat ze de "dodendans" noemen. Weet je wat de dodendans is?' Hij wacht even, kijkt Rassoel aan en dringt aan: 'Nee, dat weet je niet. Ik zal het je vertellen: dan wordt het hoofd van iemand afgehakt en de open wond wordt met kokende olie overgoten. Dan begint het arme lichaam zonder hoofd wild heen en weer te bewegen en te springen. Dat noemen ze de "dodendans". Had je er weleens van gehoord? Nee hè, dat wist je niet!' Jawel, beste oude man, Rassoel heeft dit verhaal misschien nog nooit gehoord, maar hij kent andere verhalen, die nog veel erger zijn.

Vertwijfeld staart de man naar de tarwekorrels in zijn bevende hand. Van zijn bloedeloze lippen springen de woorden: 'Weet je … waarom ze dat doen?' Nee, knikt Rassoel terwijl hij de man ironisch monstert als om hem vóór te zijn: maar jij gaat het me vast vertellen. De man zoekt naar woorden, en vervolgt: 'Zijn ze niet bang voor Allah?' Jawel. Daarom doen ze het juist. 'Zou jij in staat zijn een dergelijke gruweldaad te begaan?' Ja. Tot verbazing van de man knikt Rassoel ja. 'Ben jij daartoe in staat? Ben je niet bang voor Allah?' Nee.

De hand van de oude man beweegt wild. De tarwekorrels vallen op de grond. '*Lahawlobillah* … Jij bent niet bang voor Allah!' En hij zegt zijn geloofsbelijdenis opnieuw op. 'Ben je moslim?' Ja.

De man is weer even in gedachten verzonken en zegt een paar tellen later nog wanhopiger: 'Inderdaad, voor wie moeten we bang zijn na alles wat ik je daarnet heb verteld? Voor de mens of voor Allah?' En hij doet er het zwijgen toe.

Verbaasd over de lange tijd die Soefia nodig heeft om te bidden, laat Rassoel de oude man achter met zijn twijfels en loopt langzaam naar het graf. Vanuit het portaal werpt hij een blik naar binnen. Een paar vrouwen houden zich kermend vast aan de tralies rond het graf. Anderen zitten stil te bidden. Soefia is er niet bij. Hij gaat terug naar de bewaker en zoekt zijn schoenen, die hij met moeite kan terugvinden.

Hij kijkt nog even naar binnen. Geen spoor van haar. Buiten ook niet.

Wat is er gebeurd? Waarom is haar hart, nadat het zich opnieuw had geopend, zo snel weer dichtgegaan? Heeft zij hem hierheen gebracht om afstand van hem te nemen zonder een woord te zeggen?

Vaarwel Soefia!

En hij neemt een lange trek van de hasjpijp en houdt de rook zo lang mogelijk in zijn longen.

Vaarwel Soefia! Je bent weggegaan met het enige geheim dat ik met me meedroeg.

Vaarwel!

Nog twee, drie trekken, en dan verlaat hij de sakichana.

Ik zal er nooit meer naartoe gaan. Ik zal me opsluiten in mijn kamer, die donker is als een graf, en net zo klein, zonder uitweg. Ik zal niet meer eten. Ik zal niet meer drinken. Ik zal mijn bed niet meer verlaten. Ik zal me laten meevoeren door een slaap zonder einde; zonder beelden of gedachten. Totdat ik niets meer ben. Een onbeduidend iemand in de leegte, een schim in de afgrond, een onsterfelijk lijk.

Als hij over de binnenplaats loopt, treft hij Dawoed aan, die op de trap zit. 'Hallo Rassoel. Mijn moeder heeft me ge-vraagd je te zoeken. Het gaat niet goed met Soefia. Ze heeft zich in haar kamer opgesloten en wil niemand meer zien.'

Ze is in mijn afgrond gevallen.

Hij loopt met grote stappen de trap af, beent de binnen-plaats over, rent door de straten ... Buiten adem komt hij bij het huis aan, voor de kamer van Soefia. 'Ze huilt. Ze zegt geen woord meer. Ze heeft zichzelf opgesloten ...' zegt de moeder. Ze klopt op de deur. 'Soefia! Rassoel djaan is er.' Een lange stilte, dan het geluid van een sleutel in het slot. De moeder doet de deur open en laat Rassoel als eerste naar binnen.

Soefia krimpt op haar bed in elkaar en drukt haar hoofd tegen haar knieën. De stilte is beklemmend, de moeder voelt dat ze te veel is. Terwijl ze wegloopt, werpt ze nog een laatste blik op Rassoel, een verpletterende blik. Heeft Soefia haar alles verteld?

Nee, uitgesloten. Ze bewaart mijn geheim. Dat doet ze niet alleen om mij te beschermen, maar ook om haar moeder het verdriet te besparen. Ze wil mijn afgrond met niemand anders delen. Maar ze moet er niet in wegzinken, onder lijden. Ik ga haar eruit halen.

Hij hurkt naast haar neer en na een korte aarzeling begint hij verlegen haar hand te strelen.

Wees niet bang, Soefia. Ik ben geen misdadiger als de anderen. Ik ben ...

'Ze hebben me weggestuurd bij het mausoleum', zegt ze met een sombere stem. Ontdaan laat hij haar hand los. 'De buurvrouw van nana Alia was er. Toen ze mij zag, is ze naar de bewaker gegaan, en die heeft me eruit gegooid ...' Waarom ... Rassoels lippen trillen; het woord komt eruit als een adem, als een stille adem, zonder vraagteken, als een onhoorbare wanhoopskreet. Van nu af aan moet hij dus niet verbaasd zijn als de mensen Soefia als een prostituee beschouwen.

Ze huilt.

Rassoel heeft het gevoel alsof hij gaat flauwvallen. 'Ik ben stilletjes weggegaan. Zonder iets tegen je te zeggen. Ik wilde niet dat je stampij zou maken', zegt ze – alsof Rassoel daartoe in staat zou zijn.

Nee, Soefia, Rassoel is veranderd. Kijk eens naar hem. Hij is verslagen, hij heeft een muur van beklagenswaardige woede om zich opgetrokken.

Nee, hoe diep hij ook is gevallen, hij hecht aan zijn waardigheid.

Doe dan iets, Rassoel, doe iets!

Hij staat abrupt op en loopt de kamer uit. Op het terras, vlak bij het raam, treft hij de moeder van Soefia, die gauw haar hoofd afwendt om haar tranen voor hem te verbergen.

Op straat is er geen enkele schaduw. De zon schijnt door de wolken heen en slaat op de hoofden neer met de almacht van het middaguur.

Met gebogen hoofd loopt Rassoel door. Hij staat ineens voor zijn huis, zonder te weten hoe hij er is gekomen. In zijn kamer stinkt het vreselijk naar kaas.

Hij heeft geen enkele zin die weg te doen. Hij pakt het pistool, dat nog steeds op de grond ligt. Hij raapt het op en controleert de patroonhouder. Nog steeds vol. Hij stopt het in zijn zak en loopt de kamer uit.

Waar gaat hij heen?

Nergens heen. Hij loopt gewoon. Hij ziet wel waar het pistool hem brengt.

Hij moet nergens meer aan denken!

Hij denkt niet meer. Hij weet niets meer.

Hij ziet alleen nog zijn weg,

volgt slechts zijn schaduw die voor zijn voeten ligt,
kijkt naar geen enkel gezicht,
hoort geen enkel geluid,
luistert naar geen enkele kreet,
vangt geen enkele lach op.
Hij loopt.
Hij telt zijn stappen.

En nu staan blijven, hier, voor het mausoleum van Sjah-do-Sjamsjiraj-Wali!

Het is er stil. Er zijn geen pelgrims of bedelaars meer. Rassoel loopt de binnenplaats op, naar het graf. De geur van rozenwater verjaagt de duivenlucht en de zwavellucht van de wapens. De bewaker is in de schaduw van de wensboom op een bankje in slaap gesukkeld. Een hand onder zijn kin, de andere op zijn borst. Onschuldig als een slapend kind. Zijn peper-en-zoutkleurige baard trilt zo nu en dan, als de sik van een geit vlak voordat ze geofferd wordt. Rassoel loopt naar hem toe. Hij haalt de revolver tevoorschijn, loopt nog iets verder door en richt op de bewaker. Zijn vinger verkrampt om de trekker. Zijn hand trilt. Hij aarzelt.

Iemand in zijn slaap doodschieten, dat is de ultieme lafheid. Bovendien wordt de dood hem dan wel erg makkelijk gemaakt. Zonder enig lijden. Hij moet niet sterven in onwetendheid over zijn daad, in de onschuld van zijn slaap.

Hij moet wakker worden, hij moet weten waarom ik hem dood. Hij moet lijden!

Lijden zal hij zeker, een paar ogenblikken; maar de reden van zijn dood zal hij met zich meenemen. En niemand zal kunnen zeggen dat de bewaker geëxecuteerd is omdat hij

Soefia uit het mausoleum heeft weggestuurd, omdat hij het huis van Allah heeft gesloten voor een 'publiek meisje', dat er kwam bidden en om vergeving voor haar verloofde kwam vragen ... Je gaat dus opnieuw een moord zonder enig gevolg plegen, Rassoel. Nog een vergeefse daad.

De zon glipt tussen de takken en de blaadjes van de wensboom door en tekent vlekjes op het lichaam van de bewaker, en op de voeten, benen en haren van Rassoel, die met de colt in zijn trillende hand staat ... Badend in het zweet en verteerd door twijfel hurkt Rassoel uiteindelijk neer voor de bewaker. Na een paar momenten van totale apathie haalt hij een sigaret tevoorschijn. Zijn bewegingen verstoren de slaap van de oude man niet. Is hij hardhorend? Of komt het doordat Rassoel niet bestaat?

Hij zet een stap naar achteren, maar plotseling versteent hij bij het horen van een dof geluid achter hem. Hij draait zich om. Het is een kat.

Een kat in het mausoleum? Een vreemde aanwezigheid voor Rassoel, die kijkt hoe ze naderbij komt, met haar opgeheven staart zachtjes langs zijn been strijkt en zich stilletjes in de schaduw van de bewaker begeeft, die langzaam wakker wordt. Rassoel schrikt op. Hij gooit zijn sigaret weg en richt het pistool opnieuw, met kloppende oogleden. In de slaperige blik van de man is geen spoortje angst te bekennen. Hij beweegt niet eens. Misschien denkt hij dat hij droomt. Rassoel komt dichterbij, zegt hem dat hij moet opstaan. Maar de man steekt zijn hand traag onder het kleed dat over de bank ligt, haalt een kommetje met geld tevoorschijn, dat hij hem aanreikt.

Deze man heeft er niets van begrepen. Ik ben geen dief. Ik ben hier om hem te doden.

Hij loopt naar hem toe, vormt met zijn lippen onhoorbare woorden: En weet je waarom ik je dood?

Nee, Rassoel, dat weet hij niet, en hij zal het ook nooit weten.

De hand van Rassoel trilt van woede.

De bewaker reageert nog steeds niet. Hij blijft onverschrokken. Dan zet hij het kommetje weer terug en sluit zijn ogen met een glimlach, in afwachting van het schot. Rassoel geeft hem een duw met de loop van zijn pistool. Langzaam opent de man zijn ogen opnieuw. Nog steeds zonder een spier te vertrekken, zelfs nu het pistool op zijn slaap gericht is. Zijn blik is net als die van de ezel van Najestan, en zegt tegen Rassoel: Waar wacht je op? Schiet dan! Als jij het niet doet, word ik wel door een bom gedood. Dan sterf ik liever door jouw handen, omdat ik de zuiverheid en de glorie van deze heilige plek heb willen beschermen. Dan sterf ik als sjahied.

Een vrouw gehuld in een hemelsblauwe boerka komt de binnenplaats op. Als ze ziet dat Rassoel een pistool op de slaap van de bewaker richt, deinst ze achteruit en slaat op de vlucht.

Hij durft nog steeds niet te schieten.

Nee, ik wil niet dat deze man als martelaar aan zijn einde komt.

Hij gooit het wapen op de grond.

En gaat weg.

'Ga weg! Er is hier niets meer', bromt een lage stem. Maar Rassoel dringt aan en klopt opnieuw op de deur van de sakichana, die voorzichtig tot een kier opengaat. 'Ben jij het, Rassoel? Zeg dat dan!' roept Hakim uit. 'Welke is het, de Heilige of de Hasjroker?' vraagt kaka Sarwar zoals gebruikelijk, en met zijn stem ontsnapt er een sterke hasjlucht.

Rassoel gaat naar binnen en vindt een plekje tussen de mannen die in een kring op de grond zitten, nog steeds dezelfde. Ze zwijgen allemaal plechtig, hun blik op de baard van kaka Sarwar gericht, die stevig zit te roken. Rassoel kijkt zoekend rond naar Jalal. Hij is er niet meer om te vragen of de oorlog begonnen is. Het is Mostapha die hem vragen stelt en zo de lusteloosheid van de kring verstoort. Er wordt 'ssst' gesist. Opnieuw een plechtige stilte rondom kaka Sarwar. Iedereen wacht tot hij de tsjilom doorgeeft en het relaas vervolgt dat door de komst van Rassoel is onderbroken.

'Zal ik opnieuw beginnen?'

'Nee, ga verder waar je was gebleven!' zeggen de stemmen in koor.

'Maar deze jongeman heeft niets gehoord!'

'Wij vertellen hem het begin wel.'

'Goed', hij geeft de tsjilom door aan de anderen. 'Waar was ik? Nu ben ik de draad kwijt …'

'Je was in een dorp.'

'O ja. En niet zomaar een dorp! De huizen waren versierd met houtsnijwerk, maar ze hadden geen ramen of deuren en waren niet ommuurd. Ik hoorde stemmen, maar ik zag niemand. De huizen waren leeg. Of eigenlijk kon ik door de duisternis niets of niemand zien. Er waren alleen stemmen, niets dan orkestrale, harmonieuze, vredige stemmen. Ze kwamen uit een half ingestorte grot bij de ingang van het dorp, aan de voet van een ruige, schrale heuvel bedekt met stenen. Alle dorpelingen waren daar bijeen. Ze dansten, in trance. Mannen en vrouwen. Jongeren, ouderen, kinderen. De mannen droegen wingerdbladeren op hun hoofd; de vrouwen een *sjosjot*, een brede hoofdband versierd met kaurischelpen en rode parels. Er werden drankjes rondgedeeld.'

'Waren het geen kafirs?'

'Geen idee. Ze dronken en zongen allemaal. Mijn aanwezigheid stoorde hen niet. Alsof ik niet bestond. Ik kreeg zelfs een drankje zonder erom te vragen; eerst een vlammend gele vloeistof die ze "steenzaag" noemden; daarna een vuurrood drankje, "steenvijl". Het ene was zuur, het andere bitter.' Hij stopt weer om aan de pijp te trekken. 'En ik heb ervan gedronken, die avond! En niemand vroeg me wat ik daar deed. Toen ik zag wie hun leider was, een vrouw, ging ik naar haar toe. Ik had haar nog maar nauwelijks begroet, of ze zei: "Ben je verdwaald, jongeman?" Bedeesd antwoordde ik dat dat inderdaad zo was. Met een hartelijke lach heette ze me welkom in de Vallei van de Verloren woorden. Ze vroeg waar ik heen ging en waar ik vandaan kwam. Toen ik haar alles had verteld, schudde ze haar hoofd en bood me een laatste glas steenvijl aan, riep een oude man en zei dat hij me naar het naburige dorp moest brengen. De oude man gaf me een stormlamp en we gingen op pad. Hij liep snel en met zekere passen. Ik rende voor hem uit om de weg te verlichten, maar hij zei dat ik de lamp voor mezelf moest houden; hij had die niet nodig. Buiten adem vroeg ik hem hoe het kwam dat hun leider een vrouw was. Onder het lopen vertelde hij me een ongelofelijk verhaal, dat ik jullie morgen zal vertellen.'

'Nee!' protesteren ze allemaal. Kaka Sarwar wendt zich tot Hakim: 'Maar ik heb honger.'

'We gaan kebab en thee kopen. Wie heeft er geld?'

Niemand komt in beweging, behalve Rassoel, die een groot biljet uit zijn zak trekt en aan Hakim geeft.

'Raakt jouw geld nooit op?' zegt kaka Sarwar. 'Dan zal ik je vertellen hoe het verder gaat. Maar eerst de hasjpijp!' Hij krijgt hem aangereikt; hij rookt en geeft hem door aan Rassoel. 'Die vrouw die het dorpshoofd was, stamde af van een voorname wijze, die in een ver verleden in een afgelegen rijk woonde. Hij was blind, maar hij kon manuscripten lezen door met zijn vingertoppen over de letters te strijken. Het onheil sloeg toe op de dag dat men merkte dat alle woorden die hij las, langzaam uit het boek verdwenen.' Hij stopt met praten en kijkt strak naar de gefascineerde gezichten. Na een diepe ademteug pakt hij de hasjpijp weer. Zijn stem drijft mee op de rook: 'De dichters, de geleerden, de rechters ... iedereen raakte in paniek. Iedereen hield zijn manuscripten verborgen uit angst dat ze door deze blinde wijze werden gelezen. Zo dwongen ze de koning hem uit het rijk te verbannen. Er zat voor de wijze niets anders op dan met zijn hele familie in ballingschap te gaan. Hij ging in de vallei wonen waar ik jullie net over vertelde. Hij bouwde een stadje waar iedereen alles uit zijn hoofd leerde. Er was geen boek of geschrift te bekennen, omdat ze alles uit hun hoofd wisten. Boeken worden alleen voor imbecielen gemaakt!' Hij schatert het uit, neemt weer een trek, hoest even en vervolgt: 'Ze vonden een nieuwe taal uit, die je onmogelijk kon vergeten. Vanaf dat moment kwamen verhalenvertellers, dichters en geleerden uit de hele wereld naar dit plaatsje omdat ze wilden dat hun werken in die taal werden vertaald, door de stemmen van die volksstam tot leven werden gebracht en voor eeuwig in hun geheugen gegrift zouden staan. Het schijnt dat zelfs de vergeten verhalen – waargebeurd of niet, bekend of onbekend – terug in herinnering kwamen, weer gestalte kregen en in deze stad de stem van de vertellers terugvonden ... En dat boezemde de geschied- en verhalenvervalsers, de charlatans van geheimen, de bedriegers van de wetenschap en de politici van kwade trouw natuurlijk angst in ... En op een dag kwamen die allemaal naar het dorp, bezetten het en verwoestten het. Ze verwoestten alles! Ze maakten de kinderen doof. Ze sneden de volwassenen de tong af. Maar ...' Een korte onderbreking, een lange trek van de pijp, en hij vervolgt: 'Maar ze beseften niet dat er in deze vallei niet alleen mensen waren. De huizen, de bomen, de rotsen, het water, de wind, de vogels, de slangen, alles in deze vallei kon zich dit volk herinneren, zijn geschiedenis, zijn wijsheid, maar ook de barbaarsheid van de tirannen!' Zijn stem klinkt opgewonden, trillerig, 'ja, alles kan verwoest worden, behalve het geheugen, behalve herinneringen!' Hij zwijgt, trekt zich terug uit de kring en gaat met zijn rug tegen de muur staan. 'En toen?' vraagt Mostapha geïntrigeerd.

'Hoezo, en toen?'

'Hoe gaat je verhaal verder?'

'Mijn verhaal? O ja!' roept kaka Sarwar uit, en hij maakt zich los van de muur. Op zachtere toon vervolgt hij: 'Bij de ingang van het naburige dorp eindigde mijn gids zijn verhaal over het dorpshoofd. Hij bracht me naar een uiterst geheime heilige plaats, waar ik de nacht mocht doorbrengen. Toen ik hem de stormlamp terug wilde geven en zijn hand wilde schudden om hem te bedanken, ontdekte ik dat mijn gids blind was!'

'Echt waar?' roept Mostapha verbluft. Een andere jongeman zegt: 'Kaka Sarwar, jij hebt dit verhaal van a tot z uit je duim gezogen. Je hebt het helemaal niet meegemaakt. Het is niet echt gebeurd!'

'Nu wel, zoals een wijze uit het land waar de zon ondergaat ooit zei: *Omdat ik het jullie heb verteld*, antwoordt hij met een snaaks lachje. 'Waar haal je al die verhalen vandaan, kaka Sarwar?'

'Uit de Vallei van de Verloren woorden, mijn jongen.'

'Dus die bestaat écht', roept Mostapha uit.

Nog een paar trekken; en je tong wordt droog, een hartverscheurende hoest zet je borst in brand, je bloed stolt in je aders, je hart gaat langzamer slaan, het hele lichaam gaat zweven.

Dan staat Rassoel op en verlaat het theehuis, steun zoekend bij de muren.

Buiten is de stad een vuurgloed. Alles golft in de hitte: de bergen, de huizen, de stenen, de bomen, de zon ... Alles trilt van angst. Behalve Rassoel. Hij voelt zich licht, tot rust gekomen. Alsof hij de laatste mens op aarde is rent hij door de straten, zonder ook maar een blik te kunnen opvangen, een ziel te kunnen strelen, een woord te kunnen horen. Hij zou willen uitroepen dat hij de laatste mens is, dat alle andere mensen gestorven zijn, voor hém; en dan zou hij het op een rennen willen zetten, en lachen ... totdat hij bij de brug van Larzanak aankomt.

De ontploffing van een bom, niet heel ver weg, doet de brug schudden. Maar Rassoel verroert zich niet. Hij laat zich niet op de grond vallen. Hij staat daar maar, alsof hij de schutters wil aansporen raketten op hem af te vuren. Schiet maar! Hier ben ik. En ik blijf hier, pal tegenover jullie. Jullie, de doven, de blinden, de stommen!

Het stof verspreidt zich over de rivier, de brug, het lichaam, de blik, de stem ...

Hij loopt weer verder. Hij komt langs hotel Metropool. Binnen is het ook een grote chaos. Buitenlandse journalisten, hotelbeambtes en gewapende mannen met baarden rennen alle kanten op. Razmodin is misschien alweer terug. Rassoel gaat de lobby in.

Een jonge beambte met een stapeltje dollarbiljetten tussen zijn tanden – degene die Rassoel was komen zoeken in de sakichana – is druk bezig een gewonde buitenlandse journalist in veiligheid te brengen. Zodra hij Rassoel ziet, blijft hij staan en haalt de biljetten uit zijn mond: 'Razmodin is er niet, hij is verdwenen. Hij is gisteren weggegaan en we hebben hem niet meer teruggezien. Iedereen maakt zich uit

de voeten. Er komt ...' Een zware ontploffing doet het gebouw op zijn grondvesten schudden. De gewonde journalist
begint te huilen. Hij geeft de jongen nog een dollarbiljet,
waarna deze hem gauw naar het souterrain draagt.

Buiten schiet iedereen in het wilde weg, zonder te weten
waarom of op wie.

Er wordt geschoten.

Er wordt geschoten ...

De kogel zal zijn doelwit vinden.

Zonder duidelijk doel, onverschillig voor de chaos die in de stad heerst, sjokt Rassoel naar buiten. Hij heeft geen enkele behoefte terug naar Soefia te gaan, of naar zijn tante, om te kijken of Razmodin daar is – die zal op dit moment trouwens wel in Mazar zijn, bij Doenja. Hij loopt door naar het ministerie van Informatie en Cultuur. Van achter een barricade schreeuwt iemand: 'Maak dat je wegkomt, *kharkoss*!'

Rassoel gaat op de stem af. Een man grijpt hem vast en trekt hem naar een schuilplaats, terwijl hij foetert: 'Idioot! Als je levensmoe bent, ga dan ergens anders sterven, hier hebben we wel wat beters te doen dan je lijk oprapen. Waar wou je eigenlijk naartoe?' Het is de vriend van Jano, degene die hem op zijn kamer had toegetakeld. 'Als je commandant Parwaaz zoekt, die is er niet. Hij is op zoek naar Jano, die is vermist.'

Jano is vermist? Dan moet hij zijn gevlucht. Hij heeft vast tabak van deze oorlog.

Rassoel staat op en verlaat de barricade. Hij loopt verder met om zich heen de schoten, de kreten, de tanks ... Er dringt niets tot hem door. Hij komt aan bij het Zarnegarpark. Rookwolken drijven tussen de bomen. In een hoek van het park gaat hij op een grasveld liggen. Hij rookt een sigaret, waarmee hij nonchalant nog wat rook toevoegt aan die van de wapens. Zacht sluit hij zijn ogen en blijft een tijdje liggen. Het lawaai zwakt geleidelijk af tot een absolute stilte. Die lang aanhoudt.

Plotseling klinken naderende passen, ze gaan rakelings langs zijn hoofd, doorbreken zachtjes zijn lusteloosheid. Hij opent zijn ogen. Een vrouw met een hemelsblauwe boerka loopt vlak langs hem. Zodra hij haar ziet, richt hij zich op.

Soefia?

Hij komt overeind en zet met aarzelende passen de achtervolging in.

Als ze merkt dat ze wordt achtervolgd, mindert de vrouw vaart, blijft staan en draait haar hoofd verschrikt naar Rassoel, die op haar afkomt. Ze doet een stap opzij om hem langs te laten over het pad. Maar hij blijft ook staan. Onthutst loopt ze weer verder.

Laat haar, Rassoel, het is Soefia niet.

Wie is het dan?

Een vrouw als zovele anderen.

Maar wat doet ze hier? Waarom is ze juist op dit moment naar het park gekomen, terwijl iedereen maakt dat hij wegkomt?

Ze is net als jij het park in gevlucht en zoekt een schuilplek tussen de bomen.

Nee, ze is voor mij gekomen. Geen twijfel mogelijk.

De vrouw komt bij het einde van het park en loopt naar de grote weg die naar het kruispunt van Malekazghar leidt.

Rassoel versnelt zijn pas, haalt haar in en verspert haar de weg.

Geschrokken blijft ze stilstaan; ze draait haar hoofd alle kanten op. Er is niemand. Steeds wanhopiger, zonder een woord te zeggen, probeert ze langs Rassoel te glippen om haar weg te vervolgen. Rassoel volgt haar. Hij gaat naast haar lopen en kijkt of ze het figuur van Soefia heeft. Nee. Dat van de dochter van nana Alia? Waarschijnlijk niet. Waarom volg je haar dan?

Ik weet het niet. Het is vreemd dat ze hier is. Ze is duidelijk naar iets op zoek.

Maar niet naar jou!

Wie zegt dat?

Ze komen bij het kruispunt aan. Haastig steekt ze de weg over.

Kijk eens naar haar. Ziet ze eruit alsof ze naar jou op zoek is? Ze lijkt je eerder te ontlopen.

Teleurgesteld staakt hij zijn achtervolging en steekt een sigaret op.

Maar als de vrouw eenmaal aan de overkant van de kruising is, blijft ze staan en draait zich om, om naar Rassoel te kijken.

Ze speelt met me. Ze verwacht dat ik achter haar aan ga.

En hij probeert haar opnieuw in te halen. Ze gaat er opnieuw vandoor. 'Stop!'

Rassoel blijft staan.

Waar komt die stem vandaan?

Uit jou!

'Stop!' Ja, dat komt uit mijn keel!

Hij roept: 'Stop!' Het is zijn stem, breekbaar, aangetast, gedempt, maar hoorbaar. 'Stop!' Hij rent. De vrouw rent ook. 'Stop!' Hij haalt haar in. 'Stop!' zegt hij buiten adem. 'Ik heb ... ik heb mijn stem weer terug!' Hij probeert haar gezicht door het gaas van haar boerka te onderscheiden. 'Ik kan praten!' Hij komt nog een stap dichterbij. 'Ik wil met je praten.' Ze luistert naar hem. Hij zoekt naar woorden. 'Wie ben je?' Ze zegt niets. 'Wie heeft je gestuurd?' Hij steekt zijn hand uit, aarzelender dan zijn stem, om de sluier op te lichten. Geschrokken deinst de vrouw achteruit. 'Wie je ook bent, je moet me kennen. Jij bent gekomen om me te zoeken. Jij bent gekomen om me mijn stem terug te geven. Of niet soms?' De vrouw wendt zich af. 'Jij hebt me in mijn droom mijn adamsappel aangereikt.' Hij raakt haar aan, ze krimpt ineen, glipt achterwaarts weg. 'Ik ken je. Ik zocht je. Jij bent de vrouw met de hemelsblauwe boerka. Ik herken je aan je manier van lopen. Jij hebt het lijk van nana Alia gezien, jij hebt het weggemaakt. Jij bent ervandoor gegaan met haar sieradenkistje en haar geld. Dat heb je knap gedaan. Je bent intelligent en sluw. Bravo!' Ze aarzelt of ze de weg zal oversteken, naar de andere stoep. 'Eén ding moet je weten: ik had jou ook kunnen doden, maar dat heb ik niet willen doen … je hebt je leven aan mij te danken, weet je dat?' Ze wankelt – uit angst, of uit vermoeidheid – richt zich weer op en haast zich dan weg. 'Luister naar me! Blijf nog even staan, ik moet je iets vertellen.' Ze stapt van de stoep af en gaat midden op straat staan, in de hoop daar iemand te zien verschijnen, een auto, een tank … Maar er is niets. Niemand. Rassoel gaat achter haar aan. 'Vlucht niet voor me. Ik zal je geen kwaad doen. Ik zou het niet eens kunnen.' Hij pakt haar boerka vast, die tussen zijn vingers door glijdt. 'Je kunt niet meer voor me vluchten. Dat is voorbij. We hebben elkaar weer gevonden. We hebben eenzelfde leven, eenzelfde lot. We zijn gelijk. We hebben allebei vuile handen gemaakt bij dezelfde misdaad. Ik heb gedood, jij hebt gestolen. Ik ben een moordenaar; jij een verrader. De vrouw blijft staan, draait zich om om hem nog eens op te nemen en loopt dan weer verder. Verbaasd dat ze toch even stil was blijven staan, vervolgt Rassoel nog rustiger: 'Toch is alleen míjn geweten bezwaard door het misdrijf dat we delen. En het is niet goed dat ik er als enige onder lijd. Ik wilde met deze misdaad alleen mijn verloofde uit handen van die hoer bevrijden, en met het geld wilde ik onze beide families redden ... Nu heb ik spijt dat ik het geld en de sieraden niet heb meegenomen, maar het schuldgevoel knaagt aan me. Help me! Alleen jij kunt me helpen. Laten we ons verenigen, dit geheim tot het einde van onze dagen bewaren en gelukkig zijn.' De vrouw vertraagt opnieuw haar pas – om even na te denken, te twijfelen, of op adem te komen – en vervolgt dan haar weg naar het Welajat, het gouvernementsgebouw van Kaboel. 'Vertel me wat je met het kistje en het geld hebt gedaan. Ze zijn van mij. Ik moet ze terug zien te krijgen. Ik kan er twee families gelukkig mee maken, of zelfs drie, met die van jou erbij. Als ze me arresteren heb ik pech gehad, als ze me ophangen ook; dan zal ik in ieder geval bevrijd zijn van mijn misdaad. Dan zal aan al dit lijden een einde komen.' De vrouw loopt, nog steeds zwijgend, dicht langs de muur om het Welajat. Rassoel durft niet meer door te lopen. Hij kijkt de vrouw strak aan. 'Laat me met je meegaan, anders geef ik je aan bij justitie, bij de gouverneur. Hoor je me? Ben je soms je tong verloren?' Nog steeds geen antwoord. 'Vertel me in ieder geval wie je bent. Vertel me of mijn misdaad je gelukkig heeft gemaakt.' De vrouw komt aan bij de poort van het Welajat, blijft staan en keert zich naar Rassoel, als om hem uit te nodigen mee naar binnen te gaan. Aarzelend komt hij dichterbij, dicht langs de muur lopend. 'Nee, jij kunt niet gelukkig zijn zonder mij. Je hebt mij nodig, zoals ik jou nodig heb. Wij zijn als Adam en Eva. Kruis en munt. Allebei verjaagd naar dit verdoemde stuk land. Wij kunnen niet leven zonder de ander. We zijn gedoemd onze misdaad en onze straf te delen. We zullen een gezin stichten. We zullen weggaan, ver weg, naar afgelegen valleien. We zullen een stad stichten en die zullen we noemen … de Vallei van de Verloren zonden. We zullen onze eigen wetten bedenken, onze eigen moraal. En we zullen kinderen krijgen, maar geen Kaïn en Abel, anders zal ik Kaïn doden. Ja, ik zal hem doden, want ik weet nu waar hij toe in staat is. Ik zal hem bij zijn geboorte doden!' De vrouw opent de poort en loopt na een laatste blik op Rassoel de binnenplaats op. Verbluft blijft hij achter. Hij kijkt om zich heen; de straat is nog steeds verlaten; de stilte is nog dieper; de lucht laag en zwaar. Hij loopt naar de poort van het Welajat. Door de tralies ziet hij slechts een ruïne, geen spoor van de vrouw.

Wie was zij?

'Wie is daar?' Een piepstem nagelt Rassoel aan de grond. Waar komt die vandaan? 'Is daar iemand?' prevelt Rassoel met een zachte, breekbare stem. 'Ja, wij zijn djinns!' klinkt er ineens een andere stem, gevolgd door een sardonisch gelach in het natuurstenen wachthuisje naast de poort van het Welajat. In het wachthuisje ziet Rassoel een paar mannen op de grond liggen.

'Hebben jullie misschien een vrouw naar binnen zien gaan?'

'Een vrouw, hier? Als dat zou kunnen!' De lichamen schudden van het lachen.

'Is er iemand in het Welajat?'

'Wie zoek je?'

'De officier van justitie.'

'Wat is dat voor djinn?' En tegen de ander: 'Ken jij die?'

'Nee. Vraag eens of hij een sigaret heeft.'

Rassoel haalt twee sigaretten tevoorschijn en steekt ze naar binnen. 'Gooi maar naar binnen!' Hij doet het. 'Er is toch wel iemand? Een gouverneur, een rechter, een ...'

'Ga zelf kijken! Waarom vraag je dat aan ons?'

Rassoel heeft de hoofden van de twee soldaten niet gezien. Hij loopt de rommelige binnenplaats op, die vol papieren en verkoolde schriften ligt. De muren zitten vol kogelgaten. Het gouvernementsgebouw is verlaten, er heerst een droefgeestige en geladen stilte. Nog steeds geen spoor van de vrouw met de hemelsblauwe boerka.

Vreemde verschijning!

Vreemde verdwijning!

Een etherische vrouw, uit het niets verschenen om hem zijn stem terug te geven, de weg te wijzen, hem aan justitie over te leveren en hem hierheen te brengen, naar het Welajat van Kaboel, waar alles in verval is: het gerechtsgebouw net zo goed als het gebouw van het huis van bewaring of dat van het politiebureau …

Hij blijft staan voor het enige gebouw dat ongeschonden is, loopt de trap op en gaat naar binnen. Een lange gang met vuile muren. Zijn stappen klinken hol en maken de stilte nog geladener en beangstigender. Hij blijft stokstijf staan. Een vreemd gevoel bekruipt hem. Hij aarzelt, loopt dan door. Aan weerszijden van de gang staan de deuren van de kantoren open. Het licht valt naar binnen en verlicht de donkere, armzalige ruimte. Ondanks de aanwezige meubels – een paar stoelen en tafels, wat kantoorspullen – zijn het allemaal zielloze kamers, op één na, waarin vrouwen- en kinderkleren, nog nat, aan een waslijn hangen, in de zon. Hier wordt dus geleefd. De vrouw met de hemelsblauwe boerka moet hier wonen.

Eindelijk zal ik kennis met haar maken!

Als hij halverwege de gang loopt hoort hij stappen en ziet hij een jongetje vanuit de kelderverdieping de trap oplopen. Als het jongetje Rassoel ziet, rent het weer naar beneden. Rassoel volgt hem, loopt de trap af en komt in een kelder, waar op een bord staat: 'Rechterlijk Archief'. Aan het einde van een lange gang leidt een lichtschijnsel hem naar een kamer waar een seniel klinkend, gedempt gefluister te horen is: 'You ... Younes ... Youss ... Youssef ...' Rassoel gaat naar binnen. Hij staat in een grote zaal met allemaal muurkasten en wandrekken, stuk voor stuk gevuld met dossiers die zijn vergeeld van ouderdom. De stem klinkt nog steeds vanuit een plek die Rassoel niet kan zien. 'Is daar iemand?' roept hij voorzichtig. Geen antwoord, maar nog steeds die seniele stem die bazelt: 'Youssef ...'

'Is daar iemand?' zegt hij nog een keer, hij schreeuwt het haast. Na een stilte antwoordt dezelfde stem: 'Er zijn er zelfs twee!' en zonder af te wachten vervolgt hij: 'Youssef, Youssef, Youssef Ka ...' Als een bezweringsformule. Rassoel zoekt een manier om bij de man te komen. Deze zit bij een kelderraam, achter een groot bureau met allemaal dossiers waar hij in zit te rommelen. Een jongen licht hem bij met een lantaarn.

Als ze Rassoel horen naderen, kijken beiden op. De oude man begroet hem met een knikje en gaat dan werktuiglijk verder met zijn werk. Rassoel loopt naar het bureau toe en vraagt: 'Ik zoek de ... officier van justitie.' De oude man bladert druk door een groot schrift en lijkt hem niet te horen. Hij slaat een paar pagina's om en houdt zijn vinger stil bij een lijst met namen. 'Youssef ... Ka, Youssef Kab ... Youssef Kaboeli! Is dat het niet, knul?' De jongen die de lantaarn vasthoudt is afgeleid door de komst van Rassoel. De man moppert: 'Ik praat tegen je, knul, kijk eens of dat de naam van je vader is. Waar zit je met je gedachten?' Uit zijn evenwicht gebracht buigt de jongen zich over het schrift. Rassoel zet een stap naar voren en vraagt ongeduldig nog een keer:

'Waar kan ik de officier van justitie vinden?'

'Ik heb u wel gehoord, *mohtaram*. Ik heb uw vraag heel goed begrepen. Als ik het wel heb, was het geen raadseltje!' Een moment stilte, alsof hij wacht op de goedkeuring van Rassoel, en vervolgens vraagt hij op intimiderende toon: 'Is het dringend?' waarna Rassoel na even aarzelen antwoordt: 'Ja.'

'Laat me eerst dit even afmaken, daarna kan ik u helpen', zegt de oude man en wendt zich nurks tot de jongen: 'Nou, kun je lezen of niet?'

'Ja, ik kan wel lezen, maar uw vinger ...'

'Wat is er met mijn vinger?'

'Die zit ervoor.'

'Ik zeg dat je de naam boven mijn vinger moet lezen, idioot!' De jongen buigt zijn hoofd en dreunt op: 'You, Yous ... Youssef ... Ka, Kaboeli, ja, die is het, geloof ik.'

'Gelóóf je?! Je zeurt me nu al een week over die naam aan het hoofd, en nu twijfel je! Dat is ernstig, jongen, heel ernstig.'

'Ik zeg niet dat ik twijfel. Ik zeg dat ik geloof dat het klopt.'

'Wat bazel je nu? Goed. En wat is het dossiernummer?'

'Het dossiernummer?'

'Ja, de cijfers!'

'De cijfers? ... Er zijn geen cijfers. Kijkt u zelf maar!'

'Hoezo zijn er geen cijfers? Hou de lamp eens wat hoger!' De jongen tilt de lamp op; de oude man is vermoeid en windt zich op: 'Hoe moet ik dat verdraaide dossier dan kunnen vinden?' Zijn blik inspecteert de stapel papieren. Rassoels geduld is bijna op: 'Voordat u opnieuw gaat zoeken, kunt u mij misschien even vertellen of de officier ...'

'Luister, jongeman, de kwestie van deze jongen is belangrijker dan de aan- of afwezigheid van meneer de officier! Hier staat het lot van een hele familie op het spel. Ik sloof me nu al een week uit om dat dossier te vinden; en dan moet ik nu zeker alles uit mijn handen laten vallen om de officier van justitie te gaan zoeken! In de eerste plaats is er geen officier van justitie meer. En verder bent u hier niet bij de receptie. We zijn hier in het Rechterlijk Archief. En ik ben maar een eenvoudige griffier die zich zo goed en zo kwaad als het kan over deze plek ontfermt!' Hij stopt even, buigt zijn hoofd dan opnieuw over de lijst namen en mompelt: 'Wat wilt u eigenlijk van de officier?'

'Ik wil me bij hem melden.'

'O, sorry, maar er is niemand die u kan ontvangen.'

Verbaasd maar ook zenuwachtig loopt Rassoel naar hem toe en probeert rustig te praten met zijn gebroken stem: 'Ik ben hier niet gekomen voor de receptie. Ik ben gekomen ...' Hij verheft zijn stem en spreekt ieder woord heel duidelijk uit: '... OM MEZELF BIJ JUSTITIE TE MELDEN!'

'Dat heb ik wel begrepen. Ik meld me hier ook iedere dag. En deze jongeman ook.'

'Maar ik kom om mezelf aan te geven. Ik ben een misdadiger.'

'Komt u dan morgen maar terug. Vandaag is er niemand.' En hij buigt zich weer over het grote schrift. Rassoel ontploft haast van woede; hij legt zijn hand op de papieren en schreeuwt de longen uit zijn lijf: 'Hebt u wel gehoord wat ik daarnet zei? Hebt u begrepen wat ik wil?'

'Ja hoor! U bent hierheen gekomen om uzelf aan te geven, omdat u een misdadiger bent. Zo is het toch?'

Rassoel staart hem verbijsterd aan. Terwijl hij zijn schouders ophaalt zegt de man: 'Nou en?'

'Nou, dan moet ik gearresteerd worden.'

'Maar ik kan niets voor u doen. Ik heb u al gezegd, ik ben griffier bij de rechtbank, meer niet.'

'Baba, mag ik wat geld om brood te kopen?' De stem van een kind, het jongetje dat Rassoel even eerder in de gang had gezien, klinkt achter de rekken en trekt de aandacht van alle drie. 'Ik ga er weer vandoor ...' zegt de jongen, de zoon van Youssef Kaboeli. 'Nee. Jij blijft hier, we zijn je vader aan het zoeken', zegt de griffier streng terwijl hij opstaat om het kind wat geld te geven. Dan loopt hij mopperend weer terug naar het grote schrift. 'Ze zeggen dat ik griffier ben, maar eigenlijk doe ik hier alles. Er zijn geen rechtszaken meer ... Daarom heb ik me maar over het archief ontfermd ...' Hij blijft in het schrift bladeren. 'Als ik er niet was, waren deze dossiers allang door de ratten aangevreten, dat zweer ik je. Of ze zouden door een bombardement zijn vernietigd.'

'Ja, dat is waar. Het wemelt hier van de ratten!' zegt de jongen, en hij begint op een teken van de griffier de dossiers terug te zetten.

Ontstemd over de houding van de griffier haalt Rassoel een sigaret tevoorschijn en steekt hem op. Zijn vertwijfelde stem klinkt schor: 'Ik heb iemand vermoord.' Geen van beiden schenkt aandacht aan zijn bekentenis. Misschien hebben ze het niet gehoord. Dus zegt hij nog eens, iets harder: 'Ik heb iemand vermoord.' De twee draaien zich naar hem om, maar gaan al heel snel en zonder een woord te zeggen weer door met hun zoektocht.

Misschien hebben ze het wel gehoord, maar ze hebben er niets van begrepen.

Ik heb moeite met praten. Mijn stem is nog heel zacht, misschien hebben ze me niet gehoord.

En met stemverheffing zegt hij: 'Begrijpen jullie wel wat ik zeg?' De griffier werpt hem een geërgerde blik toe. Hij zegt niets. Opnieuw een stilte, zijn neus in de dossiers, de namen, de cijfers, de onduidelijkheden ... En Rassoel vervolgt, alsof hij het tegen zichzelf heeft: 'Ik weet dat ik geen heldendaad heb verricht. Ik heb iets vrij banaals gedaan. Het doet er niet toe. Ik heb iemand gedood, en ik wil mezelf aangeven bij justitie.' En hij gaat voor een kast op de grond zitten.

De drammerigheid van Rassoel begint de oude griffier te storen. Hij slaat het grote schrift dicht en zegt: 'Farzan, we gaan morgen verder met de zoektocht naar je vader. Wil je even thee maken?' De jongen zet de lantaarn meteen op de tafel en vraagt enthousiast: 'Groene of zwarte?'

'Groene of zwarte?' De griffier stelt de vraag door aan Rassoel, die vermoeid antwoordt: 'Zwarte.'

Farzan gaat weg. De oude griffier pakt de lantaarn en loopt naar de rekken. 'Die arme Farzan. Zijn vader was een uitmuntende boekhouder in de tijd van de monarchie, hij kwam uit een respectabele familie. Maar in de tijd van de communisten hebben ze hem zonder pardon uit zijn huis gehaald en gevangengezet. En op grond van welke beschuldiging? Dat heeft niemand ooit kunnen achterhalen, en net als bij alle gevangenen in die tijd is er nooit een proces geweest. Ze zijn zijn spoor kwijtgeraakt. Er wordt gezegd dat hij is opgehangen of naar Siberië is verbannen. Niemand weet wat er van hem is geworden. Zijn zoon heeft nu maar één obsessie: zijn vader opsporen. Hij wil weten wat de beschuldiging tegen zijn vader was. Ik weet dat hij nooit antwoord zal krijgen.' Hij gaat weer achter zijn bureau zitten. 'Ik denk dat er op de dag van zijn arrestatie iets ergs is gebeurd in zijn familie, en dat hij dat wil achterhalen, om het te kunnen begrijpen. En mij interesseert het ook. De rest kan me niets schelen: rechtvaardigheid, onrechtvaardigheid, dat soort dingen. Het zijn maar opties, geen opvattingen.' Hij wacht een paar ogenblikken om het effect van zijn statement op het gezicht van Rassoel af te lezen, en vervolgt dan grinnikend: 'In de tussentijd is hij mijn assistent geworden ...' 'Ik vind het altijd interessant verhalen over de rechtspraak te verzamelen. Door die verhalen begrijp je de geschiedenis van een land en de geest van een volk beter. Ik ken er al duizenden. Maar het kost veel tijd ze op te schrijven. En die tijd heb ik niet. Kijk!' Hij wijst op een stapel dossiers in een hoek. 'De hoogste rechter heeft me gevraagd een lijst te maken van alle moedjahedienstrijders die in de communistische periode in de gevangenis hebben gezeten, maar ook een lijst van de sjahieds. Ze zeggen dat het ministerie van Sjahieds erom heeft gevraagd. Het ministerie van Sjahieds!' Hij barst opnieuw in lachen uit, een ironisch gelach, en kijkt intussen naar Rassoel, die treurig naar een rattenval op het bureau zit te staren.

'Vertel, beste jongeman, wie heb je vermoord?'

'Een vrouw.'

'Was je verliefd op haar?' vraagt hij terwijl hij doorgaat met het opruimen van de dossiers.

'Een hoerenmadam vermoorden is geen misdaad in onze heilige rechtspraak. Dus er moet iets anders zijn dat je dwarszit.' De griffier gaat op zijn gemak zitten en kijkt Rassoel strak aan. Die laatste zit met gebogen hoofd en slikt met moeite een hap brood door. Alle drie zitten ze om het bureau, dat in een eettafel is veranderd. 'Samengevat: je maakt je zorgen en je vindt het schokkend dat je niet kunt begrijpen dat je misdaad door zo veel mysteries wordt omgeven. Is dat het?'

'Ja, maar ...'

'Ik ga door: als ik jou zo hoor, dacht je aanvankelijk dat het je dwarszat dat je plan was mislukt; omdat je het geld en de sieraden niet had meegenomen ... waarmee je je arme familie had kunnen redden. Vervolgens besefte je dat je je nog slechter had gevoeld als je het geld en de sieraden van nana ... wie? ... o ja, nana Alia wél had meegenomen ... Toen zag je in dat het geld en de sieraden alleen maar een smoesje waren. In wezen heb je die hoerenmadam vermoord om een kakkerlak van de aardbodem weg te vagen, en vooral om wraak te nemen voor je verloofde ... Maar nu merk je dat er niets is veranderd. De moord heeft je wraaklust niet bevredigd. Hij heeft je gemoed niet verlicht. Integendeel, hij heeft een afgrond gecreëerd waar je iedere dag dieper in wegzakt ... Wat je nu dus kwelt, is niet het mislukken van je vergrijp, of je slechte geweten; je lijdt vooral onder de vergeefsheid van je daad. Je bent kortom een slachtoffer van je eigen misdaad. Heb ik gelijk?'

'Ja, dat is het, ik ben een slachtoffer van mijn eigen misdaad. En het ergste is nog dat mijn misdaad niet alleen banaal en vergeefs is, maar dat hij niet eens bestaat. Niemand heeft het erover. Het lijk is op mysterieuze wijze verdwenen. Iedereen denkt dat nana Alia met haar sieraden en haar fortuin naar het platteland is vertrokken. Bent u in uw archieven al eens zo'n absurd geval tegengekomen?'

'O, jongeman, ik heb nog veel absurdere misdaden gezien dan de jouwe. En ik heb ook kunnen vaststellen dat het doden van een hoerenmadam het kwaad niet van de aardbodem doet verdwijnen. Zeker in deze tijd niet. Zoals je zelf al zei, doden is de meest onbeduidende daad die in dit land kan bestaan.'

'Dat is precies waarom ik mezelf wil aangeven. Ik wil mijn misdaad een betekenis geven.'

'Heb je dan al een betekenis aan je leven gegeven, voordat je er een aan je misdaad kan geven?'

'Dat dacht ik nu juist met deze moord te doen.'

'Net als al die mensen die uit naam van Allah doden om hun zonden te vergeten! Dat is surrogaat, jongeman, je reinste surrogaat! Begrijp je dat?'

'Ja', zegt hij terwijl hij instemmend knikt. Dan vraagt hij de griffier: 'Kent u Dostojevski?'

'Nee. Is dat een Rus?'

'Ja, een Russische schrijver, maar geen communist. Het doet er ook niet toe. Hij zei dat als God niet bestond ...'

'*Toba na'oezo billah*! Moge Allah je behoeden voor deze

184

dwaasheid! Verjaag die duivelse gedachte!'

'Ja, moge Allah mij vergeven! Die Rus zei dat – Toba na'oezo billah – als God niet bestond … de mens tot alles in staat zou zijn.' Na een beschouwende stilte zegt de griffier: 'Hij heeft geen ongelijk!' en hij fluistert in het oor van Rassoel: 'Maar hoe zou die beste Rus van jou dan verklaren dat hier tegenwoordig in jouw dierbare land, waar iedereen in Allah de Barmhartige gelooft, de grootste wreedheden geoorloofd zijn?'

'U bedoelt dat die mensen …' komt Farzan tussenbeide, die er geen touw meer aan vast kan knopen. 'Ga jij eens even wat water halen, knul!' zegt de griffier om van hem af te zijn. Dan vervolgt hij: 'Jij weet toch dat men zegt dat zonden bestaan omdat God bestaat.'

'Ja, maar tegenwoordig heb ik eerder de indruk dat het omgekeerd is. Moge Allah me vergeven! Als hij bestaat, is dat niet om zonden te voorkomen, maar om ze te rechtvaardigen.'

'Ja, helaas wel. We zoeken nog steeds onze toevlucht tot hem, of tot de geschiedenis, of het geweten, of ideologieën … om onze misdaden, ons verraad te rechtvaardigen … Er zijn er maar weinig zoals jij, die als ze een misdaad hebben begaan wroeging krijgen.'

'O nee! Ik heb helemaal geen wroeging.'

'Geen wroeging, goed. Maar je bent je ervan bewust. Kijk om je heen: wie doodt er niet? En hoeveel misdadigers zijn net als jij tot deze mate van bewustzijn gekomen? Geen enkele.'

'Het is nu juist het bewustzijn van mijn daad, mijn geweten, dat me schuldig maakt.'

'Waarom is er dan een proces, een vonnis nodig? Dat is idealiter voor degenen die hun misdaad, hun schuld, niet inzien. En wie kan er in deze tijd een oordeel over je vellen? Er is op dit moment niemand, geen rechter, geen officier van justitie. Iedereen is in oorlog. Iedereen loopt achter de macht aan. Niemand heeft tijd of aandacht om zich om jouw proces te bekommeren. Ze zijn zelfs bang voor rechtszaken. Het proces van de een kan uitdraaien op dat van de ander … Begrijp je me?' Rassoel weet niet hoe hij het heeft. De griffier vervolgt: 'Wat wil je? De gevangenis in? Je ziel is een gevangene van je lichaam, en je lichaam is een gevangene van deze stad.'

'Dus of ik nu hier ben of ergens anders, er verandert toch niets.'

'Nee.'

'Dan blijf ik hier.'

De griffier is ten einde raad. Hij pakt een dossier en gooit het op de grond. 'Maar hier is niemand. Ik kan niets voor je doen,' roept hij, 'er is geen huis van bewaring meer, geen politie … niets. Er is niets meer. Er is zelfs geen wet meer. Ze zijn het Wetboek van Strafrecht aan het veranderen. Alles zal op de *fiqh*, de sharia, worden gebaseerd.' Driftig kijkt hij Rassoel een tijdlang aan, in een afmattende stilte. En voordat hij het dossier voor de voeten van Rassoel opraapt, steekt hij zijn hand naar hem uit: 'Aangenaam kennis te hebben gemaakt, jongeman. En nu is het tijd voor mijn gebed. Tot ziens!' Hij legt het dossier weer op het bureau en trekt zich terug in de andere ruimte.

Rassoel is met stomheid geslagen, zonder woorden, zonder stem, nog stommer dan hij al was.

Waar ben ik?

In *Nakodja-abaad*, nergensstad!

Farzan is weer terug: 'Dus u blijft hier? Groot gelijk. Het is hier goed toeven. Het is een veilige schuilplaats ... Meneer de griffier woont hier met zijn hele familie. Het is hier niet zo benauwd. Zijn vrouw is ontzettend aardig. Ze is ook heel mooi en kan heel goed koken ...'

'Is dat de vrouw die hier daarstraks even vóór mij binnen-kwam? Een vrouw met een hemelsblauwe boerka?'

'O nee! Ze komt nooit buiten. Ze is bang voor de bom-men. Ze is bang om alleen te zijn. Ze is een beetje ...'

Dus het is niet die verduivelde vrouw. Maar waarom wil de griffier dan per se dat ik wegga?

'Broeder!' Een ernstige stem, gevolgd door stappen die hun weg zoeken, kapt Rassoel af in de uitwerking van zijn vermoedens. Farzan maakt zich uit de voeten naar het naast-gelegen vertrek en gebaart dat Rassoel hem moet volgen, maar die verzet geen stap. Er staan vier gewapende mannen voor hem.

'Is de griffier er niet?'

'Hij is aan het bidden', antwoordt Rassoel. 'En jij, wat doe jij hier?' vraagt een van de vier hem. 'Ik heet Rassoel, en ik ben hierheen gekomen om mezelf aan te geven.'

'Wat doe je?' vraagt dezelfde man weer. 'Werk je hier?' vervolgt de ander. 'Nee, ik ben hierheen gekomen om me-zelf aan te geven', brengt Rassoel verbouwereerd uit tegen de vier mannen, waarop deze elkaar wantrouwig aankijken. 'Ze nemen hier niemand aan!'

'Ik ben hier niet gekomen om te werken. Ik ben gekomen

om veroordeeld te worden.' Een van de mannen staart hem aan en strijkt over zijn baard: 'Je wilt veroordeeld worden? Waarom?'

'Ik heb iemand vermoord.'

Ze kijken elkaar opnieuw aan. Onzeker. Ze hebben niets meer te zeggen. Uiteindelijk zet een van hen een stap in de richting van Rassoel en zegt: 'Laten we dat maar eens met de *Kazi sahib* bespreken. Kom maar mee!'

Bij de uitgang van het gebouw voegt de griffier, gevolgd door Farzan, zich bij hen: 'Zoeken jullie mij?'

'Ja, de Kazi sahib wil weten of de lijst van de sjahieds al klaar is.'

'Nog niet!'

'Ga dan weer aan je werk en breng hem zo snel mogelijk!' Maar de griffier blijft als aan de grond genageld staan, hij snapt niet dat Rassoel zo stom kan zijn.

Bij een gebouw aangekomen dat half in puin is, gaan ze een imposante ruimte binnen met daarin een groot bureau waarachter de rechter een enorm stuk watermeloen zit te eten zonder hun een blik waardig te keuren. Hij heeft een wit mutsje op zijn grote, kaalgeschoren hoofd; de lange baard maakt zijn mollige gezicht langer. Ze wachten tot hij klaar is met eten. Nadat hij de schil op een dienblad heeft gelegd, haalt hij een grote zakdoek tevoorschijn om zijn mond, baard en handen af te vegen. Hij laat een boer, gebaart naar een oude man dat hij het dienblad kan meenemen, pakt dan zijn bidsnoer, kijkt Rassoel aan en vraagt aan de anderen: 'Wat is er aan de hand?'

'We komen je een moordenaar brengen.' De blik van de Kazi glijdt van Rassoel naar zijn mannen, een uitdrukkings- loze blik, waarin alleen een onuitgesproken *nou en?* te lezen staat. Hij vraagt: 'Waar hebben jullie hem gearresteerd?'

'We hebben hem niet gearresteerd. Hij heeft zichzelf aan- gegeven.' Dat verrast hem. De rechter staart Rassoel opnieuw aan. 'Wie heeft hij vermoord?' Geen antwoord. Een van de mannen fluistert Rassoel in het oor: 'Wie heb je vermoord?'

'Een vrouw.'

De zoveelste familiezaak. Niet interessant dus. Er zit een meloenpit tussen zijn tanden, de rechter probeert hem met de punt van zijn tong los te krijgen. Het lukt niet. Op on- verschillige toon vervolgt hij: 'Wat was de reden?' Weer een stilte. Opnieuw brengt de bewaker de vraag over aan Rassoel, die zijn schouders ophaalt om duidelijk te maken dat hij het niet weet. 'Was het zijn vrouw?'

'Was het je vrouw?'

'Nee', antwoordt Rassoel uiteindelijk, moe van al die in- directe vragen en minachtende blikken. De rechter laat een stilte vallen, niet om na te denken, maar om zich op die vervloekte meloenpit te concentreren. Een nieuwe poging, ditmaal met zijn wijsvinger. Het lukt weer niet. Hij geeft het op. 'Wie was het dan?'

'Een dame die nana Alia heette, in Dehafghanan', ant- woordt Rassoel voordat de bewaker de vraag herhaalt.

'Wou je haar beroven?'

'Nee.'

'Verkrachten?'

'Ook niet.'

Een nieuwe onderbreking van het verhoor, en een nieuwe

aanval van de Kazi op zijn meloenpit. Hij steekt duim en wijsvinger in zijn mond. Het gaat weer niet lukken, dat is wel duidelijk. Rassoel zou hem willen helpen. Zijn wijsvinger is dun en knokig, en hij heeft een dikke nagel. Hij beheerst de techniek perfect: je moet met het uiteinde van de nagel tegen de pit duwen en er tegelijkertijd aan zuigen.

'Waar zijn de getuigen?'

'Er zijn geen getuigen.'

Hij windt zich steeds meer op over die verdomde meloenpit en scheurt nerveus een hoekje van een vel papier uit een dossier. Hij vouwt het dubbel en steekt het tussen zijn tanden. Zinloos. Het papier wordt nat en zacht. Ontstemd gooit hij het op het bureau en zegt: 'Heeft er iemand een lucifer?' Rassoel reikt hem gauw een doosje lucifers aan. Hij pakt er eentje uit, krabt de zwavel ervan af, scherpt hem met zijn nagels en begint de verduivelde pit los te steken. Eindelijk heeft hij hem te pakken. Opgelucht bekijkt hij het irritante dingetje en beveelt de bewakers: 'Laat hem vrij! Ik heb geen tijd voor dit soort gevallen.'

'Kom mee!' Een van de bewakers pakt hem bij zijn arm. Maar hij blijft stokstijf voor het bureau van de Kazi staan. Hij zal geen stap verzetten, nee! Hij zal zich op de rechter storten, hem bij zijn arm pakken en schreeuwen: 'Kijk naar jezelf in mij! Ik ben een moordenaar, net als jij! Waarom heb jij er geen moeite mee?' Hij zet een stap naar voren, maar de ferme greep van de bewaker houdt hem tegen. 'Kazi sahib, u moet een uitspraak over mij doen', zegt hij dringend. De rechter wrijft over zijn voorhoofd, blijft een moment in gedachten verzonken zitten, en vervolgt dan, terwijl zijn woorden een voor een te horen zijn als de kralen van het bidsnoer tussen zijn vingers: 'Jouw geval is een zaak van *kisas*. Spoor de familie van de vrouw op en betaal de prijs voor het bloed. Dat is alles. En verlaat nu mijn kantoor.'

Is dat alles?

Ja, Rassoel, dat is alles. Je had het kunnen weten, de griffier had je gewaarschuwd.

'Ja, je had me gewaarschuwd', knikt Rassoel, zittend voor het bureau van de griffier, die in een dossier op zoek is naar de namen van de sjahieds die in communistische gevangenissen zijn geëxecuteerd. 'Maar ik dacht dat ik hem er wel van zou kunnen overtuigen mijn proces in behandeling te nemen ... en later die van anderen, van alle oorlogsmisdadigers.' De griffier heft zijn hoofd op en kijkt Rassoel ironisch aan: 'Waar denk je dat je bent?'

'Op dit moment nergens.'

'Welkom!' zegt de griffier en hij gaat door met zijn werk.

'En dát vermoeit me ook. Het onvermogen me uit te drukken, en de wereld te begrijpen.'

'Begrijp jij jezelf dan?'

'Nee. Ik voel me verloren.' Een lange stilte waarin hij naar een woestijnnacht afreist, ver weg, om vervolgens terug te keren en te zeggen: 'Ik heb de indruk dat ik mezelf ben kwijtgeraakt in de nacht van een woestijn waar maar één herkenningsteken is: een dode boom. Waar ik ook heen ga, ik zie mezelf altijd weer naar dezelfde plek terugkeren, aan de voet van die boom. Ik ben het beu steeds diezelfde eindeloze, heilloze weg af te leggen.'

'Jongeman, ik had een broer. Hij speelde toneel in het Nendaraytheater van Kaboel. Hij was altijd vrolijk, een levensgenieter. Van hem heb ik iets belangrijks geleerd: het leven op te vatten als een toneelvoorstelling. Hij zei dat je bij iedere voorstelling moest denken dat het de eerste keer was dat je die speelde. Op die manier gaf je een nieuwe betekenis aan je daden.'

'Maar ik ben moe van de rol die ik moet spelen. Ik wil een andere rol.'

'Van rol veranderen verandert niets aan je leven. Je blijft altijd op hetzelfde podium, in hetzelfde stuk, voor eenzelfde verhaal. Stel je voor dat het proces een toneelstuk is – dat is het trouwens ook, en wat voor een! Ik weet er alles van. Kortom, op dat podium moet je bij iedere voorstelling een ander personage spelen: eerst de beklaagde; dan de getuige; vervolgens de rechter ... In wezen is er geen verschil ... Je weet alles al. Je ...'

'Maar als je de rol van de rechter speelt, kun je de loop van het proces veranderen.'

'Nee, je moet je aan de regels van het spel houden, je zult dezelfde zinnen herhalen die een andere rechter vóór jou heeft herhaald ...'

'Dan moet het toneel, het podium, het verhaal veranderd worden ...'

'Dan word je ontslagen!' Hij verheft zijn stem: '*We zijn marionetten, de hemel is de poppenspeler/ Het is geen metafoor, maar de waarheid/ We spelen en spelen op het toneel van het leven/ En vallen dan een voor een in de doos van het niets.* Dat zijn niet mijn woorden, maar die van Omar Khayyam. Denk daar maar eens over na!' Voordat Rassoel hem opnieuw het toneel van de rechtspraak op stuurt, schuift de griffier hem het imposante dossier van de sjahieds toe: 'Zo, nu kun jij mij ook helpen. Lees die namen eens hardop voor!'

'Ik verafschuw sjahieds!' Daar heeft de griffier niet van terug. Hij kijkt Rassoel een tijdlang aan en trekt het dossier dan weer naar zich toe, maar Rassoel houdt hem tegen. Hij zegt: 'Goed, ik zal je toch helpen', en begint de namen op te lezen. Hij heeft er pas tien gelezen als de bewakers van de Kazi opnieuw opduiken. 'Kijk, hij is er nog steeds!' zegt een van de twee terwijl hij op Rassoel wijst. 'We hebben je overal gezocht. Meekomen!'

En hij wordt naar de Kazi gebracht, die vraagt of ze hen alleen willen laten. Hij zit nog steeds achter zijn bureau, zijn bidsnoer en zijn zakdoek liggen tussen de papieren. Hij vraagt hem recht op de man af: 'Ken jij Amer Salaam?'

'Amer Salaam? Ik geloof van wel.'

'Heb je hem weleens ontmoet?'

'Ja.'

'Waar?'

'Bij nana Alia, geloof ik.'

'Wanneer was dat?' vraagt de rechter, die zich over het bureau heen naar Rassoel buigt, klaar om het geheim te horen.

'De dag na de moord.'

'Wat had je daar te zoeken?'

'Mijn verloofde werkte bij nana Alia. Amer Salaam kwam …'

'Waar zijn de sieraden die je van haar hebt gestolen?'

De zaak begint al ergens op te lijken. Eindelijk begint het ze te interesseren.

Jazeker, maar de rechter is vooral geïnteresseerd in de sieraden, en niet in de moord, je geweten, je schuld of je proces …

Wat maakt het uit, als ik de deur van de rechtspraak kan

forceren met die sieraden? Overigens, als Amer Salaam met deze zaak in verband wordt gebracht is dat een spoor om de vrouw met de hemelsblauwe boerka terug te vinden.

'Ben je soms doof?' De heftigheid van de rechter rukt Rassoel wreed uit zijn overpeinzingen. 'Ik heb het u al eerder gezegd. Ik heb niets gestolen. Ik heb haar alleen gedood.'

'Je liegt! Amer Salaam had een aantal sieraden bij haar in onderpand gegeven. Die moet je hem teruggeven. Anders zal hij ze met geweld van je afnemen! Je kent hem slecht.'

'Ik zeg u dat ik niets heb gestolen.'

De Kazi pakt de muts van zijn hoofd en veegt met zijn zakdoek de zweetdruppels af die op zijn kale hoofd parelen. 'Kom, geef het maar toe! Ik ga hier mijn tijd niet mee verdoen.'

'Maar Kazi sahib, ik zweer u dat ik ze niet had kunnen stelen.'

'Waar zijn die sieraden dan?'

'Dat is een mysterie ...'

'Je denkt toch niet dat ik gek ben? Geef die sieraden terug, en ga naar huis!'

'U moet naar mij luisteren. Ik ben hier niet voor niets heen gekomen om mezelf aan te geven ...'

'Inderdaad, waarom heb je jezelf eigenlijk aangegeven?' vraagt de rechter, die eindelijk oog krijgt voor de absurditeit van deze raadselachtige bekentenis. 'Waar kom je vandaan?'

'Dat is een lang verhaal.'

'Jouw verhaal kan me gestolen worden. Vertel eens, bij welke factie hoor je?'

'Bij geen enkele.'

'Bij geen enkele?' zegt de Kazi verbaasd. Een dergelijke

positie heeft op deze verscheurde grond voor iemand als hij natuurlijk geen betekenis.

'Ben je moslim?'

'Ik ben als moslim geboren.'

'Wat doet je vader?'

'Hij was militair. Hij is omgekomen.'

'Hij was een communist.' Daar gaan we weer. Altijd weer dezelfde vragen, dezelfde verdenkingen, dezelfde oordelen. Ik kan er niet meer tegen!

Je wilde hem toch je verhaal vertellen, je levensverhaal? Speel het spel dan mee. Ga tot het uiterste. 'Je vader was een communist. Toch?' Is dat een vraag of een oordeel? 'Toch?'

'Pardon?'

'Je vader, was dat een communist?'

'O, dat was een vraag.'

De rechter windt zich op: 'Jij bent ook een communist geweest!'

'Kazi sahib, ik ben hier gekomen om een moord te bekennen: ik heb een vrouw vermoord. Dat is mijn enige misdaad.'

'Nee. Er klopt iets niet in deze kwestie. Je moet meer op je kerfstok hebben …'

'Kazi sahib, is er een ergere misdaad dan een mens vermoorden?' Bij het horen van die vraag valt de zakdoek uit de hand van de rechter. 'Ik stel hier de vragen! Wat deed je in de tijd van de communisten?'

'Toen werkte ik in de universiteitsbibliotheek.'

'Je hebt je dienstplicht dus onder het Sovjetbewind vervuld', zegt hij terwijl hij zijn bidsnoer van het bureau oppakt. 'Vertel eens, hoeveel moslims heb je gedood?' Gelukkig weet hij niet dat je in de Sovjet-Unie zat, anders zou dat het einde van alles betekenen.

'Ik ben niet in dienst geweest.'

'Dan zat je dus bij de Communistische Jeugdbeweging.'

'Nee, nooit!'

'Je was geen communist, je bent niet in dienst geweest, en je leeft nog steeds.' Rassoel zegt niets. Alleen het geluid van de kralen van het bidsnoer tussen de vingers van de Kazi is te horen. Plotseling valt hij opnieuw uit: 'Je liegt! Goddeloze communist!' De kralen van het bidsnoer liggen stil tussen zijn vingers, kokend van woede roept hij naar de bewakers: 'Verwijder dit varken! Sluit hem op in een aparte cel! Maak morgen zijn gezicht zwart voordat hij in het openbaar wordt gestraft: hak zijn rechterhand af voor de diefstal en hang hem daarna op! Sla zijn verrotte lijk met de zweep zodat het een les is voor de anderen: dat is de straf voor overlevenden van het oude regime die kwaad en corruptie zaaien!'

De twee gewapende mannen storten zich op Rassoel en overmeesteren hem. Hij is als door de bliksem getroffen.

Zijn adem stokt.

Zijn hart slaat een slag over.

De ruimte stort in.

De kralen van het bidsnoer glijden weer een voor een door de vingers van de man.

Plotseling klinken er woedende kreten in de zaal.

Het gekletter van ijzeren kettingen is niet om aan te horen.

Waar komt dat geluid van ijzeren kettingen vandaan?

Van je voeten en handen.

Hij probeert te bewegen. Ze zijn zwaar, zijn voeten en handen. Zwaar zijn ook zijn oogleden als hij ze opslaat.

Alles is donker. Hij ligt op een slaapmatje in een uiterst krappe ruimte. Langzamerhand ziet hij een stukje van de zachtpaarse hemel in de verte, door een klein raampje met tralies. Hij richt zich op. Het geluid van de kettingen galmt in het kamertje en achter de deur, in de verlaten gang. Rassoel gaat naar de deur en probeert hem met zijn geketende handen open te maken. De deur heeft geen klink, hij duwt ertegen, hij gaat niet open. Hij klopt. Hij roept. Geen antwoord. Alleen maar ketenen in de stilte van de nacht. Hij stopt, ontdaan. Is dit het einde?

Hier?

Hij hurkt neer. Voelt aan de ketting om zijn enkels.

Ik heb nog maar net mijn stem terug.

En ik ben al veroordeeld.

En ik ben al stervende.

Sterven zonder een woord, een laatste woord?

Hij stopt zijn hoofd tussen zijn knieën.

Hij huilt niet.

Plotseling hoort hij het doffe geluid van een deur die opengaat, stappen die zich moeizaam voortslepen door de gang.
Hij springt op en drukt zijn oor tegen de deur. De stappen
komen dichterbij en houden stil. Er klinkt gerinkel van een
sleutelbos en de celdeur gaat open. Het felle licht van een
zaklantaarn zoekt het halfdonker af en schijnt recht in Rassoels ogen. Een jongeman met een baard richt zijn wapen op
hem en gebaart naar iemand die in de gang is blijven wachten dat hij dichterbij mag komen. Het hoofd van de griffier verschijnt. Hij heeft een klein dienblad in de ene hand
en een zwakke lantaarn in de andere. Rassoel werpt zich op
hem. 'Staan blijven!' brult de bewaker. De griffier draait zich
om naar de man: 'In naam van Allah, schreeuw niet zo hard!'
en komt de cel in om Rassoel het dienblad te geven. 'We zeiden dat je bij ons moest blijven en wat moest eten, maar dat
wilde je niet. Je leek nogal haast te hebben om hierheen te
gaan … Ben je nu blij?'

'Nee.'

'Maar dit wilde je toch, of niet?'

'Ja, maar niet op deze manier.'

'Hoe dan wel? Dacht je soms dat ze je naar hotel Intercon-
tinental zouden brengen, in een met bloemen versierde auto
en onder begeleiding van een orkestje?!'

'Ik heb het niet over de ontvangst, maar over het vonnis.
Dit vonnis zonder proces. Ik wil niet weg uit deze wereld
zonder iets te zeggen, zonder een laatste woord.'

'Wie denk je dat je bent? De Profeet? Is het omdat je

naam Heilige Boodschapper betekent?' Hij zet de lamp op de grond.

'Ga zitten en eet wat!'

'Waar is commandant Parwaaz?'

'Wie is dat?'

'Dat is degene die verantwoordelijk is voor de veiligheid van de stad, hij werkt op het ministerie van Informatie en Cultuur.'

'Ja, en?'

'Ik wil hem spreken.'

'Het is al donker. Er is vanavond een avondklok afgekondigd. Buiten wordt gevochten. Zelfs een vlieg zou zich niet op straat durven wagen. Ik blijf een tijdje bij je.' En tegen de bewaker zegt hij: 'We willen een paar minuten alleen zijn. Zou je zijn kettingen even los willen maken? Ik zweer dat hij niet zal ontsnappen. Maak je maar geen zorgen. Hij is uit eigen beweging gekomen.'

'Dan kan hij ook uit eigen beweging weggaan!'

'Ik sta voor hem in. Je kent me. Hij is ook een moslim. Hij heeft een fout gemaakt, laat hem zijn hart luchten.'

De bewaker denkt even na, zwicht dan en hengelt naar een sigaret. Rassoel reikt hem zijn pakje aan. 'Krijg nou wat, hij heeft Marlboro's!' Hij pakt er twee uit, geeft het pakje weer terug en maakt zich uit de voeten. De griffier gaat zitten. 'Kom, eet wat', zegt hij terwijl hij Rassoel het dienblad toeschuift. Maar hij heeft geen honger en geen zin om te eten.

'Eet wat! Dan krijg je vanzelf trek. Je moet wat binnenkrijgen, dat is goed voor de doorbloeding van je hersenen, dan begrijp je misschien wat er tegen je wordt gezegd. Waarom spot je met die mensen?'

'Ik spot niet met ze. Ik wil veroordeeld worden omdat ik een moordenaar ben, en niet omdat ik de zoon van een communist ben.'

'Dan ben je ofwel naïef, of je hebt nooit in dit land geleefd, of je weet niets van de islam en van de fiqh. Je weet dat iemand doden volgens de sharia een strafbaar feit is waar kisas op van toepassing is: oog om oog, tand om tand. Zo gaat dat. Het is een vonnis dat uit het recht van de mensen voortkomt. De familie van het slachtoffer bepaalt alles. Maar als communist ben jij een *fitna*, een afvallige. Dus word je veroordeeld volgens de wet van de *Al-hodoed*, gelijke straf, een strafmaatregel die is ingesteld door het recht van Allah. Begrijp je dat? Ik hoop dat het geen abracadabra voor je is.'

'Ik begrijp je heel goed. Maar ten eerste was mijn váder een communist, niet ik! En ...'

'Nee, je begrijpt er niets van! Sinds wanneer wordt iemand in dit land als individu veroordeeld? Dat is nog nooit gebeurd! Jij bent niet wat je zelf bent. Jij bent wat je ouders en je stam zijn. Dat is misschien iets te ingewikkeld voor jou. Toe, eet toch wat!'

'Zelfs jij neemt me niet serieus.'

'Jawel, ik neem je zeker serieus, maar ik begrijp je niet, omdat je zelf ook niet weet wat er aan je knaagt. Is het je schuldgevoel? Of de absurditeit van je misdaad?'

'Het een noch het ander. Ik vind het leven moeilijk.'

'Je moet niet alles door elkaar halen. Het komt doordat je moeite hebt met je misdaad en je schuldgevoel ...'

'Ik heb moeite met mijn misdaad omdat niemand zich erover verbaast. En omdat niemand hem begrijpt. Ik ben uitgeblust. Uitgeblust en verloren ...'

Uitgeblust en verloren, met de drie woorden die zich in zijn geest hebben vastgezet: *Wat te doen*.

Het is donker, en de griffier kan deze woorden niet in de ogen van Rassoel zien, zoals híj ze ooit in de blik van de ezel zag.

Hij moet hem het verhaal van Najestan vertellen. Dan zal de oude man hem misschien begrijpen.

En hij vertelt het verhaal.

Ditmaal blijft hij lang stilstaan bij twee specifieke momenten. Ten eerste bij de vreemde gewaarwording die hem aan het einde van de dag in het riet had overvallen, toen hij uit een dutje waarin hij nogal vast had geslapen, was ontwaakt: 'Ik werd overvallen door een gevoel van beklemming – eerst vaag, vervolgens tastbaarder. Tegelijk voelde ik vreemd genoeg een eigenaardige onthechting. Een onthechting die niet uit mezelf kwam. Het was daar in de lucht, in het riet, in de wind, buiten mij … Alles maakte zich los van mijn lichaam, mijn geest, in één woord: van mijn djaan. Alles verwijderde zich van mij. Waar kwam dat gevoel vandaan? Uit de lege hemel? Uit de wind in het riet? Uit het vergeefse wachten van mijn vader? … Ik begrijp het nog steeds niet.'

Vervolgens beschrijft hij met veel precisie de blik in de ogen van de ezel. Ditmaal leest hij iets anders in die blik: 'Hij drukte niet alleen zijn verbazing uit, *Wat te doen*, maar ook afmatting, hij smeekte: maak er een eind aan! Dat was waar de ezel om vroeg. Hij begreep niet wat hem was overkomen. Hij voelde zich gedoemd dezelfde weg eindeloos lang steeds opnieuw af te leggen. Dus wilde hij dat er een einde aan werd gemaakt. En omdat hij dat zelf niet kon, vroeg hij of wij het voor hem wilden doen. Door zo zijn executie in onze handen te leggen, zette hij ons aan het denken over onze eigen situatie, ons eigen lot.'

De griffier geeft Rassoel een stuk brood en neemt zelf ook wat. Terwijl hij het brood in de ragout doopt, zegt hij: 'Dat is een mooi verhaal. Het doet me denken aan een verhaal van Mollah Nasroddin. Op een dag komt hij helemaal vrolijk en gelukkig thuis. Zijn vrouw informeert naar de reden voor zijn goede humeur. Mollah zegt: "Ik ben mijn ezel kwijtgeraakt." Waarop zijn vrouw hem toebijt: "En daar word je blij van?" Hij zegt: "Jazeker! Ik ben blij dat ik niet op de ezel zat toen ik hem kwijtraakte, want anders zou ik zelf ook kwijt zijn …!" Ik weet dat dit niet het goede moment is om grapjes te maken. Maar jouw verhaal deed me hieraan denken. Jullie zijn jezelf kwijtgeraakt omdat de ezel zichzelf kwijt was. En nu wil je ter dood veroordeeld worden omdat je dat van die ezel hebt geleerd! Het is goed, heel goed, om alles te leren van iedereen; zelfs de wil om te sterven, zelfs van een dier.' Hij staat op. 'Morgen zal ik in alle vroegte die commandant van je gaan zoeken, onder het ochtendgebed. Ga nu wat eten en slapen.' Hij pakt de lantaarn en vertrekt, terwijl hij in de stille gang declameert: *'Zij die zich bij het kringetje van de elite en de moraal hebben gevoegd/ En die, te midden van de meesters, de kaars zijn geworden/ Ze hebben niet tot het einde van de nacht weten te reizen/ Ze hebben een verhaal verteld en zijn daarna in slaap gevallen.'* Hij verdwijnt in het diepe zwart van de nacht.

Rassoel gaat terug naar zijn plek. De geur van het eten vult zijn cel. Misselijkmakend. Hij gaat weer naar buiten en neemt het dienblad mee. Achter in de gang wordt de duisternis doorbroken door een zwak lichtschijnsel dat Rassoel naar een deur leidt die op een kier staat. Daar treft hij de jonge bewaker aan, die een joint zit te roken. Hij reikt hem het dienblad aan, de ander bedankt hem en biedt hem de joint aan. 'Ik ben hier nu acht maanden. Jij bent mijn eerste en enige gevangene. Had je niets beters te doen dan jezelf aangeven en ons lastig te vallen …?! Wat heb je eigenlijk gedaan?' vraagt hij terwijl hij op een groot stuk brood kauwt.

'Ik heb iemand vermoord.'

'Heb je je vader vermoord?'

'Nee.'

'Je moeder?'

'Nee.'

'Je broer?'

'Nee.'

'Je zus?'

'Nee. Niemand uit mijn familie. Ik heb een oude vrouw vermoord.'

'Uit wraak?'

'Dat weet ik niet.'

Dan stoppen ze met praten en staren slaperig naar de rookkringels die van de vleugels van een nachtvlinder opstijgen die de vlam van de lantaarn met een bezoekje was komen vereren.

Een lichtstraal valt door het raampje en verlicht een deel van de muur vol vochtvlekken, die door de tijd is aangetast en is bedekt met teksten en tekeningen van gevangenen. Iemand, een filosoof, heeft erop geklad: *Alles gaat ooit voorbij*, iemand anders, waarschijnlijk een verliefde gevangene, schreef: *Liefde is geen zonde*, en weer een andere, een dichter:

Ik ben verdoofd
en door dromen bewoond.
De hele wereld gedompeld in een diepe slaap.
Ik, onmachtig ze na te vertellen; zij, niet in staat ze te
horen.

Rassoel kent ze wel. Hij heeft ze al gehoord en gelezen. Maar de laatste intrigeert hem het meest. Van wie is die tekst? Wie heeft hem geschreven? Wanneer? Voor wie?

Voor mij.

Hij loopt naar de muur toe en strijkt met zijn vingers over het geschrevene. Maar bij het geluid van stappen in de gang houdt hij zijn vingers stil op de letters. Iemand doet de deur open, een paar gewapende mannen komen de cel binnen, hun gezichten zijn haast onzichtbaar in de schaduw. Rassoel duikt ineen, maar veert weer op als hij een bekende stem hoort: 'Hoe gaat het met onze watandaar?' Het is Parwaaz, samen met twee mannen en de griffier. Rassoel springt op. 'Salaam!' Parwaaz is verrast zijn stem te horen: 'Hé, heb je je stem weer terug?'

'Ja, sinds twee dagen.'

'Dan kun je me eindelijk alles eens vertellen. Ik wil alles uit je eigen mond horen.'

'Ik heb mezelf aangegeven.'

'Dat heeft de griffier me verteld', zegt Parwaaz. Rassoel vervolgt zijn verslag: 'De nacht waarin ze me naar u brachten, had ik net een moord gepleegd.'

De commandant loopt de cel uit en gebaart naar Rassoel dat hij hem moet volgen. 'Dingen gebeuren nooit zomaar! Waarom heb je iemand vermoord?'

'Waarom? Ik weet het niet.'

Parwaaz blijft staan en kijkt hem strak aan: 'Dat geldt voor ons allemaal!'

'Misschien. Maar …' Hij stopt met praten. De griffier grijpt de gelegenheid aan om zich erin te mengen: 'Commandant sahib, hij heeft haar gedood om zijn verloofde te redden.'

'Wat had ze je verloofde aangedaan?' vraagt Parwaaz aan Rassoel, die niet makkelijk over dit onderwerp praat. Hij schaamt zich. Hij laat een veelbetekenende stilte vallen.

'Wilde ze haar als …?'

'Ja.'

'Dan heb je er dus goed aan gedaan', zegt Parwaaz met zo veel overtuiging dat Rassoel perplex staat en de griffier, achter hem, moet lachen. Rassoel zegt niets meer en denkt bij zichzelf: ik heb er goed aan gedaan? Hij neemt me ook al niet serieus, het hoofd van de veiligheid, een moedjahedienstrijder, een man van gerechtigheid. Dan zegt hij: 'Hoezo heb ik

daar goed aan gedaan? Het was moord, moord met voorbe-
dachten rade …' En als Parwaaz vervolgens niets terugzegt,
doet hij er weer het zwijgen toe.

Ze gaan de bouwval binnen waar het kantoor van het
Rechterlijk Archief zich bevindt. De griffier laat hen achter
op de drempel van een groot vertrek en knikt naar Rassoel,
niet bij wijze van afscheid, maar om te zeggen: wat een idioot!

Parwaaz laat zich op een oude, doorgezakte fauteuil neer-
vallen en nodigt Rassoel uit tegenover hem plaats te nemen.
Alsof hij helemaal niet was gestopt met praten, vervolgt hij:
'In jouw plaats had ik hetzelfde gedaan.'

'Maar wat heeft het voor zin, ik heb niets kunnen veranderen, niet aan mijn leven en ook niet aan dat van mijn verloofde. Niemand is er beter van geworden. Het heeft meer
slechts dan goeds opgeleverd.'

'Om iets goeds te kunnen doen, moet je eerst lijden …'

'Het is nog veel erger. Mijn leven is een hel geworden. Ik
ben mijn verloofde en het geld kwijtgeraakt … Een zinloze
misdaad … Zelfs het lijk is verdwenen. Iedereen denkt dat
nana Alia gewoon weg is gegaan. Zeg nou zelf, is er een be-
lachelijker misdaad denkbaar?'

'Vertel me eerst eens waarom je je misdaad niet tot het
uiterste hebt doorgedreven?'

'Dat vraag ik me ook af. Misschien omdat ik het niet
kon …'

'Of omdat je het niet wilde. Want jij bent geen schurk. Jij
bent een rechtvaardig mens.'

'Het was ook de fout van Dostojevski.'

'De fout van Dostojevski? Wat heeft die geweldige auteur

van je dan nog meer gedaan?'

'Hij heeft me verboden mijn daad af te maken.'

'Hoezo?'

'Ik had de bijl nog maar net opgeheven om hem op het hoofd van de oude dame te laten neerkomen, of het verhaal van *Misdaad en straf* schoot door me heen. Het trof me als een bliksemflits. Ja, hij is het, Dostojevski! Hij heeft me verboden het lot van Raskolnikov na te volgen, aan wroeging ten prooi te vallen, weg te zinken in de afgrond van de schuld en in de gevangenis te eindigen ...'

'En waar ben je nu dan?!'

Rassoel buigt het hoofd en mompelt: 'Ik weet het niet ... Nergens.'

'Rassoel djaan, jij leest te veel. Op zich is dat goed. Maar besef wel: jouw lot staat maar in één boek beschreven, het *Louh-e-mahfoez*, het geheime boek, geschreven door ...' hij wijst met zijn wijsvinger naar het plafond, waar een paar vliegen rondcirkelen. 'Andere boeken kunnen niets aan de wereld of aan iemands leven veranderen. Kijk. Heeft Dostojevski iets aan zijn land kunnen veranderen? Heeft hij een zekere Stalin kunnen beïnvloeden?'

'Nee. Maar als hij dat boek niet had geschreven had hij misschien een misdaad gepleegd. En hij heeft mij een geweten gegeven, het vermogen mezelf te beoordelen, en Stalin te veroordelen. Dat is al heel wat. Of niet?'

'Ja, dat is al heel wat', zegt Parwaaz, die vervolgens een tijdje zwijgt. Dan zegt hij: 'Daarom complimenteer ik je met je oordeelsvermogen en je daad!' Hij glimlacht, 'je hebt een schadelijk element uit de maatschappij weten te elimineren. De dood van die vrouw moet voor veel mensen een opluchting zijn. Dat is overigens meteen de verklaring voor de verdwijning van haar lijk. Misschien heeft haar eigen familie dat wel gedaan. En als jij haar niet had vermoord, had iemand anders het wel gedaan, dan had Allah het gedaan; dan was er wel een bom op haar hoofd neergekomen ... wie weet! Je moet dus toegeven dat je voor meerdere mensen iets goeds hebt gedaan ...'

'En ik?'

'Wat is er met jou?'

'Wat heb ik eraan?'

'Je moet erkennen dat je iets belangrijks hebt gedaan: het recht doen wedervaren.'

'Het recht! Maar welk recht? Wie ben ik om over leven en dood van iemand anders te beslissen? Doden is een misdaad, de meest verfoeilijke die de mens kan plegen.'

'Watandaar, moord is een misdaad als het slachtoffer onschuldig is. Die vrouw moest gestraft worden. Ze had jouw familie, jouw *namoes* schade berokkend. Ze had je onteerd. Wat jij hebt gedaan, is niets anders dan wraak nemen. Niemand heeft het recht je als een moordenaar te bestempelen. Dat is alles.'

'Commandant, mijn probleem is niet hoe anderen me bestempelen; mijn probleem ben ikzelf. Het is het lijden dat aan me vreet, het is als een wond, een open wond die maar niet geneest.'

'In dat geval zijn er maar twee oplossingen: ofwel je amputeert het gewonde lichaamsdeel of je went aan de pijn.' Hij zet zijn pakol af, draait zijn hoofd en wijst op een plek achter op zijn schedel: 'Zie je dit?'

Rassoel buigt voorover en kijkt.

'Voel eens.'

Rassoel brengt zijn hand er ietwat bevreesd naartoe; zijn vinger raakt de schedel van Parwaaz voorzichtig aan. 'Voel je iets?' Rassoel aarzelt voordat hij antwoord geeft en trekt dan abrupt zijn hand terug.

'Weet je wat dat is? Dat is een granaatscherf.' Parwaaz zet zijn pakol weer op. 'Die heb ik al jaren in mijn hoofd zitten. Het was in de tijd van de jihad. Ik was naar huis gegaan om mijn vrouw en mijn zoon te zien. De Russen hadden gehoord dat we in het dorp waren en hebben het toen gebombardeerd. Ons huis werd geraakt. Een grote scherf heeft mijn familie in één klap tot martelaars gemaakt, en er is een klein stukje in mijn schedel blijven zitten. Ik heb het nooit willen laten weghalen. Ik wilde het altijd met me meedragen; door de pijn zou ik de dood van mijn naasten nooit vergeten. Die granaat heeft me de kracht en het vertrouwen in de jihad teruggegeven. Een Franse dokter zei dat ik het moest laten verwijderen, anders zou ik geen tien jaar meer leven. Maar ik wil sowieso geen tien jaar meer leven.' Een bulderende lach om zijn bittere uitspraak wat op te fleuren. 'Jij hebt ook een granaat, een innerlijke granaat, een innerlijke wond, een wond die je kracht heeft gegeven.'

'Kracht waarvoor?'

'De kracht om te leven, en om het recht te doen wedervaren.'

Een jongeman komt ontbijt brengen. De commandant vraagt of hij iets over Jano heeft gehoord. 'Nee. Ze hebben hem nog niet gevonden ...'

'Hoezo? Hij is niet in de natuur verdwenen! Ze moeten overal zoeken!'

'Ik heb hem vier of vijf dagen geleden nog gezien', zegt Rassoel.

'Waar dan?'

'Hij nodigde me uit om samen thee te drinken in de tsjaichana van Soefi. Daar heeft hij een paar moedjahedienstrijders ontmoet met wie jullie tijdens de jihad een operatie tegen een militaire basis van de Sovjets hebben geleid.'

'Weet je nog hoe ze heetten?'

'Het waren de mannen van commandant ... Noroez, geloof ik.' Parwaaz wordt steeds ongeruster. Bezorgd draagt hij de jongeman op naar de tsjaichana van Soefi te gaan en inlichtingen in te winnen. Na even denken vervolgt hij: 'Neem nou het geval van Jano. Dat is mijn geadopteerde zoon. De Russen hebben zijn dorp verwoest en zijn familie uitgemoord. Maar hij heeft de levenskracht van een leeuw. En dat komt juist door zijn neiging tot wraak.' Hij gunt Rassoel de tijd om over zijn woorden na te denken.

'Jullie wonden zijn verwondingen die door anderen zijn veroorzaakt. Maar mijn wond heb ik mezelf aangedaan. In plaats van mijn kracht te vergroten, verstikt hij me, hij brengt me nergens. Soms denk ik dat ik die oude vrouw alleen heb willen vermoorden om erachter te komen of ik in staat was te doden, zoals de anderen ...' Hij buigt zijn hoofd. Terwijl Parwaaz hem thee serveert, vervolgt hij alsof hij het tegen zichzelf heeft: 'Ik heb gezien dat ik er niet geschikt voor ben. Een paar dagen geleden wilde ik iemand anders doden, en het is me niet gelukt ...'

'Misschien omdat dat een onschuldig iemand was?'

'Onschuldig? Ik weet het niet. Maar hij had mijn verloofde beledigd, hij had haar uit het mausoleum van Sjah-do-Sjamsjiraj-Wali weggestuurd.'

'Was dat alles?' Hij zet een kop thee voor Rassoel neer. 'Je kunt iemand niet zonder reden doden.'

'Misschien wilde ik hem doden omdat die andere misdaad was mislukt.'

'Maar dan zou dit opnieuw een mislukte moord zijn, want je zou hem zonder reden hebben gepleegd.'

'Ik denk dat het altijd zo gaat. Je stelt een daad in de hoop de vorige, die je als mislukt beschouwt, te vergeten ... Zo blijven misdaden voortbestaan, in een helse spiraal. Daarom heb ik mezelf aangegeven, zodat een rechtszaak een eind aan dat alles kan maken.'

'Watandaar, jij weet heel goed dat een rechtszaak alleen zin heeft als er een wet bestaat, een wet die ervoor zorgt dat de rechten worden gerespecteerd. Hoe staat het tegenwoordig met de wetten en de macht?'

'Ben jij ook op wraak uit?'

'Misschien.'

'"Oog om oog, en de wereld zal blind eindigen", zei Gandhi.'

'Hij had gelijk. Maar wat we ook doen, wraak zit in ons verankerd. Alles is wraak, ook een rechtszaak.'

'Dan zal de oorlog nooit ten einde komen.'

'Jawel. De dag waarop een kamp zal besluiten in te stemmen met een offer en niet meer om wraak te vragen. Daarom is het zo belangrijk te rouwen, over je daden, over je misdaad, over je wraak. Tot aan de rouw om het offer. Maar wie is daartoe in staat? Niemand. Ook ik niet.'

Parwaaz is zich bewust van alles. Hij is tot alles in staat. Laat hem niet meer los. Aan jou om hem op zijn duvel te geven, hem weer bij zijn missie te brengen. Het ontbreekt hem alleen aan een offer en een handlanger. Dat is jouw rol. 'Ik wil dat justitie mij een proces geeft. Ik wil geofferd worden.' Opnieuw een stilte. Het is de blik van Parwaaz die hem tot zwijgen brengt. Een bewonderende en vragende blik. Rassoel vervolgt: 'Met dit proces kan ik een einde maken aan mijn lijden … Het zal me de gelegenheid bieden mijn ziel bloot te geven tegenover al diegenen die, net als ik, moorden hebben gepleegd …'

'Hou alsjeblieft op jezelf als Dostojevski's personage te zien. Zijn daad heeft een betekenis in de maatschappij waarin hij leeft, in zijn religie.'

'U weet dat het Westen het licht heeft gezien door de ontdekking van het verantwoordelijkheidsgevoel, dat een voortvloeisel is van het schuldgevoel.'

'Masjallah!' Parwaaz windt zich zo op dat hij zijn thee omstoot. 'God zij geloofd dat hij de mens schuldgevoel heeft gegeven, wat had er anders van de wereld moeten worden!' En hij barst in een sarcastisch gelach uit. 'Jij wilt je écht voor je fantasieën opofferen.'

'Ik offer liever mezelf voor mijn fantasieën op dan iemand anders. Ik wil dat met mijn dood …'

Zijn betoog wordt onderbroken door schoten, niet ver van het Welajat. Parwaaz richt zich op zijn thee in afwachting van wat komen gaat.

'Ik wil dat mijn dood een offer is …'

'Het land heeft al genoeg doden, sjahieds …'

'O, nee! Ik wil geen sjahied zijn …'

Stop hier, Rassoel! Je bent al te ver gegaan.

Ik heb hem nog meer te vertellen.

Dingen die al duizend keer zijn gezegd!

Ja, maar nog niet tegen hem. Hij kan me begrijpen. Hij weet dat er voor het bestaan van Allah geen getuigen, geen martelaren, nodig zijn.

Als hij het weet, hoef je het er ook niet over te hebben. Maak je preek af: 'Ik wil dat mijn proces, mijn vonnis getuigt van deze tijd van onrechtvaardigheid, leugens, hypocrisie ...'

'Watandaar, in dat geval zou de hele natie voor de rechter moeten verschijnen.'

'Nou, waarom niet? Mijn proces zal in dienst staan van dat van alle oorlogsmisdadigers: communisten, krijgsheren, huursoldaten ...'

Er valt een lange stilte. Parwaaz drinkt niet meer van zijn thee. Hij is met zijn gedachten elders, daar waar zijn blik op gericht is. Ver weg. Heel ver weg. Verder dan het daglicht dat zichzelf in het raam heeft uitgenodigd. Dan staat hij plotseling op. 'Watandaar, pak je leven weer op, ga terug naar je familie. Ga ergens anders heen! Hier heeft de oorlog, net als alle oorlogen, zijn eigen wetten en regels.' Rassoel staat ook op. 'Maar jij kunt die regels veranderen.' Parwaaz kijkt hem een tijdlang aan en reikt hem de hand. 'Ik zal het je laten weten als het zover is. *Ba-aman-Choda*. Ga naar huis!'

Hij durft zijn kamer niet binnen te gaan, waar kreetjes en gelach uit opklinken. Hij durft het plezier dat in zijn woning heerst niet te verstoren. Stil opent hij de deur een stukje. De dochtertjes van Yarmohamad zijn samen met twee andere kinderen huisjes aan het bouwen van zijn boeken. Hun poppen dolen in hun onschuldige handen van de ene naar de andere etage: '*Chala*, chala, geef me eens vuur!'

'Ik heb geen vuur, ga maar naar boven!'

'Chala, chala, geef me eens vuur!'

'Ik heb geen vuur, ga maar naar boven!'

'Chala, chala …'

De uitgelatenheid is verkwikkend voor Rassoel. Hij blijft op de drempel staan om deze wereld waar niemand vuur heeft niet te verstoren. Hij laat de kinderen hun dromen uitleven. Hij loopt de trap weer af. Geen spoor van Yarmohamad of Rona. Hij belandt weer op straat, waar geen levende ziel te bekennen is. De vrijpostige zon dringt zijn huid binnen, verhit zijn bloed en wekt vreemde gewaarwordingen op, vreemde gevoelens van innerlijke droefenis.

Ieder lichaam is een loodzware ruïne.

Ieder lichaam heeft ether nodig.

Er is hennep nodig, wederom en altijd.

In de sakichana is niemand, behalve Mostapha, die ineen-gedoken in een hoek zit, naast een gedoofde waterpijp. 'Sa-laam!' roept Rassoel hem toe. De dommelende jongen richt zich een beetje op, beweegt zijn hoofd even bij wijze van ant-woord, en vraagt, als eerbetoon aan zijn vriend Jalal: 'Is de oorlog begonnen?' 'Nee', zegt Rassoel. De ander nodigt hem uit bij hem te komen zitten.

'Heb jij wat hasj?'

'Als ik dat had, zou ik hier niet zijn.'

Mostapha staat met veel moeite op en loopt naar de an-dere kant van het theehuis. 'Iedereen is weg', zegt hij, 'sinds de dood van kaka Sarwar ...'

'Is hij dood?'

'Ja, vermoord. Op een dag ging hij zwaar beneveld naar de moskee, beklom het preekgestoelte en reciteerde vers 18 uit de Koran door de microfoon. Je weet wel, het vers dat hij altijd zo graag aanhaalde. Het verhaal over de Jadjoedj en Madjoedj.' Hij trekt een steen uit de muur. 'Wij waren hier. We konden het horen. We hebben de schoten gehoord.' Hij steekt zijn hand in het gat en woelt erin; dan trekt hij hem met een onderdrukte kreet terug. Hij heeft een schorpioen bij zijn staart vast, die hij in de pijp stopt. 'Dit is het enige wat we nog kunnen roken', zegt hij met een treurige grijns. Hij strijkt een lucifer af en steekt het dier aan. Met gesloten ogen ademt hij de rook in en houdt die lang in zijn longen. Hij geeft het mondstuk van de waterpijp door aan Rassoel en kruipt opnieuw in zijn hoekje. Aarzelend neemt Rassoel een klein trekje, dan inhaleert hij dieper. Het brandt alsof hij de schorpioen met gif en al heeft ingeslikt. Zijn keel zit dicht. Zijn aders gaan tekeer als dunne, gewonde slangen die door zijn huid naar buiten proberen te kruipen. Hij laat de nargileh los, houdt zich vast aan de muur en staat op. Alles draait. Alles zakt weg. De deur is twee stappen bij hem vandaan, maar het kost hem een eeuwigheid om die te bereiken.

Buiten schijnt de zon nog steeds fel, rechtstreeks op zijn zenuwen. Rassoel raakt steeds meer bedwelmd door het gif en gaat weg.

Waar is de schaduw?
  Waar is de zachtheid?
  Waar is Soefia?
  Je denkt vooral aan haar als je bedwelmd bent.
  Nee, in mijn poëtische afgrond.
  Of in je afschuwelijke kwellingen. Alleen daarom hou je van haar.

Hij komt bij haar huis aan. Hij wil aankloppen, maar zijn hand blijft steken, net als zijn gedachten.
  Wat wil je van haar?
  Niets.

Maak rechtsomkeert.

Maar ik wil alleen met haar praten.
  Wat heb je haar nog meer te zeggen? Wat heb je haar tot nu toe verteld? Niets. Met of zonder stem, je hebt niets te zeggen, niets te doen, behalve het herkauwen van je slappe ideeën.

Nee, ik ga haar niet weer aan het hoofd zeuren. Beloofd. Ik zal haar net als vroeger meenemen naar de heuvel van Baghe-bala, bij de wijngaarden, om onze liefde boven Kaboel uit te laten torenen. Ik zal haar vertellen hoe mooi ze is. Ze zal blozen. Ik zal me aan haar voeten werpen en ik zal haar eindelijk vertellen dat ik niet alleen voor haar ongerepte schoonheid neerkniel, maar ook voor haar lijden. En ze zal zeggen dat ze zulke lieve dingen al lang niet meer van me had gehoord. Ik zal antwoorden dat ik haar veel te vertellen had, maar dat de oorlog ons er de tijd niet voor heeft gegeven. En ik zal haar kussen. Ze zal me de hand reiken. Ik zal haar vragen met me mee te gaan. Ver weg. Heel ver weg. Naar een prachtige vallei waar niemand nog kan praten, waar dus nog niemand het kwaad heeft meegemaakt. Een vallei die de Vallei van de Teruggevonden baby's heet.

Er klinken voetstappen op de binnenplaats van het huis, en Rassoel wijkt terug van de deur. Er komen twee vrouwen in boerka's naar buiten en zonder aandacht aan hem te schenken verdwijnen ze in een straatje. Wie waren dat?

Soefia en haar moeder?

Ze hebben me niet gezien. Of ze hebben me niet herkend. Ik besta niet. Ik ben niets meer.

'Soefia!' De schreeuw komt niet naar buiten, blijft steken tussen zijn stembanden. Net als eerder. Met zijn rug tegen de muur laat hij zich op de grond zakken. Hij slaat zijn armen om zijn benen. Legt zijn hoofd op zijn knieën. Sluit zijn ogen. En blijft zo een tijdje zitten, een eeuwigheid.

Hier zal hij blijven.

Hier zal hij sterven.

Hier.

Al jaren en jaren, al een eeuwigheid zit hij bij deze muur. Al jaren en jaren, al een eeuwigheid wacht hij op Soefia.

En Soefia ziet hem nooit, herkent hem nooit …

'Rassoel?' Bij het horen van Dawoeds stem heft hij zijn hoofd op. De jongen staat met een jerrycan petroleum in zijn hand voor hem.

'Hallo, Rassoel.'

'Wat een verrassing! Zit je niet op het dak?'

'Denk maar niet dat mijn moeder me rustig laat werken. Soefia is veel van huis.'

'Werkt ze?'

'Ja. Nog steeds bij nana Alia, die spoorloos is verdwenen. Nazigol is bang om alleen te zijn. Soefia is de hele tijd bij haar, zelfs 's nachts. Maar af en toe komt ze even thuis.' Hij zet de jerrycan neer.

'Zwaar ding … En jij, kom je niet meer bij ons?'

'Ik ben er nu toch.'

De jongen wrijft in zijn handen, pakt de jerrycan weer op. 'Ik moet gaan, mijn moeder wacht op me.' Hij wacht tot Rassoel opstaat, 'loop je mee?'

'Ik wilde Soefia graag zien.'

'Ze is thuis.'

'Ik dacht dat ze weg was.'

'Misschien. Kom theedrinken.'

'Nee, een andere keer.'

Dawoed is nog maar net naar binnen of Rassoel klopt, na even aarzelen, op de deur. Dawoed doet open. 'Zeg maar niet tegen je moeder en Soefia dat ik hier ben geweest.' De jongen knikt en slaat zijn ogen neer, als om zo zijn droefenis naar zijn voeten, op de grond, te laten wegstromen. Hij doet de deur weer dicht en neemt de wanhoop van Rassoel met zich mee.

Rassoel gaat op pad, maar na drie stappen blijft hij stilstaan en haalt het geld tevoorschijn.

Ik heb het helemaal niet nodig.

Hij keert op zijn schreden terug en klopt opnieuw aan. Dawoed doet weer open. Rassoel geeft hem het stapeltje geld: 'En hiervoor geldt hetzelfde, niets zeggen. Geef het aan Soefia. Zeg dat je het hebt verdiend door een paar duiven te verkopen!' Verbluft dat hij opnieuw zo veel geld in zijn hand heeft, blijft de jongen stokstijf in de deuropening staan totdat Rassoel verdwijnt in het stof dat opwaait door een voorbijrijdend bestelbusje.

Eenmaal thuis komt Rassoel Yarmohamad en diens vrouw niet tegen.

Precies wat hij hoopte.

Hij gaat zijn kamer binnen. De kinderen zijn weg. Er zijn alleen nog vliegen die rond het dienblad met kaas en rozijnen cirkelen. De handdoek die eroverheen ligt is nu volledig zwart, zwart van het bederf. Zijn bed is als altijd onopgemaakt, onverschillig voor hem. Die onverschilligheid straalt ook af van de boeken, die overal verspreid liggen, met gevlekte omslagen; van de vuile kleren die in een hoek op een hoop liggen; van de lege kruik op de grond ...

Waarom staat alles onverschillig tegenover mijn terugkeer?

Hij pakt een glas.

Niets herkent me hier.

Hij gooit het glas op zijn matras. Door het raam kijkt

hij naar de lege binnenplaats, waar geen kinderstemmen te horen zijn.

Niets herkent mij nog.

Een lichtzinnige muis loopt dwars door de kamer.

Hoe zou ik kunnen leven met de onverschilligheid die al mijn spullen uitstralen?

Hij duwt met zijn voet een kussen opzij en blijft een tijdlang midden in de kamer staan.

Niets is erger dan niet meer in je eigen wereld thuishoren. Geen enkel voorwerp wil bij mij horen.

Niemand wil me veroordelen.

Die vrijspraak, die ieders geweten zuivert, ontneemt me mijn misdaad, mijn daad, mijn bestaan.

En dat zal zo blijven zolang het raadsel van mijn daad blijft bestaan. Ik moet het lijk van nana Alia terug zien te vinden.

'Doden om te kunnen leven, dat is het principe van alle bloedbaden, mijn beste Rassoel', zegt de griffier terwijl hij de dossiers onder zijn arm klemt en zich haastig naar de uitgang van het kantoor van het Archief begeeft. Rassoel volgt hem. 'Ik wil geen getheoretiseer meer, ik vraag je alleen of je me wilt helpen het raadsel te doorgronden.'

De griffier blijft abrupt stilstaan: 'Denk je soms dat ik een detective ben? Je zit niet in een politiefilm of een roman van ... Agatha ... Christie! Ga naar je beschermer, commandant Parwaaz.'

'Daar ben ik al geweest. Maar hij is erg in beslag genomen en getroffen door de verdwijning van zijn adoptiezoon. Ze zeggen dat hij is vermoord, dat zijn hoofd is afgehakt ...'

'De dodendans!'

Ze zwijgen allebei. Bij de uitgang van het gebouw houdt Rassoel hem staande: 'Alleen jij kunt me helpen. Jij weet veel. Jij moet veel gevallen hebben zien langskomen, veel verhalen hebben gehoord ...'

'O ja! Maar een verhaal als het jouwe heb ik nog nooit meegemaakt! In jouw geval kan ik niets doen.'

'Jawel. Help me het lijk van nana Alia te vinden.'

'Wat moet je met dat stomme lijk?'

'Bewijzen dat ik haar heb gedood.'

'Dat hoef je niet te bewijzen. Iedereen weet dat jij haar

hebt gedood. En als je zo graag met een lijk door de straten wilt rondsjouwen, dan moet je opschieten! Vanmorgen nog zijn er op de begraafplaats van Dehafghanan drie onthoofde lijken gevonden, in verregaande staat van ontbinding. Ze waren in een graf verstopt. Ga erheen en zeg dat jij de moordenaar bent!'

Rassoel zegt niets meer.

Aangekomen op de binnenplaats van het Welajat worden ze aangesproken door een bewaker van de Kazi sahib, die Rassoel vraagt: 'Wat doe jij hier?'

'Gisteren heeft commandant Parwaaz met de Kazi sahib gepraat, en het is in orde, alles is geregeld', antwoordt de griffier, waarna hij zich tot Rassoel richt: 'We hebben het er nog wel een keer over. En nu wegwezen!'

'Ja maar ... ik weet niet waar ik heen moet!'

'Ga naar huis, jongeman!'

De bewaker komt tussenbeide: 'Nee, wacht! Hij is een gevangene.'

'Niet meer.'

'Hoezo niet meer? De rechter zoekt hem. Hoe kan hij zonder diens toestemming zijn weggegaan?' En met zijn wapen geeft hij Rassoel een duw: 'Hup, lopen jij!'

Onthutst loopt de griffier naar Rassoel en bromt in zijn oor: 'Jij bent helemaal gek! Je ruikt naar *korma*! Je had je mond moeten houden, dan zou de wereld eindelijk rust hebben.'

'Ik ben naar huis gegaan, maar alles weigerde me daar te herkennen, alles maakte zich van me los, mijn boeken, mijn bed, mijn kleren ... Alles verstootte me. Ik ben naar mijn verloofde gegaan. Zij herkent me ook niet meer ...'

'Maak je geen zorgen, hier herkent iedereen je!' zegt de bewaker, die Rassoel bij zijn arm vasthoudt en hem niet meer loslaat. Met grote passen voert hij hem mee naar het bureau van de Kazi sahib. Hun binnenkomst jaagt een duif, die op de secretaire van de rechter rondscharrelt, de stuipen op het lijf. Hij dribbelt heen en weer, fladdert alle kanten op, stort zich op de ramen en vervolgens op de deur. De Kazi brult: 'Snel, doe de deur dicht!' Dan zegt hij, wijzend op de duif: 'Zorg dat het bewijsmateriaal er niet tussenuit knijpt!' De bewaker doet de deur gauw dicht. Als hij Rassoel ziet, vraagt de rechter hevig ontstemd aan de bewaker en de griffier: 'Waar was die gebleven?'

'Kazi sahib, hij was uit zijn cel verdwenen!' zegt de bewaker. Daarop springt de rechter uit zijn vel: 'Hoe komt het dat hij uit zijn cel was verdwenen? Wie heeft daar opdracht toe gegeven?' De griffier stamelt: 'Commandant Parwaaz had hem ontboden, hij heeft ...'

'Wie is hier de Kazi? Hij of ik? Zorg dat hij hier verdwijnt! Zet hem weer in zijn cel. Keten hem vast!'

Twee mannen die voor het bureau van de rechter zitten, draaien zich om naar Rassoel. De een is de bewaker van het mausoleum Sjah-do-Sjamsjiraj-Wali; de ander is de oude man die de duiven bij het mausoleum tarwe aan het voeren was. Bij het zien van Rassoel springen ze allebei op. De oude man vliegt op Rassoel af en zegt: 'Nee, Kazi sahib, nee, deze jongeman is mijn getuige. Hij was in het mausoleum, hij heeft me gezien ...' De verbaasde rechter gebaart naar de bewaker dat hij Rassoel moet vasthouden; en wijzend op de oude man, die nu rechtop naast Rassoel staat, zegt hij tegen de griffier: 'Eerst moet er een dossier voor deze worden gemaakt.'

'Voor welk strafbaar feit?'

'Diefstal van duiven bij het mausoleum', antwoordt de rechter. De bewaker van het mausoleum bevestigt dit: 'Hij kwam ze iedere dag tarwe voeren', en wendt zich vervolgens tot de rechter: 'Let wel, tarwe!' Vervolgens wendt hij zich tot de griffier: 'Tarwe geven is een zonde. Daarna stal hij de duiven. Weet u waarom?' Hij wendt zich nu opnieuw tot de rechter: 'Om ze te roosteren en op te eten. Dat heb ik van zijn buren gehoord. Ze zeiden dat het er iedere dag naar geroosterd vlees rook ...'

'Ik heb nog nooit geroosterde duif gegeten. Lahawlobillah! De duiven van het mausoleum Sjah-do-Sjamsjiraj-Wali? Lahawlobillah! Hij liegt!' roept de oude man en hij vliegt op de bewaker af: 'Weet je dat laster een van de grootste zonden is?'

'Wat deed die duif dan in je zak?' vraagt de bewaker van het mausoleum, en richt zich vervolgens tot de Kazi: 'Ik heb hem zelf in zijn zak gevonden.' De duif vliegt door het vertrek. De oude man loopt geërgerd naar de rechter en zegt: 'Hij zocht in mijn zak naar eten. De duiven van Sjah-do-Sjamsjiraj-Wali zijn dol op me, ze vertrouwen me. Kijk maar!' Hij fluit zachtjes, de duif vliegt naar hem toe en gaat op zijn schouder zitten. Dan zegt hij indringend tegen de bewaker: 'Niet liegen, broeder! Je bent de bewaker van het mausoleum, je zou je moeten schamen dat je een moslimbroeder voor de rechter en voor Allah valselijk durft te beschuldigen', en hij smeekt Rassoel: 'Jij hebt mij laatst gezien. Vertel ze wat ik daar deed ...'

'Heeft die jongeman er ook iets mee te maken?' vraagt de Kazi. Rassoel zet een stap naar voren en zegt: 'Ik heb hem een keer gezien, drie dagen geleden. Mijn verloofde en ik gingen bidden. En ik heb ...'

'Kazi sahib, u hebt gelijk,' komt de bewaker van het mausoleum tussenbeide, 'ze spelen onder één hoedje. Die man is met een wapen naar het mausoleum gekomen om het geld van de giften te stelen, hij wilde mij ook doden ...'

'Waarom lieg je?' schreeuwt Rassoel, terwijl hij op hem afloopt. De bewaker houdt hem tegen. 'Ik ben daar inderdaad heen gegaan om je te doden, maar niet om te stelen. Alleen om wraak te nemen, maar ik kon het niet ...'

'Jij bent ook overal! Wie of wat ben jij?' vraagt de Kazi terwijl hij zich over zijn bureau naar voren buigt.

'Kazi sahib, staat u mij toe die vraag te beantwoorden', komt de bewaker van het mausoleum opnieuw tussenbeide en hij staat op. 'Het is een ... excuseert u mij Kazi sahib – moge Allah mijn mond met stof vullen! – deze man is een pooier. Ja, hij kwam gisteren naar het mausoleum met een ... excuseert u mij, Kazi sahib – moge Allah mijn mond met stof vullen! – met een hoer. Ik heb haar weggestuurd; en hij wilde zich het geld van het mausoleum toe-eigenen. Ze waren niet gekomen om te bidden, ze waren daar alleen om te stelen!' De duif fladdert voor hem. De rechter valt tegen Rassoel uit: 'Met een onkuise vrouw? Fitna! Je weet dat de heilige Sjah-do-Sjamsjiraj-Wali, wiens heilige graf zich in het mausoleum bevindt, door een onkuise vrouw het leven heeft verloren.' Hij wendt zich tot de anderen. 'Er wordt gezegd dat de heilige, zelfs nadat hij door de vijand was onthoofd, heldhaftig door bleef vechten, met in iedere hand een zwaard. En toen hij in Kaboel kwam, had een onkuise vrouw het boze oog op hem geworpen. De heilige zakte in elkaar en gaf de geest. In de Hadith staat: *Laat geen enkele onkuise vrouw deze heilige plaats betreden.* En dan neemt hij een onkuise vrouw mee naar deze gewijde plaats! De ander steelt er duiven! Wat is dat voor manier om met de islam om te gaan?' Wijzend op de oude man blaft hij de griffier toe: 'Schrijf op! Schrijf op dat hij wordt veroordeeld tot de straf voor dieven. Hij wordt beschuldigd van diefstal van duiven bij het mausoleum. Ik beveel dat zijn handen worden afgehakt.' De oude man opent ontzet zijn mond, maar kan vervolgens niets uitbrengen. De duif vliegt op van zijn schouder, fladdert door de ruimte en gaat weer op het bureau van de Kazi zitten. De griffier loopt naar de rechter en fluistert in zijn oor: 'Kazi sahib, ik ben zo vrij u eraan te herinneren dat het amputeren van iemand die op een openbare plaats goederen zonder eigenaar steelt, volgens de sharia geen wettige sanctie is.'

'Hoezo niet?'

'Kazi sahib, op de vraag aan imam Ali of de sanctie van amputatie van toepassing is op iemand die op een openbare plaats een dier steelt dat niemand toebehoort, heeft de heilige een ontkennend antwoord gegeven.'

'Wil jij me een lesje in de sharia geven?'

'*Estaghfrollah*! Ik wilde u er alleen aan herinneren, eerbiedwaardige Kazi sahib.'

'En dan herinner ik jou eraan dat ik hier de Kazi ben. En ik beveel dat bij deze man de handen worden afgehakt.' De griffier reikt de rechter een vel papier aan: 'Kazi sahib, dan verzoek ik u dat hier zelf op te schrijven.'

'Gehoorzaam jij me nu ook al niet? En toon je me bovendien geen respect?'

'Ik werp iedere onrespectvolle gedachte verre van mij, eer-biedwaardige Kazi sahib. Ik ben alleen bang dat ik er op de dag dat u er niet meer zult zijn – moge Allah u gezond en wel behouden in deze wereld! – van zal worden beschuldigd dat ik een bevel dat tegen de sharia ingaat heb opgeschreven.'

'Tegen de sharia? Mijn bevel gaat tegen de sharia in? Eruit jij! Pak je spullen en scheer je weg!'

De griffier wil iets zeggen, maar de rechter gebaart naar de bewaker dat hij hem er uit moet zetten. De oude man grijpt de gelegenheid aan om zich op zijn knieën te laten vallen en een smeekbede tot de Kazi te richten. Maar die onderbreekt hem onmiddellijk: 'Hou je mond, jij! Het is niet aan te be-velen in woede een oordeel te vellen.' En vervolgens zegt hij tegen een van de bewakers: 'Zet hem in de gevangenis en breng hem morgen weer hier!'

De bewaker gaat met de oude man naar buiten, gevolgd door de bewaker van het mausoleum. Rassoel blijft.

'Heb je de sieraden bij je?' vraagt de rechter hem. Rassoel loopt langzaam naar hem toe en zegt: 'Nee.'

'Hoezo nee! Waarom ben je dan uit de gevangenis weg-gegaan?'

'Omdat ze zeiden dat ik hier niets meer te zoeken had.'

'Wie zei dat?' brult de rechter. Dan roept hij een bewa-ker en geeft hem opdracht Rassoel weer in de gevangenis te stoppen. 'In de kleinste cel die er is! En morgen worden zijn handen afgehakt en moet hij worden opgehangen!'

Achter de tralies aarzelt de dageraad tussen hond en wolf. Terwijl de muezzins de gelovigen oproepen tot het gebed, en de wapens van de wraak ontwaken, terwijl Soefia in haar bed haar onschuld omarmt en Razmodin in Mazar-e-Sjarief de eer van de familie redt ... vergeet Rassoel de wereld die niet langer bij hem hoort. Hij zit in een hoek van zijn cel. Hij wacht op niemand. Hij wacht nergens op. Hij besluit weer stom te worden. En zelfs doof.

Ja, ik hoor niet meer. Ik praat niet meer.
We zijn niet geschikt om te praten,
Konden we maar alleen luisteren!
Je moet alles zeggen!
En overal naar luisteren!
Maar
Onze oren zijn verzegeld,
Onze lippen zijn verzegeld,
Onze harten zijn verzegeld.
Je moet dat gedicht hier opschrijven, in deze cel, kras het in de muur. Hij zoekt op de grond naar een steentje of een stukje hout. Niets te vinden. Dan maar met zijn nagels. Hij begint de woorden in de afgebladderde verf te kerven. Het gaat moeizaam. Het doet pijn. Hij drukt harder. Hij begint te bloeden. Hij blijft schrijven. Hij schrijft tot hij voetstappen hoort die voor zijn cel stilhouden, gerinkel van sleutels,

de deur die opengaat, een hese stem die zegt: 'Naar buiten!' Hij houdt op met schrijven en blijft roerloos, emotieloos zitten, zijn blik strak op de woorden gericht.

Twee gewapende mannen komen de ruimte binnen, pakken hem ruw bij zijn armen en trekken hem overeind. Zonder een woord te zeggen brengen ze hem naar de rechtszaal. Achter de deur is geroezemoes te horen, 'moordenaar', 'communist', 'geld', 'wraak' ... Woorden die hij al duizend-en-een keer heeft gehoord en die hem vroeger angst inboezemden of amuseerden, maar die hem nu doof maken. Hij hoort ze niet meer.

De deur gaat open.

Rassoel loopt naar binnen.

De zaal zwijgt.

De mensen zitten op houten stoelen langs de muren van de zaal. Allemaal hebben ze een baard; allemaal hebben ze zwarte of witte tulbanden op; mutsen, *tsjarma's*, *karakols*, *pakols* ... Ze kijken allemaal naar Rassoel. Hij is rustig. Hij laat zijn blik door de zaal dwalen en laat hem dan op Farzan rusten, die met zijn eeuwig treurige glimlach om zijn mond thee serveert. Parwaaz is er ook, hij zit in zijn eentje in een hoek en kijkt somber en nerveus naar de grond. Naast de Kazi zit Amer Salaam. Zijn borst vooruit. Zijn vlezige handen leunen op een stok en risten de kralen van een bidsnoer af. Hij neemt Rassoel uit de hoogte op en beweegt met zijn hoofd, het is niet duidelijk of hij zit te bidden of dat hij wil zeggen: 'Kijk ons hier nu eens zitten!'

De Kazi drinkt gulzig van zijn thee; de anderen volgen hem luidruchtig na. Farzan verlaat de ruimte en werpt een laatste, nóg treuriger blik op Rassoel. De Kazi zet zijn glas neer en knikt naar de nieuwe griffier, die naast hem zit, ten teken dat de zitting kan beginnen. De griffier staat op, sluit zijn ogen en reciteert een soera uit de Koran. Als de soera afgelopen is, vraagt de Kazi Rassoel naar voren te komen: 'Zeg wie je bent!' Rassoel kijkt ongerust naar Parwaaz en zegt geen woord. De rechter wordt ongeduldig: 'Ik vraag je te zeggen wie je bent!' Stilte. Parwaaz staat op en zegt: 'Deze jongen is ziek ... hij is zijn stem kwijt.' De Kazi windt zich op: 'Hoezo is hij zijn stem kwijt? Gisteren ging het nog prima met hem. En vandaag kan hij ineens niet meer praten!' Hij richt zich tot zijn gehoor: 'Moslimbroeders, dankzij onze jihad hebben we het communisme overwonnen.' Plotseling klinken alle stemmen en zeggen driemaal: 'Allah-o-akbar'. De Kazi vervolgt: 'Maar er zijn nog steeds godslasteraars, overlevenden van dit regime, actief onder onze moslimbevolking, ze gaan door met hun misdaden en laten het kwaad voortbestaan. De persoon die u hier ziet is er daar één van. Een paar dagen geleden heeft hij een weerloze weduwe op brute wijze afgeslacht om haar van haar geld en sieraden te beroven. Gelukkig zijn de veiligheidsbeambten van onze moedjahedienregering erin geslaagd hem op bevel van de hier aanwezige broeder commandant Parwaaz te arresteren.'

Parwaaz is verbaasd; zijn ongeruste blik zoekt die van Rassoel, die halsstarrig naar de grond blijft staren. Hij doet een stap naar voren om het woord te nemen, maar de Kazi gebaart naar de griffier dat hij een nieuwe soera uit de Koran moet reciteren. Iedereen zwijgt. Einde van de voordracht, en de Kazi vervolgt: 'Heeft de beklaagde de betekenis van dit drieëndertigste vers van de soera begrepen?' Rassoel kijkt hem aan zonder te antwoorden. 'In plaats van Russisch te leren had je beter de taal van Allah kunnen leren. Goddeloze! God heeft gezegd: *De straf voor diegenen die oorlog met Allah voeren of die het kwaad over de aarde verspreiden, is de dood, ophanging, of het afhakken van handen en voeten, ofwel verbanning van hun geboortegrond.*'

De mannen schreeuwen de longen uit hun lijf: 'Allah-o-akbar!' Opnieuw drie keer. De rechter neemt een slok van zijn thee: 'Rassoel, zoon van ... hoe heette je vader ook alweer?' Hij wacht tevergeefs, en zegt dan: 'Het doet er ook niet toe. Rassoel, zoon van ... volwassen en geestelijk gezond, heeft bekend een weduwe te hebben vermoord op 16 *assad* 1372 anno Hidjra, en haar geld en sieraden te hebben gestolen. De rechtbank heeft hem schuldig bevonden aan diefstal en moord, en legt hem volgens de islamitische sharia de hoogste straf op, te weten amputatie gevolgd door ophanging ...'

Terwijl de mannen opnieuw drie keer 'Allah-o-akbar' roepen, staat er een man op die protesteert: 'Dat is niet eerlijk!' Andere kreten vullen de zaal ten antwoord: 'Het is wél eerlijk!' 'Het is de wet van de sharia!' 'Het is bewezen, bewezen!' 'Dus is het eerlijk!' ... De protesteerder probeert zich verstaanbaar te maken: 'De handen afhakken, dát is eerlijk ...' Hij reciteert een vers uit de Koran, waarop het tumult verstomt, en vervolgt: 'Kazi sahib, zoals u hebt gezegd heerst vandaag dankzij Allah ...' De zaal: 'Allah-o-akbar ...'; de man vervolgt: '... in ons land de wet van de sharia, die het wezen is van onze islamitische staat. Wilt u dat wij deze wet opvolgen? Dan moet alles precies op de fiqh worden gebaseerd. Ten eerste heeft deze man geen stem meer ...'

'Jawel, deze fitna heeft wel een stem, hij doet maar alsof

hij er geen heeft', zegt de Kazi en richt zich vervolgens tot de bewakers: 'Gisteren sprak deze fitna nog. Jullie waren erbij.'

'Ja, Kazi sahib. Wij zijn getuigen van het feit dat deze fitna wel degelijk kon praten.'

De Kazi wendt zich tot de man en vraagt hem: 'Ga dus niet mee in zijn spelletje. Gaat u verder!'

'Goed, dan vergeten we zijn zwijgzaamheid. Maar aangezien het slachtoffer een vrouw is, die is vermoord door een man, moet de moordenaar volgens onze heilige wet niet worden opgehangen, omdat het bloed van een vrouw de helft waard is van dat van een man.' Een ander staat op om te protesteren: 'Dat is onmogelijk.'

'Het is mogelijk de moordenaar ter dood te brengen als de ouders van het slachtoffer de helft van de waarde aan de familie van de verdachte vergoeden.'

'De moordenaar kan van rechtsvervolging worden ontslagen als hij een dochter aan de familie van het slachtoffer schenkt ...'

Opnieuw klinkt geroep: 'Waar zijn de ouders van het slachtoffer?'

'Ze moet gewroken worden!'

'Als ze niet gewroken wordt, zal het bloed dat heeft gevloeid ons blijven achtervolgen.'

'Oog om oog!'

'Een moment alstublieft!' verzoekt de Kazi, die opnieuw het woord neemt terwijl hij de kralen van zijn bidsnoer door zijn vingers laat glijden: 'Er zijn nog andere, ernstiger beschuldigingen. Een paar dagen geleden heeft een moslim, de bewaker van het mausoleum van Sjah-do-Sjamsjiraj-Wali, in aanwezigheid van de beklaagde en getuigen onthuld dat deze fitna naar de heilige plek was gegaan in gezelschap van een prostituee. Bovendien heeft hij de bewaker met een revolver bedreigd om het geld van de aalmoezen van hem te stelen. De moordenaar heeft tegenover de getuigen toegegeven dat hij de bewaker wilde doden.'

'Deze man verdient de dood', roept een van de mannen. 'Een onschuldige bedreigen?' roept een ander. 'Dat is een zonde!' beaamt het publiek. 'De bewaker van Sjah-do-Sjam-sjiraj-Wali doden? Lahawlobillah!'

'Dat is een misdaad!'

'Het is een belediging van Allah en alle heiligen!'

Rassoel voelt niets onder al dit tumult.

Hij blijft onbewogen. Zijn blik blijft alleen even op Par-waaz rusten, die het publiek zwijgend opneemt. Met stem-verheffing weet de rechter de zaal tot bedaren te brengen: 'Aan het begin van deze zitting heb ik niet voor niets gezegd dat de moordenaar een man van het oude regime is. Deze man heeft uit eigener beweging toegegeven dat hij zich van het Heilige Geloof heeft afgekeerd.'

De kreten worden steeds bezetener: 'De Satan!'

'De goddeloze!'

'De verrader!'

'Hij moet opgehangen worden!'

Opnieuw overstemt de rechter met zijn geschreeuw de zaal: 'Ja, broeders, voor jullie zien jullie een man die volgens de Koran een fitna is, de belichaming van het Kwaad op aarde. Daarom moet hij de straf krijgen die de sharia voor dieven en afvalligen heeft bepaald. Vrijdagochtend na de op-roep tot het gebed zullen hem in het Zarnegarpark eerst in het openbaar de rechterhand en de linkervoet worden afgezet; de lichaamsdelen zullen voor ieders ogen op een spies worden getoond. Vervolgens zal deze fitna worden opgehangen en gedurende drie dagen aan het publiek worden getoond om als les te dienen. De prostituee die hem vergezelde om het graf van Sjah-do-Sjamsjiraj-Wali te bezoedelen zal worden gestenigd. Zo bannen wij het kwaad uit onze vredige stad ...'

'Allah-o-akbar!' klinkt het driemaal.

Dat is nu je proces, Rassoel. Tevreden?

Ik hoor niets. Wat zeggen ze?

Niets.

Somber en verbitterd komt Parwaaz bij Rassoel staan en richt zich tot het publiek: 'Moslimbroeders, ik geef toe dat de oordeelkundige woorden van de Kazi sahib overtuigend zijn. Maar ik zou graag nog een paar opmerkingen maken. We hebben deze man niet gearresteerd, de politie niet en ik niet. Hij is zich uit eigen beweging komen aangeven.'

'Waarom is hij uit eigen beweging gekomen? Dat is niet voor niets!' roept de Kazi, zijn borst opgezet van arrogantie.

'Ja, Kazi sahib, daar is een reden voor. Die zal ik u uitleggen', vervolgt Parwaaz. 'Ik ben deze jongeman meerdere malen tegengekomen. De eerste keer was hij door mijn mannen naar mijn bureau gebracht. Zijn huisbaas had hem aangegeven omdat hij de huur niet had betaald. Die avond heeft hij daadwerkelijk zijn stem verloren. Dat was duidelijk te zien. En de laatste keer, toen hij zijn stem weer terug had, is hij zelf naar mij gekomen om te bekennen dat hij een vrouw had gedood. Hij heeft een hoerenmadam gedood om zijn verloofde uit haar smerige klauwen te redden. Gezien de persoon om wie het ging, leek het mij noodzakelijk een onderzoek in te stellen, en daarop heb ik moeten constateren dat er in deze moord geen slachtoffer, geen getuigen en geen bewijs is. Er is geen spoor van te vinden.'

'Net als alle moordenaars heeft deze smeerlap al het bewijs vernietigd', zegt de Kazi. Parwaaz loopt weer naar Rassoel: 'Als dat zijn intentie was, was hij niet uit zichzelf naar me toe gekomen, Kazi sahib! Gezien de moorden die tegenwoordig in deze stad worden gepleegd kan zelfs een kind alle sporen van zijn misdaad uitwissen. Hebben wij de moordenaar van onze jonge dochters kunnen arresteren? Hebben wij een spoor gevonden van de moordenaar die onze vrouwen en kinderen meedogenloos heeft vergiftigd?' Hij zwijgt en geeft de aanwezigen de tijd over deze vragen na te denken en zich bewust te worden van de gruwelijkheid waarin ze leven. Zijn ze in staat te begrijpen wat Parwaaz zegt?

'Laten we eens veronderstellen dat er een slachtoffer is geweest. Het is niet aan mij om u mee te delen dat er volgens onze fiqh alleen sprake is van moord als het slachtoffer *ma'soem ad-dam* is, onschuldig en beschermd. Wat in deze zaak niet het geval is. Het slachtoffer is een hoerenmadam, en moet dus gestenigd worden.' Geen enkel protest. 'Het geval van deze jongeman, die zichzelf bij justitie heeft aangegeven om in een publiek proces te worden veroordeeld, lijkt me voorbeeldig. Hij is een lichtend voorbeeld. Als ieder van ons in navolging van deze man zijn eigen daden eens kritisch tegen het licht zou houden, zouden we de chaos en broedermoord die vandaag de dag in ons land heersen eindelijk kunnen overwinnen.'

'Wat bedoel je daarmee?'

'Jij vergelijkt de moedjahedien met deze fitna?'

'Parwaaz, jij ook?'

'Wie ben jij? Een moedjahedienstrijder, een bevrijder, een gids van je volk, of de advocaat van deze afvallige en moordenaar?'

'Naar de hel met die Satan!'

'Wees vervloekt, Parwaaz!'

Parwaaz gaat midden in de zaal staan en zegt: 'Er ís geen moord. Luister naar mij, het is een denkbeeldige moord, de illusie van een moord, enkel en alleen om onze daden aan de orde te stellen!'

'Is het een gek?'

'Nee, beste broeders, niet alleen is hij niet gek, hij is zelfs uiterst helder van geest, volledig bij zijn verstand, hij is zich zelfs bewust van zijn illusies. Wij zijn het die gek zijn, omdat we ons niet bewust zijn van onze misdaden!' Iedereen staat op en begint te roepen. 'Luister naar mij! Deze jongeman vraagt jullie om gerechtigheid naar aanleiding van een illusie ...' Hoe harder Parwaaz schreeuwt, hoe wilder de mannen worden. Uiteindelijk vliegen ze op hem af en omsingelen hem. Het is een totale chaos.

Rassoel lacht.

Lach niet. Straks zetten ze je in Aliabaad tussen de gekken.

Waar ben ik dan nu?

In zijn cel is het pikdonker.

Er is een vlieg op zijn hand komen zitten. Hij blaast; de vlieg wordt onrustig en vliegt weg.

Wat een rotstreek!

Waarom zo veel haat en verbetenheid tegenover zo'n klein beestje?

Alleen omdat hij deze wereld binnendringt.

Hij dringt nergens binnen. Hij leeft in zijn eigen wereld, omdat hij zijn eigen wereld toebehoort. Jij komt ergens anders vandaan. Jij dringt een wereld binnen die niet meer de jouwe is. Kijk naar hem, kijk hoe licht hij in zijn wereld staat.

Omdat hij geen bewustzijn heeft.

Hij heeft geen bewustzijn omdat hij dat niet nodig heeft. Hij ondergaat zijn lichtheid, zijn dood ... heel eenvoudig.

En de vlieg komt weer op zijn hand zitten. Hij probeert zich te verroeren, maar hij kan zijn armen niet in beweging krijgen. Belemmert de ketting hem zijn hand op te tillen, of is het de vlieg? De vlieg, zonder twijfel. Hij verlamt hem. Hij leeft ten koste van hem op de wereld.

Hij steekt zijn nek uit om dichter bij het insect te komen en blaast nog een keer. Onmogelijk. Zijn lichaam is stijf, zwaar, als een steen. Ze kijken elkaar aan. Hij heeft de indruk dat de vlieg hem iets wil vertellen in een onbegrijpelijke taal. Ritmische woorden, bijna een gezang: *tat, tat, tat … tvam, tvam … asi …* Dan komt hij in beweging, vliegt weg en gaat op de muur zitten. En Rassoel kan zijn hand optillen, die nu licht is geworden. De kettingen gaan zonder enig geluid open. Hij staat op om de vlieg te vangen. Op de muur ziet hij alleen zijn afbeelding, als een fresco. Hij raakt hem aan. De muur is haast vloeibaar, doordringbaar. Zijn hand gaat erdoorheen. Hij biedt geen weerstand. De muur zuigt hem op. Nu gaat zijn hele lichaam erdoorheen. Als hij eenmaal binnen is, verstijft Rassoel. Een afbeelding op het oppervlak van de muur, net als de vlieg wiens gezang de stilte van de muur ruw verstoort. *Tat, tat, tat … tvam, tvam … asi …*

'Allah-o-akbar!' De oproep tot het gebed schudt Rassoel door elkaar en trekt hem weg bij de muur. Hij ligt daar op de grond, geketend aan handen en voeten.

De schorre stem van de muezzin sterft weg en alles gaat op in de stilte. Behalve het gezang van de vlieg, dat nog steeds in het hoofd van Rassoel te horen is, eerbiedig, *tat, tat, tat … tvam, tvam … asi …* vredig. De vlieg ergert hem niet meer.

Niets ergert hem meer, ook niet het geluid van harde voetstappen in de gang, die achter de deur stilhouden, noch de deur die nooit meer voor iemand opengaat, alleen voor de dood.

Het kijkgaatje gaat open. 'Opstaan, je hebt bezoek', zegt de bewaker. Rassoel verroert zich niet. 'Rassoel!' Het is de stem van Razmodin. Rassoel komt langzaam overeind en ziet de geschrokken blik van zijn neef. Hij beweegt zich dichter naar de deur. 'Wat heb je je nu weer op de hals gehaald?' Rassoel haalt zijn schouders op om aan te geven: niks ergs. Maar Razmodin wil een woord horen, zijn stem. Hij hoort niets, zoals gebruikelijk. Hij windt zich op. 'Zeg verdomme iets tegen me!' Zijn woorden galmen in de gang. 'Hé, rustig jij!' zegt de bewaker. 'Ik was in Mazar. Ik heb Doenja en je moeder meegenomen. We zijn meteen naar jouw kamer gegaan, maar je was er niet. Ik heb Doenja en mijn tante meegenomen naar het hotel. Ik heb de hele stad afgezocht. Niemand wist waar je was, Soefia niet, Yarmohamad niet … Iedereen maakt zich zorgen. Uiteindelijk hebben de mannen van Parwaaz me op je spoor gezet …' Hij onderbreekt zichzelf, in de hoop Rassoel voor één keer te horen praten. Tevergeefs. Hij vervolgt: 'Waarom heb je zo'n verhaal verzonnen? Ben je je verstand kwijtgeraakt?' Rassoel blijft onverstoorbaar. 'Doe iets, voordat het te laat is, voor je moeder en je zus, voor Soefia …' Hij maakt zich los van de deur om zich even met de bewaker te onderhouden: 'Broeder, laat me in zijn cel.'

'Nee, dat is verboden.'

'Alsjeblieft. Ik wil je er wel iets voor geven. Hier!'

'Nee … maar … nou, een minuutje dan.'

'Beloofd.'

De deur gaat open en Razmodin komt binnen. 'Ik kon het niet aan mijn tante vertellen. Je weet hoe erg het voor haar is als ze hoort dat je bent gearresteerd …' Hij pakt Rassoel bij de schouders en schudt hem door elkaar. 'Hoe moet ik ze dat vertellen? Wil je dat je moeder een hartaanval krijgt? Wil je dat Doenja en Soefia gek worden van verdriet? Waarom ben je zo egoïstisch?' Alles is voorbij, Razmodin, alles. Rassoel heeft geen ego of trots meer. Hij is helemaal aan zichzelf overgeleverd. 'Morgen word je opgehangen!' Hoe sneller het gebeurt, hoe beter. Dan kan Rassoel zich weer op andere dingen richten! 'Waarom lach je me uit?' Hij lacht je niet uit, hij lacht gewoon wat. Hij lacht tegen de engelen des doods. 'Waarom wil je het leven niet serieus nemen? Het lijkt wel of je uit Aliabaad bent ontsnapt!' Nog serieuzer? Morgen wordt het een mooie dag voor hem, geloof hem maar, iedereen zal er zijn, iedereen. Dat is nog eens een mooie dood!

Ja, ik wil nu eindelijk mijn dood gaan beleven, op een lichte manier.

Ontgoocheld door het lachende gezicht en het montere zwijgen van Rassoel staat Razmodin op. 'Ik ga je moeder en Doenja halen. Misschien kunnen zij je op andere gedachten brengen.'

Rassoel staat op, verbiedt het hem. Hij schudt met een smekende blik in zijn ogen het hoofd, alsof hij wil zeggen: 'Nee, Razmodin, laat ze met rust!'

Ze staan tegenover elkaar, oog in oog. 'Als ze het vandaag nog niet hebben gehoord, zullen ze het morgen wel horen.'

Na mijn dood, dat kan me niet schelen.

'Maar waarom? Alleen omdat je dat hoerenwijf hebt vermoord?' zegt Razmodin terwijl hij zich naar hem toe buigt. 'Kijk om je heen, overal worden mensen vermoord! De mannen van Parwaaz kwamen niet meer bij toen ze het me vertelden.'

Goed dat ik de mensen eindelijk aan het lachen kan maken, en nog wel met mijn misdaad!

Razmodin knielt neer: 'Denk je nog steeds dat een proces dit verrotte land kan veranderen? Word wakker, neef. Je droomt ...' Hij onderdrukt een snik, staat op, pakt Rassoel bij zijn schouders en schudt hem nog eens door elkaar: 'Kom tot jezelf, nu is het genoeg, kom tot jezelf! Laat die hersenschimmen los!' Rassoel sluit zijn ogen. Zijn geketende handen bewegen, aarzelen, grijpen zich dan vast aan zijn neef.

Ik ben tot mezelf gekomen, Razmodin.

Ze blijven een tijdje dicht tegen elkaar aan staan, totdat de bewaker komt zeggen: 'Broeder, je moet gaan. Tijd voor het avondeten.'

Razmodin laat Rassoel achter. Ze kijken elkaar een laatste keer in de ogen: 'Ik laat je niet in de steek. Ik ga met de rechter, met iedereen praten. Ik laat jou niet je leven verwoesten.'

Vastberaden maar ook bezorgd loopt hij de cel uit. De bewaker sluit de deur, en daarna het kijkgat.

Een vlieg trippelt over de muur.

Tat, tat, tat … tvam, tvam … asi …

Waar komen die betekenisloze woorden vandaan? Waarschijnlijk heeft hij ze al eens ergens gehoord. Misschien in een Indiase film. Het doet er niet toe. Hij wordt er rustig van. Ze geven die vlieg iets moois.

Rassoel fluit het liedje om de wereld niet meer te hoeven horen.

En hij hoort niets. De motor van een auto niet die vlak voor het raam stilhoudt. Ook niet de voetstappen van mannen die zijn cel naderen. Of het geluid van sleutels in het slot en de deur die opengaat. En ook niet de barse stem die hem beveelt: 'Opstaan!'

Hij blijft zitten.

Er valt licht naar binnen en het strenge gezicht van Amer Salaam verschijnt, die vraagt of ze elkaar even onder vier ogen kunnen spreken. Als ze alleen zijn, grijpt Amer Salaam Rassoel bij zijn kraag en vraagt hem na een paar flinke verwensingen waar hij het gestolen geld en de sieraden heeft gelaten.

Rassoel haalt nonchalant zijn schouders op om te kennen te geven dat hij het niet weet. De ander dringt aan, zweert dat hij niets heel zal laten van zijn moeder en drukt zijn pistool in de buik van Rassoel, die hem nog steeds zonder angst aankijkt en tegelijkertijd naar zijn keel wijst en zuchtende geluiden maakt om duidelijk te maken dat hij niet kan praten. Woedend roept Amer Salaam om pen en papier. Hij geeft Rassoel vijf minuten om op te schrijven waar de sieraden en het geld zijn. 'Als er dan niks op het papier staat, veeg ik de kut van je verloofde ermee af!' Met die woorden verlaat hij de cel.

Hij krijgt een pen en papier aangereikt. Hij schrijft: *Laat mijn familie met rust. Bij de galg geef ik u alles terug*, en overhandigt het papiertje aan de bewaker.

Vijf minuten later keren de bewakers terug. Ze laten Rassoel uit zijn cel, aan handen en voeten geketend.

Voordat hij in het busje stapt, vraagt een van de bewakers of hij zich heeft kunnen wassen. Rassoel knikt glimlachend. Het busje rijdt de poort van het Welajat door naar de straat en maakt vaart. Rassoel zit ineengedoken en hoort zijn naam in de verte. In de verlaten straat ziet hij Razmodin met zijn armen zwaaien en roepen om de auto tot stilstand te brengen. Rassoel staart onbewogen naar hem.

Het busje rijdt door. Rassoel kijkt naar het handjevol mensen dat zich dezelfde richting op haast, naar het Zarnegarpark.

De hemel is al lang niet zo blauw, zo ver weg geweest. En de zon niet zo helder, zo dichtbij.

Het busje stopt in het park, iedereen stapt uit.

Rassoel is in beslag genomen door het zingen van de vogels. Hij tuurt naar de takken van de bomen om ze te zoeken, om met ze mee te neuriën: *Tat, tat, tat … tvam, tvam … asi …* 'Rassoel!' Een vrouw in een hemelsblauwe boerka komt op hem afgerend en tilt de lap van haar sluier op. Het is Soefia, in tranen; op een teken van de nieuwe griffier wordt ze door de gewapende mannen weggeduwd. Rassoel moet doorlopen, apathisch, onverschillig voor al diegenen die naar hem kijken, zelfs voor Farzan, die hem met zijn droevige glimlach toeknikt.

'Breng hem daar niet heen!' Razmodin loopt nog steeds buiten adem brullend achter de stoet aan. 'Tot uw orders, commandant!' zegt een van de gewapende mannen honend en verbiedt hem dichterbij te komen. Maar Razmodin blijft wanhopig herhalen: 'Geloof me, het is verschrikkelijk wat er gebeurt!'

De mannen duwen Rassoel naar voren, Soefia en Farzan lopen direct achter hen. Plotseling blijven ze stilstaan als ze de galg zonder touw zien, met een zwijgende menigte eromheen.

'Waarom hangt er geen touw aan de galg?' vraagt de griffier. 'Dat is afgesneden!' roept een van de bewakers.

Ze versnellen hun pas en lopen naar de menigte die bij de galg staat. 'Broeders, laat ons erlangs, we hebben de veroordeelde bij ons, aan de kant, aan de kant!'

De mensen draaien zich om naar Rassoel, wijken terug als hij voorbijkomt, waardoor op de grond een lijk zichtbaar wordt. Alles stolt: de tijd, de adem, de tranen, de woorden … Trillende benen. Rassoel valt op zijn knieën neer naast het lichaam van Parwaaz, die een touw om zijn nek heeft. De menigte mort, wordt onrustig, wijkt terug. Er duiken andere gewapende mannen op, die de mensen woest opzijduwen om de weg vrij te maken voor de commandanten, die met groot misbaar komen aanlopen. Alles verdwijnt onder hun laarzen. Rassoel ziet niets meer. Er is alleen de stem, niets dan de stem van Soefia.

'Je bent mooi', fluistert Rassoel in het oor van Soefia. Ze bloost. Hij knielt voor haar neer om eindelijk te verklaren: 'Ik werp me niet alleen aan je voeten om je ongerepte schoonheid, maar ook om je lijden!' Ze is ontroerd. Ze houdt zich in. Alleen haar hand beweegt, verdwijnt in Rassoels haren en verdwaalt erin. 'Het is langgeleden dat je zulke lieve dingen tegen me hebt gezegd.'

'Ik had je veel te vertellen, maar de oorlog heeft ons de tijd er niet voor gegeven.'

Hij kust haar schuchter op haar wang. Ze verbergt haar gezicht, steekt haar hand uit om die van Rassoel te pakken, die vraagt: 'Ga je met me mee?'

'Waarnaartoe?'

'Ergens ver hiervandaan.'

'Naar Mazar-e-Sjarief?'

'Nee, veel verder ... Naar de Vallei van de Teruggevonden baby's!'

'Waar is dat?'

'Dat is ver weg, heel ver. Het is niet in het oosten of het westen, niet in het noorden en niet in het zuiden.'

'Dan bestaat die vallei dus niet.'

'Ik ga hem voor je bouwen.'

'Wat zal het voor vallei zijn?'

'Een heel mooie vallei, waar niemand spreekt. Waar niemand het kwaad nog heeft meegemaakt.'

'Dus wij zijn "baby's"?'

'Nog altijd!' En ze lachen.

'Ik moet weg', zegt ze en ze staat op.

'Ga je weer naar Nazigol?'

'Nee. Ze is met Amer Salaam vertrokken.'

'Waarnaartoe?'

'Dat weet ik niet.' Ze buigt zich naar Rassoel: 'Ik hoop dat ze niet naar de Vallei van de Teruggevonden baby's zullen komen!'

'Nee! Die is alleen voor ons!'

'Tot gauw dan!' Ze hult zich weer in haar hemelsblauwe boerka en verlaat de cel.

In gedachten verzonken blijft Rassoel achter. 'Je hebt nóg een bezoeker', zegt de bewaker. En de oud-griffier komt binnen, met een dik dossier onder zijn arm. 'Hoe gaat het met onze jongeman?' Rassoel knikt sereen.

De griffier wil gaan zitten, maar Rassoel houdt hem tegen: 'Niet hier gaan zitten, alsjeblieft. Er is hier een vlieg, een arme vlieg …' Nieuwsgierig zet de griffier zijn bril op en speurt de vloer af. Hij wijkt terug en gaat heel voorzichtig zitten. 'Die vlieg … die is tegelijk met mij vergiftigd', zegt Rassoel terwijl hij op de vlieg wijst, die kwijnend naast de griffier zit.

'Maak je je nu zelfs al druk om het leven van een vlieg?'

'Afgelopen nacht heb ik een vreemde droom gehad. Ik droomde over deze vlieg, hij neuriede een liedje dat ik kende, iets van: *tat, tat, tat … tvam, tvam … asi*, ja, dat was het, maar ik begreep de betekenis niet.'

'Het is een Indiaas liedje.'

'Dat zal best. Wat betekent het?'

'Dat ben jij ook!'

'Dat is mooi!'

'Nu zingen zelfs de vliegen voor je. Wat een mooi leven! Ben je blij dat je proces naar wens verloopt?'

'Het maakt me nu allemaal niet meer uit.'

'Het maakt je allemaal niet meer uit? Je hebt de wereld overhoopgehaald en nu maakt het je allemaal niet meer uit? Door jou heeft een belangrijk leider van de moedjahedien zich verhangen; de rechter is ontslagen; in de kranten gaat het dag en nacht over je; je neef heeft buitenlandse journalisten en een paar ambtenaren van de Verenigde Naties laten overkomen ... en wat zegt meneer?' Hij schudt afkeurend zijn hoofd.

'Ik ben niet degene die alles overhoop heeft gehaald. Dat heeft Dostojevski gedaan!'

'Daar gaan we weer! Hou toch op met je Dosto... dinges! Je hebt niet gedood omdat je hem had gelezen. Je hebt hem gelezen omdat je wilde doden. Zo is dat. Als hij nog leefde, zou hij je hebben beschuldigd van plagiaat!'

Rassoel kijkt hem een tijdlang indringend aan. 'Kijk niet zo naar me. Ik meen het', zegt de griffier terwijl hij zijn dossier op de grond legt en openslaat. 'In ieder geval heb ik mijn baan weer terug, en ze willen jouw dossier ... Weet je trouwens wat ze in de zak van commandant Parwaaz hebben gevonden?'

Rassoel kijkt hem vragend aan. 'Ze hebben een handgeschreven brief van hem gevonden waarin stond: *Rouw om mij, wreek mij niet!* Wat een man, wat een moedige man! Weet je waarom hij zelfmoord heeft gepleegd? Het schijnt dat zijn mannen de moordenaar van zijn geadopteerde zoon hebben gevonden. Bij de confrontatie zijn de vrouw en de baby van de moordenaar ook gedood. Maar goed ... Zeg eens, wat moet ik opschrijven?'

Stilte.

'Alles! Ik heb je alles verteld.'

'Alles? Dat geloof ik niet. In ieder geval heb ik al een paar regels opgeschreven. Ik lees het voor, als er iets niet klopt, moet je het maar zeggen: *Rassoel heeft de bijl nog maar net opgeheven om hem op het hoofd van de oude dame te laten neerkomen, of het verhaal van* Misdaad en straf *schiet door hem heen. Het treft hem als een bliksemflits. Zijn armen beginnen te trillen; hij wankelt op zijn benen. En de bijl glijdt uit zijn handen. Hij klieft de schedel van de oude vrouw en dringt er diep in door. Zonder een kreet zakt de vrouw in elkaar op het rood-zwarte tapijt. Haar sluier met appelbloesemmotief fladdert door de lucht en strijkt neer op haar vadsige, weke lichaam. Stuiptrekkend ligt ze op de grond. Nog één ademtocht, misschien twee. Haar opengesperde ogen staren naar Rassoel, die met ingehouden adem midden in het vertrek staat, bleker dan een lijk. Hij beeft, zijn patoe valt van zijn knokige schouders. Zijn ontzette blik zuigt zich vast in het bloed dat uit de schedel van de oude vrouw stroomt en zich vermengt met het rood van het tapijt, de zwarte lijnen bedekt en dan langzaam naar de mollige hand van de vrouw kruipt, die stevig om een bundeltje bankbiljetten geklemd zit. Er zullen bloedvlekken op het geld komen* ... Waarom heb je het geld eigenlijk niet meegenomen?'

Dankwoord

Al mijn dank aan diegenen die deze roman hebben gezegend:

Laurent Maréchaux en Denis Podalydès, voor hun zorgvuldige lezing;

Danièle D'Antoni en Leili Anvar voor hun waardevolle opmerkingen;

Rahnaward Zariab, Kambouzia Partovi, Hafiz Assefi, Rahima Katil en Sajad Zafar voor de 'Perzische blik' en hun steun;

Paul Otchakovsky-Laurens voor alles;

en voor altijd, Christiane Thiollier en Sabrina Nouri.

Atiq Rahimi bij De Geus

Steen van geduld

Een vrouw waakt bij haar man, die in coma van een oorlogsmissie is teruggebracht. Tegen de achtergrond van het oorlogsgeweld waarin hun huis zich bevindt, zit ze naast het bed van haar man en prevelt de gebeden die de imam haar heeft opgedragen.

In die kleine ruimte, alleen met haar man en haar gebeden, verliest ze zichzelf in een lange monoloog waarin ze zich uitspreekt over haar ongeluk, haar pijn, haar vernederingen in haar huwelijk en haar grootste geheimen.

Aarde en as

Een grootvader en zijn kleinzoon zijn de enige overlevenden van hun familie na een gewelddadig bombardement op hun Afghaanse dorp. De jonge Yassin is tijdens het bombardement doof geworden en verwondert zich over de stille wereld die hem omgeeft. Hij vraagt zijn grootvader waar al het geluid is gebleven, maar ziet alleen diens lippen bewegen.

Aarde en as is het indringende verhaal van de oorlog in Afghanistan, over de waanzin van het oorlogsgeweld, die een mensenleven in slechts luttele ogenblikken tot een chaos kan maken.

Labyrint van angst en droom

De Afghaanse student Farhad moet na een gewelddadige confrontatie vluchten voor de Russische bezetters. Gerold in het beste vloerkleed van zijn moeder zal hij buiten Kaboel worden gebracht om van daaruit de Pakistaanse grens over te gaan. Farhad voelt zich verscheurd nu hij zijn familie, zijn vrienden en zijn land moet achterlaten. Zelfs zijn geloof biedt hem geen troost meer.